INHALT

7 CRIMSON DYNAMO SCHLÄGT WIEDER ZU!
The Crimson Dynamo Strikes Again!
Tales of Suspense (1959) 52 (I)
April 1964
Autoren: Stan Lee & N. Korok
Zeichner: Don Heck

21 HÜTE DICH VOR ... BLACK WIDOW!
Beware... the Black Widow!
Amazing Spider-Man (1963) 86
Juli 1970
Autor: Stan Lee
Zeichner: John Romita Sr.

41 DER TOD IST EINE FRAU NAMENS WIDOW
And Death Is a Woman Called Widow
Daredevil (1964) 81
November 1971
Autor: Gerry Conway
Zeichner: Gene Colan

61 DAS GEHEIMNIS VON PROJEKT VIER!
The Sinister Secret of Project Four!
Daredevil (1964) 90
August 1972
Autor: Gerry Conway
Zeichner: Gene Colan

83 DIE FURCHT SELBST!
Fear Is the Key!
Daredevil (1964) 91
September 1972
Autor: Gerry Conway
Zeichner: Gene Colan

105 AUF OFFENER STRASSE!
Slaughter on 10th Avenue!
Marvel Team-Up (1972) 83
Juli 1979
Autor: Chris Claremont
Zeichner: Sal Buscema

122 WER HOCH HINAUS WILL ...
Catch a Falling Hero
Marvel Team-Up (1972) 84
August 1979
Autor: Chris Claremont
Zeichner: Sal Buscema

139 DIE FRAU, DIE NIEMALS LEBTE!
The Woman Who Never Was!
Marvel Team-Up (1972) 85
September 1979
Autor: Chris Claremont
Zeichner: Sal Buscema

158 ICH HAB DAS JO-JO ... DU HAST DIE SCHNUR
I Got the Yo-Yo... You Got the String
Bizarre Adventures (1981) 25 (I)
März 1981
Autor: Ralph Macchio
Zeichner: Paul Gulacy

181 WIDOW
Widow
Marvel Fanfare (1982) 10 (II)
August 1983
Autoren: Ralph Macchio & George Pérez
Zeichner: George Pérez

200 TÖDLICHER WAHNSINN, TEIL 1: UNERWÜNSCHT
The Itsy-Bitsy Spider, Part 1: Uninvited
Black Widow (1999) 1
Juni 1999
Autorin: Devin Grayson
Zeichner: J. G. Jones

223 HEIMKEHR, TEIL 1
Right to a Life, Part 1
Black Widow (2004) 1
November 2004
Autor: Richard K. Morgan
Zeichner: Bill Sienkiewicz

247 EINKREISEN
Encircle
Secret Avengers (2010) 20
Februar 2012
Autor: Warren Ellis
Zeichner: Alex Maleev

268 JÄGER
Predator
All-New Marvel NOW! Point One (2014) 1 (IV)
März 2014
Autor: Nathan Edmondson
Künstler: Phil Noto

277 RAISON D'ÊTRE
Raison d'Être
Black Widow (2014) 1
März 2014
Autor: Nathan Edmondson
Künstler: Phil Noto

299 OHNE TITEL
Untitled
Black Widow (2016) 3
Juli 2016
Autoren: Chris Samnee & Mark Waid
Zeichner: Chris Samnee

TOM BREVOORT, JOHN DENNING, LYNN GRAEME, JENNIFER LEE, STAN LEE,
RALPH MACCHIO, AL MILGROM, JIMMY PALMIOTTI, ELLIE PYLE,
LAUREN SANKOVITCH, JIM SHOOTER, JAKE THOMAS, ROY THOMAS,
STEPHEN WACKER, KATHLEEN WISNESKI
Redaktion USA

C. B. CEBULSKI
Chefredakteur USA

DAN BUCKLEY
Herausgeber USA

JOE QUESADA
Chief Creative Officer USA

ALAN FINE
Produzent USA

BLACK WIDOW: AGENTIN UND AVENGER – DIE BLACK WIDOW-ANTHOLOGIE erscheint bei PANINI COMICS, Schloßstraße 76, D-70176 Stuttgart. Druck: Centro Poligrafico Milano S.p.A., Casarile (MI). Pressevertrieb: Stella Distribution GmbH, D-22297 Hamburg. Direkt-Abos auf www.paninicomics.de. Anzeigenverkauf: BLAUFEUER VERLAGSVERTRETUNGEN GmbH, info@blaufeuer.com. Es gilt die Anzeigenpreisliste Nr. 17 vom 01.10.2019. Geschäftsführer **Hermann Paul**, Publishing Director Europe **Marco M. Lupoi**, Finanzen **Felix Bauer**, Marketing Director **Holger Wiest**, Marketing **Fabio Cunetto**, Vertrieb **Alexander Bubenheimer**, Logistik **Ronald Schäffer**, PR/Presse **Steffen Volkmer**, Publishing Manager **Lisa Pancaldi**, Redaktion **Christian Endres**, **Harald Gantzberg**, **Matthias Korn**, **Anja Seiffert**, **Kristina Starschinski**, **Ilaria Tavoni**, **Daniela Uhlmann**, Übersetzung **Uwe Anton**, **Marc-Oliver Frisch**, **Carolin Hidalgo**, **Reinhard Schweizer**, **Michael Strittmatter**, Proofreading **Uwe Peter**, Lettering **Astarte Design**, **Gianluca Pini**, **Studio RAM**, grafische Gestaltung **Marco Paroli**, Art Director **Mario Corticelli**, Redaktion Panini Comics **Annalisa Califano**, **Beatrice Doti**, Prepress **Cristina Bedini**, **Andrea Lusoli**, **Nicola Soressi**, Repro/Packager **Alessandro Nalli** (coordinator), **Mario Da Rin Zanco**, **Valentina Esposito**, **Luca Ficarelli**, **Linda Leporati**. Deutsche Edition bei Panini Verlags-GmbH unter Lizenz von Marvel Characters B.V. Cover von **Adi Granov**, *Black Widow: Deadly Origin 2*.

© 2020 MARVEL

MIX
Paper from responsible sources
FSC® C115044

Bibliografische Information der Deutschen Nationalbibliothek
Die Deutsche Nationalbibliothek verzeichnet diese Publikation in der Deutschen Nationalbibliografie; detaillierte bibliografische Daten sind im Internet über dnb.d-nb.de abrufbar.

DIE SUPERHELDIN, DIE AUS DER KÄLTE KAM

von Christian Endres

Als **Black Widow** rangiert die schöne und gefährliche **Natasha Romanoff** heute unter den bekanntesten und beliebtesten Superheldinnen und Superhelden von Marvel. Ihre Karriere in den Comics aus dem New Yorker Haus der Ideen begann allerdings als KGB-Spionin zu Zeiten des Kalten Krieges zwischen den Vereinigten Staaten und der ehemaligen Sowjetunion, als die Welt im Grunde ein einziges Schachbrett der Geheimdienste war und die Menschheit dauerhaft am Rand eines Atomkriegs stand. In diesem Klima debütierte Natasha 1964 als Schurkin. Erst später wechselte sie ins Lager der Helden und wurde eine loyale Agentin der US-Regierungsbehörde **SHIELD** sowie Teil mehrerer **Avengers**-Teams. Seitdem leistet sie unermüdlich Buße und Wiedergutmachung für ihre Sünden.

Diese exklusive Anthologie von PANINI steckt voller Comic-Highlights aus über einem halben Jahrhundert, die Black Widows Entwicklung dokumentieren. Obendrauf gibt es massig Infos zu den Storys und Charakteren und Hintergründen. Dazu gibt es noch Wissenswertes über die Macher, die für Filmfans, Neuleser und Comic-Meisterspione gleichermaßen zugänglich und interessant sind. So zeichnet unser abwechslungsreicher Band Comic für Comic, Artikel für Artikel und Abschnitt für Abschnitt den Weg der schwarzen Witwe von der klischeehaften Schurkin und Spionin zur düsteren Heldin und Antiheldin nach. Erlebt, wie eine Marvel-Comic-Figur, die Ende der 90er ehrlich gesagt nicht einmal mehr zur zweiten Garde zählte, zu einer gefeierten Multimedia-Ikone unserer Zeit wurde, die seit 2010 zum wahnsinnig erfolgreichen Film-Universum der Avengers gehört und 2020 schließlich ihren ersten Solofilm mit Hauptdarstellerin **Scarlett Johansson** erhielt.

Die Bildergeschichten dieses umfangreichen Bandes über Black Widow sind dabei nicht nur ansprechende Superhelden-Comics. Schließlich gehören Natashas Abenteuer oftmals genauso zum Genre des Spionage-Thrillers bzw. des Agenten-Krimis, das auch über Platzhirsch James Bond hinaus viele gute Romane, Filme und Comics hervorbringt. Natasha wurde dafür ausgebildet, in der Schattenwelt der Geheimdienste zu überleben, wo ein doppeltes Spiel eher die Regel als die Ausnahme darstellt und wo Verrat und Tod hinter jeder Ecke lauern. Ihr Training und ihre Erfahrungen als Agentin prägten sie auf ewig, und vielleicht mag manch einer sogar sagen, dass Nat durch ihre Taten als Spionin und Killerin seelisch unwiderruflich beschädigt wurde. Aber selbst das macht sie letzten Endes nur zu einer noch komplexeren, interessanteren Figur.

Viel Vergnügen mit diesem Streifzug durch die Black Widow-Geheimakten und die spannende Historie der Marvel-Ikone aus den Welten der Spione und der Superhelden – einem Streifzug, der in einige denkwürdige Epochen der Weltgeschichte und des amerikanischen Superhelden-Comics zurückführt. Und keine Bange: Diese Anthologie wird sich nicht in fünf Sekunden selbst vernichten. Black Widow, übernehmen Sie!

DIE SCHWARZE WITWE

von Christian Endres

Natasha Romanoff wurde als **Natalia Alianovna Romanova** in Russland geboren. Es heißt, dass sie möglicherweise mit den letzten Zaren verwandt sein könnte – aber in den **Black Widow**-Akten der Geheimdienste gibt es viele geschwärzte Passagen und einige Widersprüche, was Natashas Person und Werdegang angeht.

Glaubt man den bekannten Quellen, dann wurde Natasha als kleines Mädchen im Zweiten Weltkrieg während der Schlacht von Stalingrad von ihrer Mutter aus einem brennenden Haus geworfen – direkt in die Arme von **Ivan Petrovich**, der Natasha rettete und sie lange beschützte. In einer Variante ihrer Herkunftsgeschichte tat sich Natasha im kommunistischen System der alten Sowjetunion als Schülerin und Sportlerin und schließlich als Balletttänzerin hervor. Gut möglich, dass sie, wie eine andere Interpretation ihrer Origin besagt, aber auch schon immer dazu auserkoren war, im **Black Widow Ops**-Programm an der **Red Room**-Akademie zu einer perfekten Agentin und tödlichen Spionin ausgebildet zu werden. Das Black Widow-Programm war Teil von **Department X**, einer geheimen russischen Regierungsbehörde, die für den **KGB** Supersoldaten erschaffen sollte, die gegen den Westen eingesetzt werden könnten.

Ursprünglich wurden an der Akademie 28 Waisenmädchen ausgebildet und u. a. vom Auftragskiller **Winter Soldier** trainiert, der nach einer Gehirnwäsche damals noch auf der Seite der UdSSR stand. Natasha und die anderen Rekrutinnen lernten viele Nahkampftechniken, den Umgang mit allen möglichen Waffen, die Kunst der Verkleidung und der Verführung sowie mehrere Fremdsprachen. Ihre Körper wurden zudem durch ein Serum verändert, was Auswirkungen auf ihren Alterungsprozess, ihre Stärke, ihre Ausdauer, ihre Geschwindigkeit, ihre Selbstheilungskräfte, ihre Schmerzempfindlichkeit und ihre Reflexe hatte. Allerdings machte es die jungen Frauen auch unfruchtbar.

Man arrangierte eine Ehe zwischen Natasha und dem erfolgreichen Testpiloten **Alexi Shostakov**. In dieser Zeit trat sie erstmals als Black Widow für den KGB in Aktion. Nach Alexis angeblichem Tod, der Natasha schwer traf, wurde sie die beste Agentin des KGB. Auf einer Mission in den USA griff sie auf dem Höhepunkt des Kalten Krieges Iron Man **Tony Stark** an. Tashas Gefühle für ihren Komplizen **Hawkeye** Clint Barton, der sich zum Helden entwickelte, schwächten jedoch ihre Loyalität gegenüber Mütterchen Russland, weshalb sie auf der Abschussliste des KGB landete. Trotzdem zwang man sie per Gehirnwäsche noch einmal dazu, gegen die **Avengers** zu kämpfen. Letztlich wurde der Widow in Amerika Amnestie für ihre Taten als russische Geheimagentin gewährt. Nat lebte in den USA und unterstützte die Avengers um Hawkeye und **Captain America** bei mehreren Gelegenheiten, ehe sie selbst offiziell ein Mitglied der Avengers wurde. Außerdem übernahm sie auch Spionage-Missionen für **Nick Fury** und die US-Regierungsbehörde SHIELD. Die Wahrheit über ihren tot geglaubten Gatten Alexi, der nach seinem vorgetäuschten Ableben zum russischen Supersoldaten

Red Guardian geworden war und vor ihren Augen diesmal wirklich starb, erschütterte Natasha, die ihr Dasein als Superheldin und Spionin beendete. Aber die Witwe kehrte zurück, legte sich ein neues Kostüm zu und etablierte sich als eigenständige Superheldin in New York City. Wenig später tat sie sich mit **Daredevil** zusammen und lebte mit ihm in San Francisco. Nach dem Ende ihrer Partnerschaft stand Nat in L.A. dem **Champions**-Superheldenteam vor.

Danach war sie einmal mehr Teil der Avengers, die sie und **Black Knight** vorübergehend gemeinsam anführten. Nach dem Jahrtausendwechsel und dem Superheldenbürgerkrieg in **Civil War** sollte Black Widow erneut mehreren Avengers-Teams angehören – den **Mighty Avengers** und den **Secret Avengers**. In der Ära nach dem Crossover **Avengers vs. X-Men** zählte sie zu einem neuen Avengers-Team, das sich u. a. im kosmischen Spektakel **Infinity** mächtigen Alien-Göttern stellte. Im Event **Secret Empire** eroberte die faschistische Terrororganisation **Hydra** die USA. Natasha schloss sich den Heldenrebellen an und fiel im Kampf mit Hydras Anführer, kehrte dank der Klon-Technologie des Red Room jedoch zurück. Daraufhin legte die wütende Witwe eine besonders brutale Gangart an den Tag, die sie für eine Weile lieber im Schurkenstaat Madripoor auslebte.

Obwohl Black Widow zu den populärsten Marvel-Helden zählt, sollte man ohnehin nicht übersehen, dass sie zu den knallharten Antihelden um **Wolverine** und den **Punisher** gerechnet werden muss: Verbrecherjäger und Vigilanten, die nicht unbedingt darauf abzielen, ihre Widersacher lediglich kampfunfähig zu machen, sondern durchaus zu drastischeren Mitteln greifen und ihre Gegner endgültig außer Gefecht setzen. Dabei kann die frühere Spionin aufgrund ihrer Ausbildung mit allen Waffen umgehen, ob Messer oder Schusswaffe. Des Weiteren hat sie noch ihre ursprünglich von Wissenschaftlern des KGB, danach von SHIELD oder Natasha selbst modifizierten Black Widow-Armbänder. Diese enthalten Tränengas, Funktransmitter und ein langes Seil, an dem die Widow durch die Gegend schwingen kann; obendrein ermöglichen sie es Natasha, ihren Feinden auf eine gewisse Distanz Stromstöße zu verpassen. Am Gürtel trägt Nat hin und wieder Sprengstoff.

Während die schwarze Witwe in der historischen Alternativweltgeschichte MARVEL 1602 zu **Otto von Dooms** Spionin gemacht wurde, gab man das Alias Black Widow in der alternativ-futuristischen Wirklichkeit von ERDE X an Natashas Tochter **Anna Romanova** weiter, die als Mutantin zwei zusätzliche Arme hatte; Nat selbst focht im Jenseits gegen **Mistress Death**, um ein Paradies zu erschaffen. In der Zeitlinie von AGE OF ULTRON hauste Tasha nach **Ultrons** Machtübernahme als narbengezeichnete Überlebende in den Trümmern der Zivilisation. In der Realität des Ultimativen Universums reihte sie sich wiederum bei den **Ultimativen** – den ultimativen Avengers – ein und heiratete Tony Stark. Am Ende verriet sie die Helden dieser Parallelwelt jedoch.

ERSTER AUFTRITT IM KALTEN KRIEG

von Christian Endres

Thematische Heftreihen mit Anthologie-Charakter waren einst ein wichtiges Format des US-Comics. Krimi, Science-Fiction, Fantasy, Horror, Humor, Romantik, Western, Superhelden – jedes Genre hatte seine Reihen. Marvels Vorläufer Atlas Comics startete 1959 z. B. die Titel *Tales of Suspense* und *Tales to Astonish*, in denen noch vor dem Urknall des Marvel-Universums vielfältige fantastische Kurzgeschichten von **Stan Lee**, **Jack Kirby**, **Steve Ditko** oder **Don Heck** abgedruckt wurden. Im März 1963 – Atlas war da bereits zu Marvel geworden – debütierte in *Tales of Suspense* 39 der reiche, geniale Waffenfabrikant **Tony Stark** als **Iron Man**, dessen Heldenidentität lange geheim war und der von seinem Leibwächter und Chauffeur **Happy Hogan** sowie Sekretärin **Pepper Potts** unterstützt wurde. Der Eiserne hatte es in seiner Frühzeit u. a. mit dem ersten **Crimson Dynamo** Anton Vanko zu tun, der für seine Heimat Russland Tonys Firma Stark Industries sabotieren sollte. Nach Vankos Niederlage gegen Iron Man begann der rote Rüstungsträger jedoch als Wissenschaftler für Stark zu arbeiten.

Nachdem in *Tales of Suspense* 50 der **Mandarin** seinen ersten Auftritt hingelegt hatte, gesellte sich 1964 in Ausgabe 52 **Black Widow** zu Iron Mans Widersachern hinzu. Bereits auf dem Cover des Heftes wurde der Einstand der „wunderschönen Bedrohung" Black Widow angekündigt. Sowohl auf dem Titelbild als auch auf den Innenseiten trug **Madame Natasha** noch kein Kostüm. Stattdessen erinnerte der Look der Spionin, die den bekannten Frauenhelden und Playboy Stark verführen sollte, an eine adelige Diva.

Der Plot stammte von Marvel-Vater **Stan Lee**, nach dem Zeichner **Don Heck** die Geschichte in Seiten und Panels umbrach und zu Papier brachte, ehe Alleskönner **Don Rico** unter dem Pseudonym **N. Korok** Texte und Dialoge hinzufügte. Das war damals die übliche Arbeitsweise bei Marvel, die als „Marvel-Way" des Comic-Machens bezeichnet wird und noch heute zum Einsatz kommt, wenn ein Zeichner nicht nach einem vollen Manuskript mit genauen Anweisungen für jede einzelne Seite und jedes einzelne Bild arbeitet. Die vielversprechende ganzseitige Splashpage am Anfang einer Story, die der Handlung vorausgreift, war in früheren Zeiten ein typisches dramaturgisches Element. Außerdem muss berücksichtigt werden, dass diese Comics in einer anderen Epoche entstanden sind, was sich an ihren etwas naiven Geschichten und ihrem simplen Look zeigt. Auch einige Rollen- und Feindbilder sollten im Angesicht des damaligen Zeitgeists wahrgenommen werden (in den 60ern fürchtete man in den USA eine Unterwanderung durch den Kommunismus und die Spione „der Roten").

Nur ein Heft nach der Story, mit der wir unsere Anthologie eröffnen, kehrte Natasha als Iron Man-Gegnerin zurück. Bei ihrem dritten Auftritt in *Tales of Suspense* 57 debütierte im September 1964 gleich noch **Hawkeye** Clint Barton, der eigentlich als Held loslegen wollte, durch ein Missverständnis und die Verführungskünste der Witwe allerdings zunächst zum Bösewicht wurde.

CRIMSON DYNAMO SCHLÄGT WIEDER ZU!

Autoren: Stan Lee & N. Korok
Zeichner & Tusche: Don Heck
Übersetzung: Michael Strittmatter
Lettering: Studio RAM

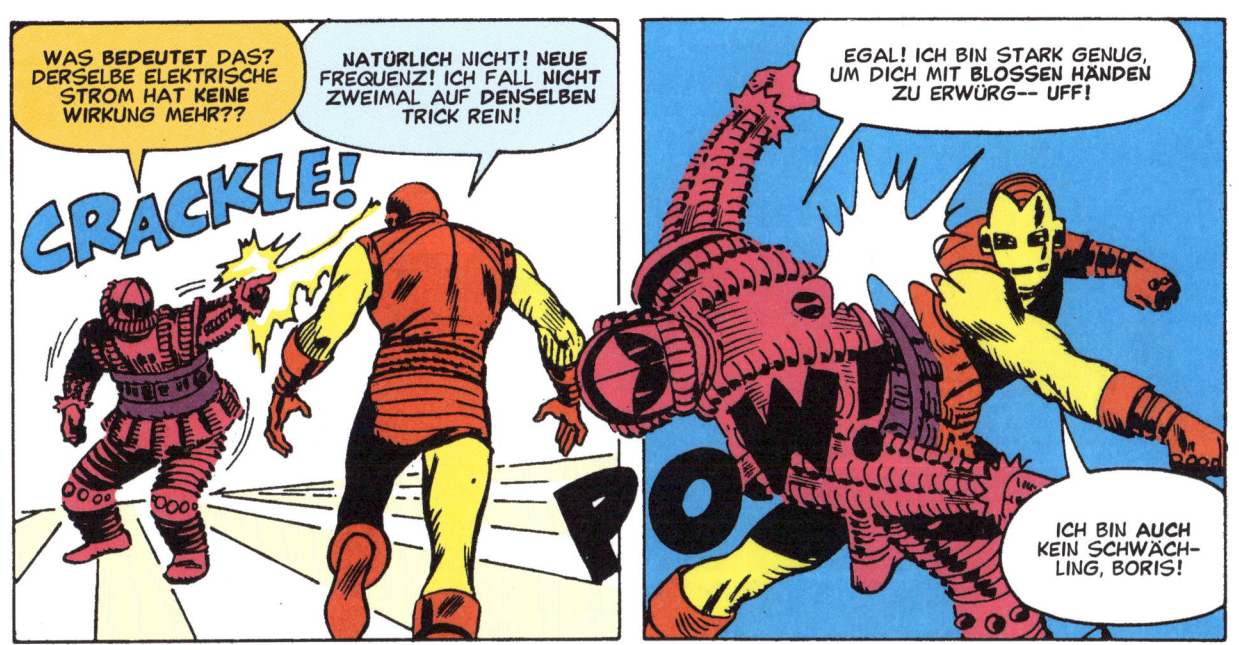

IM NETZ VON SPIDER-MAN

von Christian Endres

Autor **Stan Lee**, Zeichner **Steve Ditko** und dessen Nachfolger **John Romita Sr.** waren es, die **Spider-Mans** Welt in den ersten goldenen Dekaden der Marvel-Heroen definierten und den Kosmos des Netzschwingers nachhaltig prägten. Zum Wandkrabbler-Ensemble gehörten damals natürlich Spidey **Peter Parker**, dessen Flamme **Gwen Stacy**, deren Vater **George** (der Polizist kannte Peters Geheimnis), Spider-Man-Hasser und Zeitungsherausgeber **J. Jonah Jameson**, Petes gebrechliche **Tante May** sowie sein Mitbewohner **Harry Osborn**.

Lee und Romita hatten allerdings auch großen Einfluss auf **Black Widows** Entwicklung. Als KGB-Spionin, die von ihren Vorgesetzten zum Gehorsam und zu weiteren Missionen gezwungen wurde, legte sich **Natasha** in *Tales of Suspense* noch mehrmals mit **Iron Man** an. Dabei kamen u. a. ihr erstes buntes Netzkostüm, eine Maske und ihre Armbänder ins Spiel. Seit ihrem Debüt hatte die Widow aber noch viel mehr erlebt und war sogar eine Verbündete von US-Oberspion **Nick Fury** und SHIELD sowie dem amerikanischen **Avengers**-Superheldenteam geworden, das im Deutschen lange unter dem Namen **Rächer** firmierte. Tashas Ex **Hawkeye** war zwischenzeitlich rehabilitiert und zum Avenger geworden.

1970 initiierten Lee und Romita in *Amazing Spider-Man* 86 den nächsten Schritt in Nats Evolution. Denn in der Story tauschte sie ihr bisheriges Kostüm gegen den ikonischen Bodysuit ein, der von den James Bond-Filmen und von Spionage-Serien wie *Solo für U.N.C.L.E.* und *Mit Schirm, Charme und Melone* inspiriert war. Romita Sr., der Vater von Fanliebling John Romita Jr., hatte früher großen Einfluss auf das Design und den Look aller Marvel-Figuren, und zwar innerhalb wie außerhalb der Comics. Zudem bildete das Zeichnergenie in seinen Comics die Wirklichkeit der 70er ab. So staffierte er die Superhelden-Seifenopern aus dem Haus der Ideen wie das New York zu jener Zeit aus. Die Leser erkannten sich, ihre Welt, ihren Alltag und ihre Kleidung in den Comics wieder – ein Markenzeichen von Romitas Marvel-Schaffen, das gerade die von ihm bebilderten Geschichten über Spidey zu absoluten Meisterwerken und Klassikern macht, die noch heute einen unwiderstehlichen Zauber verströmen. Weitere charakteristische Merkmale jener Ära und unvergesslichen Marvel-Hochphase waren Rückblenden, die auf weniger als zwei Seiten viele vorherige

Hefte zusammenfassten und jeden Leser abholten, und die direkte Ansprache des Publikums. Marvel-Fans sind seit jenen Tagen alle Teil eines Clubs, ja, einer Familie, und wurden besonders unter Stan Lee regelmäßig adressiert und einbezogen. Ihr hört richtig, werte Marvel-Freunde! So war das damals ...

Nach ihrem Zusammenprall mit Spider-Man startete Black Widow im August 1970 in der gemischten Marvel-Heftreihe *Amazing Adventures* als Soloheldin so richtig durch. Das Titelbild der ersten acht US-Ausgaben teilte sie sich mit den **Inhumans**. Die Saga um Peters Krankheit, in welcher der lebende Vampir Morbius debütierte, gipfelte im September 1971 derweil in der Jubelnummer *Amazing Spider-Man* 100, wo Spidey vier zusätzliche Arme wuchsen.

HÜTE DICH VOR ... BLACK WIDOW!

Autor: Stan Lee
Zeichner: John Romita Sr.
Tusche: Jim Mooney
Übersetzung: Michael Strittmatter
Lettering: Studio RAM

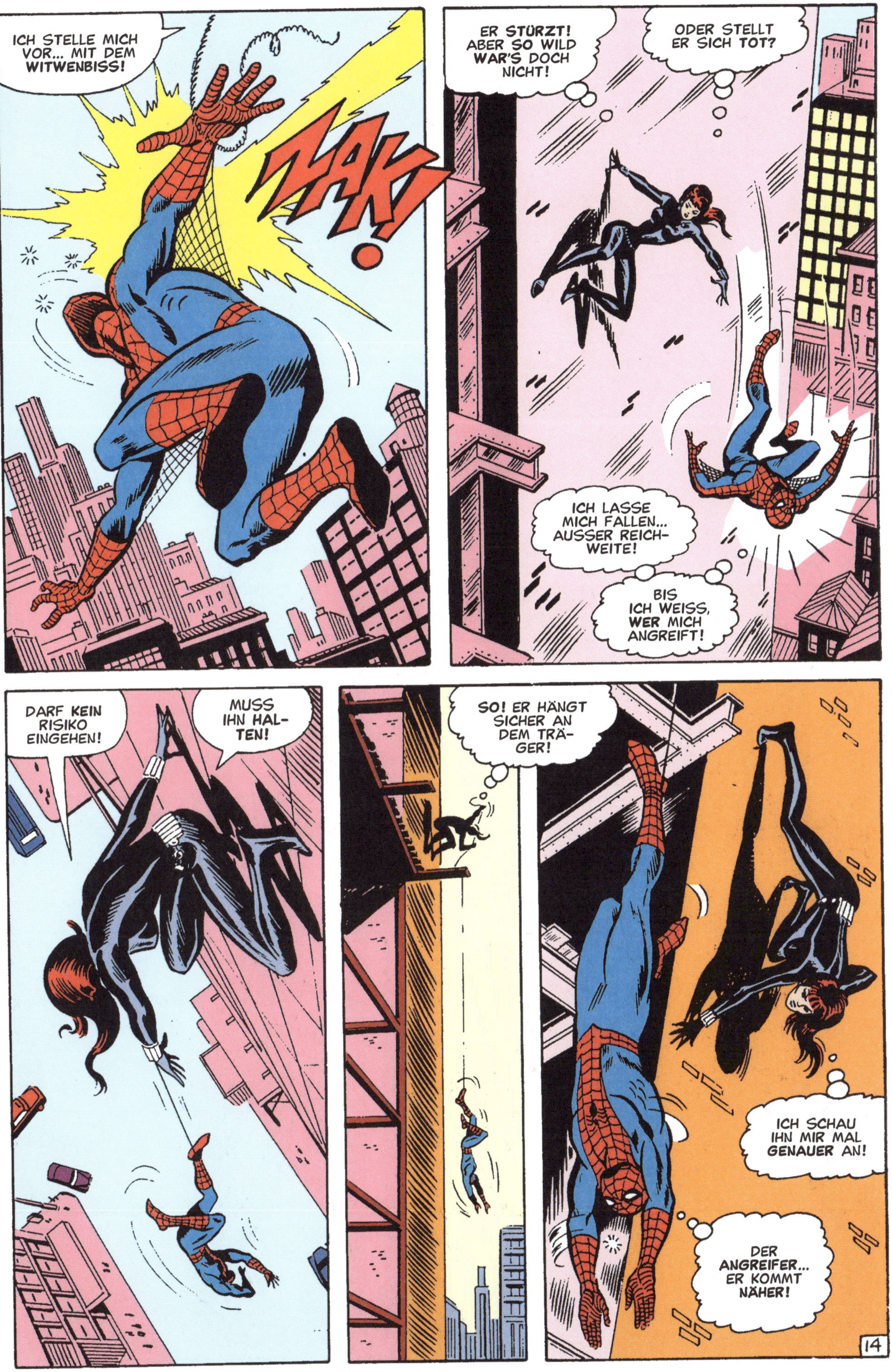

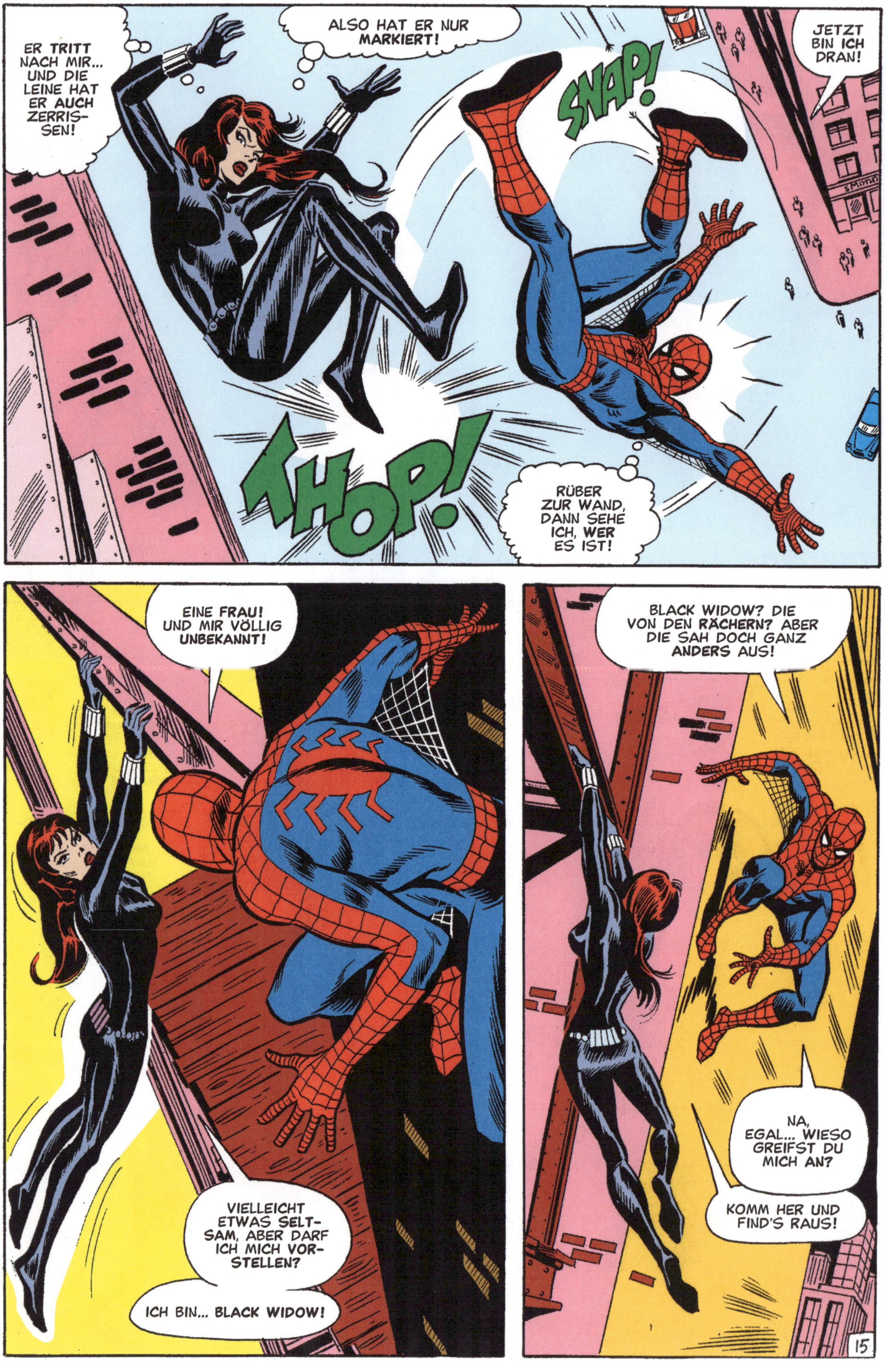

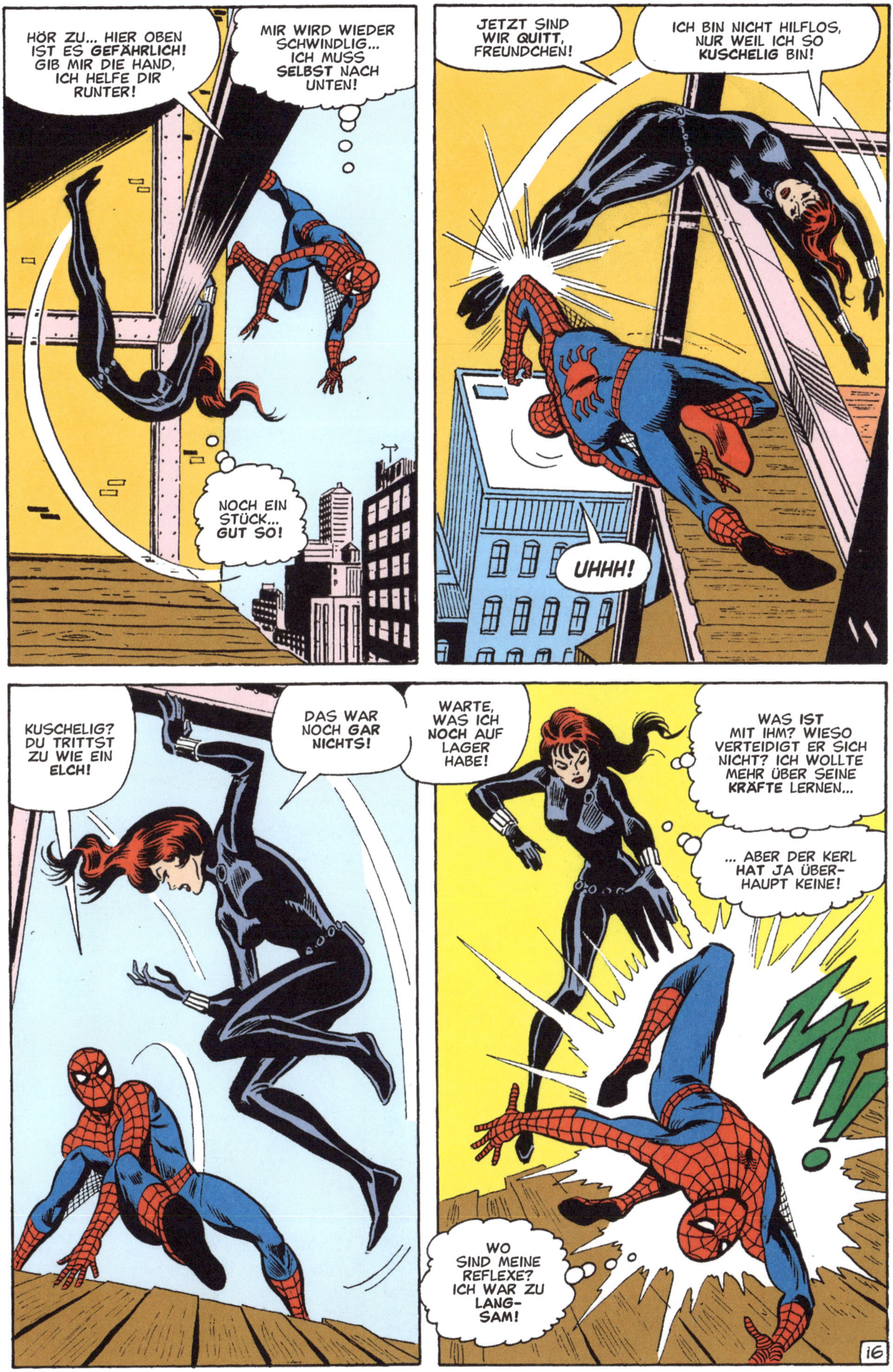
HÖR ZU... HIER OBEN IST ES GEFÄHRLICH! GIB MIR DIE HAND, ICH HELFE DIR RUNTER!
MIR WIRD WIEDER SCHWINDLIG... ICH MUSS SELBST NACH UNTEN!
NOCH EIN STÜCK... GUT SO!
JETZT SIND WIR QUITT, FREUNDCHEN!
ICH BIN NICHT HILFLOS, NUR WEIL ICH SO KUSCHELIG BIN!
UHHH!
KUSCHELIG? DU TRITTST ZU WIE EIN ELCH!
DAS WAR NOCH GAR NICHTS!
WARTE, WAS ICH NOCH AUF LAGER HABE!
WAS IST MIT IHM? WIESO VERTEIDIGT ER SICH NICHT? ICH WOLLTE MEHR ÜBER SEINE KRÄFTE LERNEN...
... ABER DER KERL HAT JA ÜBERHAUPT KEINE!
WO SIND MEINE REFLEXE? ICH WAR ZU LANGSAM!
16

ICH MUSS AUSRUHEN... NEUE KRAFT SAMMELN!
UND ENDLICH ERFAHREN, WAS SIE WILL!
HÖR ZU, SPIDER-MAN... DU SOGENANNTE LEGENDE... DU BIST 'NE ENTTÄUSCHUNG HOCH DREI!
DICH KÖNNTE JA WOODY ALLEN FERTIG-MACHEN!
MIT EINER HAND!
ICH DACHTE, DU WÄRST EIN RICHTIG GEFÄHRLICHER GEGNER... DARUM HABE ICH DICH ANGEGRIFFEN!
ICH WOLLTE WAS VON DIR LERNEN!
DAS GEHEIMNIS DEINER KRAFT HERAUS-FINDEN!
KRAFT? WAS SAGE ICH... DU BIST NUR EIN WASCH-LAPPEN!
DIE LEINE... ZERRISSEN...
JETZT REICHT'S, LADY! KEINE BILLIGE KOPIE STIEHLT MIR DIE SHOW!
HIER IST NUR PLATZ FÜR EINEN SPIDER-MAN...
... UND DER BIN ICH!

UHH, BIN ICH GROGGY... ABER DAS DARF SIE NICHT AHNEN!
MAL SEHEN, WAS DU OHNE DEINE ANGEL-SCHNUR DRAUF-HAST!
NEIN! ALLES VER-KLEBT!
THWIP!
THWIP!
E-ER HAT DIE GANZE ZEIT NUR MIT MIR GESPIELT!
ICH BIN KEINE GEGNERIN FÜR IHN!
ICH MUSSTE HART TRAINIEREN... UND HABE WAFFEN!
ABER ER SETZT SEINE KRAFT ANDERS EIN...
... ALS WÄRE ER MIT IHR GEBOREN!
WELCHE GEHEIMNISSE IHN AUCH AUSMACHEN MÖGEN...
... ER SOLL SIE BEHALTEN, BIS ER SIE SELBST ENT-HÜLLEN WILL!
VIELLEICHT IST DAS AUCH GANZ GUT SO!
ICH HABE MEINE EIGENE KRAFT... MEINEN EIGENEN STIL... UND MEIN EIGENES SCHICKSAL!
ICH WERDE ALLEN GEFAH-REN AUF MEINE WEISE BEGEGNEN! ALS BLACK WIDOW!
UND FALLS IHR GLAUBT, DAS WAR UNSERE TRICKREICHE ART, EUCH APPETIT AUF WEITERE AUFTRITTE BLACK WIDOWS IN ANDEREN SERIEN ZU MACHEN... DANN HABT IHR VÖLLIG RECHT, LEUTE!-- TRICKY MICKY.
JETZT ABER ZURÜCK ZU SPIDEY...

EIN GLÜCK... DIE BIN ICH WOHL LOS...
ICH KANN FROH SEIN, DASS SIE STIFTEN GEGANGEN IST!
ICH MUSSTE MEINE GANZE WILLENSKRAFT AUFBIETEN, UM NICHT DAS HANDTUCH ZU WERFEN...
ICH DACHTE, ETWAS TRAINING BRINGT MICH WIEDER IN FORM...
ABER JETZT WEISS ICH...
DA STIMMT WIRKLICH WAS NICHT!
UND ES IST NICHTS, DAS MIT NETZSCHWINGEN ZU HEILEN IST!
ICH MUSS SCHNELL NACH HAUSE...
... SOLANGE ICH NOCH KANN!
ICH KANN NUR HOFFEN, DASS HARRY SCHON SCHLÄFT...
... DENN ICH KÖNNTE NICHT...
... NOCH EINMAL DA RAUS!

UND ETWAS SPÄTER...

BEIM ARZT WÜRDE MEIN BLUT UNTERSUCHT!

DAVOR HABE ICH BAMMEL! MEIN GEHEIMNIS KÖNNTE AUFFLIEGEN!

ABER WAS, WENN ICH RECHT HABE...

...WENN ICH MEINE KRÄFTE VERLIERE? WIRD MEIN BLUT DANN NORMAL?

ICH MUSS MEIN BLUT SELBST TESTEN... ICH MUSS!

DA GIBT'S NUR EINS...

UND SO...

EIN TROPFEN AUF DEN OBJEKTTRÄGER...

JETZT KANN ICH SEHEN, OB ICH WEITER SPIDER-MAN BIN... ODER NICHT!

WARUM DRÜCKE ICH MICH SO DAVOR??

NACH ALL DEN JAHREN, IN DENEN ICH MIR INSGEHEIM GEWÜNSCHT HABE, NORMAL ZU SEIN...

JETZT GIBT ES DIE CHANCE, DASS MEIN WUNSCH WAHR WIRD...

ALSO WOVOR FÜRCHTE ICH MICH?

NEXT: UNMASKED AT LAST!

20.

JETZT: DER TOD NAMENS WIDOW

DIE WITWE UND DER TEUFEL

von Christian Endres

1964 inszenierten Marvel-Vater **Stan Lee** und Namor-Erfinder **Bill Everett** *Daredevil* 1, das erste Heft über den blinden Anwalt **Matt Murdock**, der als maskierter Schutzteufel und Mann ohne Furcht für Gerechtigkeit kämpft. 1971 wurde der damals gerade mal 18-jährige **Gerry Conway** mit dem Schreiben von Daredevils Abenteuern betraut, der kurz darauf auch *Amazing Spider-Man* von Stan Lee übernehmen sollte. Die Verkaufszahlen der *Daredevil*-Serie waren in jenen Tagen nicht überragend, und eigentlich hatte Marvel vor, den Teufel und **Iron Man** künftig in einem Heft zusammenzulegen. Doch Conway machte **Black Widow** im November 1971 mit der Nummer *Daredevil* 81, die wir natürlich in unsere Anthologie aufgenommen haben, zum Co-Star, und **Natashas** Präsenz als Matts Partnerin half dabei, das Interesse an der Serie zu erneuern. Conway war ein Fan der Witwe und glaubte an eine gute Chemie zwischen ihr und DD. Dabei war der Anwalt kurz zuvor noch mit der Schauspielerin **Karen Page** liiert gewesen, die allerdings nicht gut mit seinem Doppelleben als Superheld klarkam – überdies glaubte sie schon vor Tashas Auftritt, Matt hätte eine neue Flamme, was Karen in die Arme ihres Agenten **Phil Hichok** trieb.

Nach ihrem Clash mit **Spider-Man** hatte Natashas Heldenkarriere in der Heftreihe *Amazing Adventures* an Fahrt aufgenommen. Seit einer Story von Autor **Gary Friedrich** und Zeichner **John Buscema** unterstützte **Ivan Petrovich Bezukhov** sie als Chauffeur und Aufpasser, der Black Widow in einem Rolls-Royce herumkutschierte. Später sollte herauskommen, dass es Ivan gewesen war, der die junge Natasha im Zweiten Weltkrieg gerettet hatte und sie schließlich in die Hände der russischen Regierung und des Black Widow-Programmes gab. In der Zukunft entwickelte ihr Ziehvater romantische Gefühle für Tasha, welche sie nicht erwiderte, was Ivan in den Wahnsinn trieb und weshalb er als Cyborg Amok lief.

Apropos Zukunft und Roboter. Die gemeinsame Geschichte von Matt und Natasha wurde am Anfang durch **Baal** beeinflusst, eine künstliche Intelligenz aus einer alternativen Zukunft, wo die Menschheit von einer nebulösen Katastrophe ausgelöscht worden ist. Das wollte Baal durch sein Eingreifen und das Wirken seines Agenten **MK-9** in der Vergangenheit verhindern – wobei ausgerechnet einer Liebesbeziehung von Black Widow und Daredevil eine größere Bedeutung bei der Rettung der Zukunft zukam.

Die erste Daredevil-Story mit Natasha setzt direkt nach einem Kampf zwischen dem blinden Draufgänger und dem Superschurken **Owl** ein, der für DD auf dem Grund eines Flusses geendet war. Owl **Leland Owlsley** war früher ein gieriger Finanzier, dessen Geschäfte alles andere als astrein waren und ihm letztlich Ärger mit dem Finanzamt bescherten. Ein Serum ließ ihn indes immer stärker mutieren, bis der brutale Gangsterboss nicht nur kurze Strecken fliegen konnte, sondern wie die Eule, der er sein Alias verdankt, Mäuse aß. Owl wurde von Lee und **Joe Orlando** 1964 für *Daredevil* 3 ersonnen und war in der Unterwelt von New York, San Francisco und Chicago als Bandenchef aktiv.

DER TOD IST EINE FRAU NAMENS WIDOW

Autor: Gerry Conway
Zeichner: Gene Colan
Tusche: Jack Abel
Übersetzung: Marc-Oliver Frisch
Lettering: Astarte Design

AND DEATH IS A WOMAN CALLED WIDOW

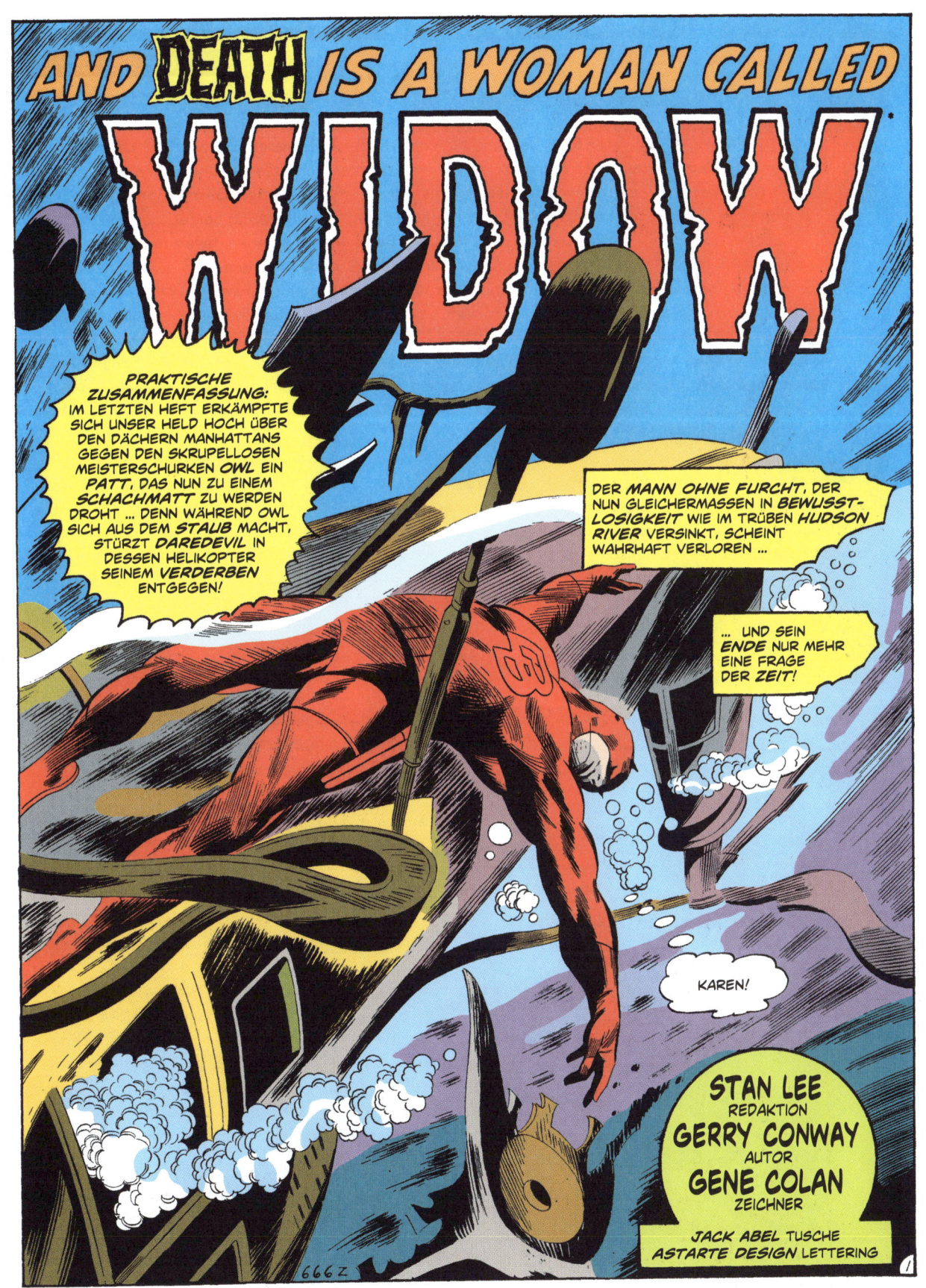

PRAKTISCHE ZUSAMMENFASSUNG: IM LETZTEN HEFT ERKÄMPFTE SICH UNSER HELD HOCH ÜBER DEN DÄCHERN MANHATTANS GEGEN DEN SKRUPELLOSEN MEISTERSCHURKEN OWL EIN PATT, DAS NUN ZU EINEM SCHACHMATT ZU WERDEN DROHT ... DENN WÄHREND OWL SICH AUS DEM STAUB MACHT, STÜRZT DAREDEVIL IN DESSEN HELIKOPTER SEINEM VERDERBEN ENTGEGEN!

DER MANN OHNE FURCHT, DER NUN GLEICHERMASSEN IN BEWUSSTLOSIGKEIT WIE IM TRÜBEN HUDSON RIVER VERSINKT, SCHEINT WAHRHAFT VERLOREN ...

... UND SEIN ENDE NUR MEHR EINE FRAGE DER ZEIT!

KAREN!

STAN LEE REDAKTION
GERRY CONWAY AUTOR
GENE COLAN ZEICHNER
JACK ABEL TUSCHE
ASTARTE DESIGN LETTERING

* DER TOD IST EINE FRAU NAMENS WIDOW

EINE SEKUNDE UNTER WASSER...

HÄTT ICH MIR MEHR *MÜHE* GEGEBEN, SIE ZU VERSTEHEN...

ZWEI SEKUNDEN UNTER WASSER...

...MICH *IHR* ZU ERKLÄREN.

HÄTTE DAS ETWAS *GEÄNDERT*, MATTHEW? FOLGT NICHT ALLES...

DREI SEKUNDEN UNTER WASSER...

...EINEM GROSSEN *PLAN*? KLAR, SAGT SICH LEICHT...

...JETZT, WO EH ALLES *VORBEI* IST!

SEKUNDEN IST ES HER...

...NUR EINE HANDVOLL AUGENBLICKE VIELLEICHT...

...DASS *OWL* AUS DER ABSTÜRZENDEN *MASCHINE* SPRANG!

AUS!

WELCH *PERFEKTER* PLAN...

...BEI DEM ALLES SO *GLATT* LÄUFT...

... EIN PLAN, WIE IHN NUR EIN *GENIE* ERSINNEN KANN ...

... UND DER DURCH EIN WENIG *GLÜCK* ZU EINEM WAHREN *RAUSCH* WIRD ...

... BEI DEM ES UM *LEBEN* UND *TOD* GEHT!

UND NUN IST ES *AUS* FÜR DAREDEVIL! *VORBEI!*

BESIEGT VON OWLS *TÖDLICHSTER* WAFFE ...

... MEINEM EINZIGARTIGEN *VERSTAND!*

MIT EINER UNERWARTETEN *GEWANDTHEIT* ENTFERNT ER SICH, DIESER *GROSSE, STARKE MANN* ...

... DIESER MANN NAMENS *OWL*.

WENDEN WIR UNS EINEM *TV-STUDIO* ZU, UND EINER FRAU NAMENS ...

KAREN!

OH NEIN! NICHT!

ER IST *TOT!* ER IST *TOOOT!*

SIE HAT *DAREDEVIL* AUF DEM MONITOR BEOBACHTET ...

... UND JETZT FÄLLT SIE IN *OHNMACHT!*

WARUM? WAS *BEDEUTET* ER IHR?

SCHATZ! *KAREN!*

WAS HAT SIE, PHIL? ES IST HEISS HIER DRIN, ABER--

BRAUCHT SIE EINEN ARZT? SOLL ICH ...

NEIN, DICK. WIRD SCHON WIEDER.

ICH BRING SIE MAL HIER RAUS ...

... AN DIE FRISCHE LUFT!

ABER WENN'S NUR DAS WÄRE.

SEIT WIR IN NEW YORK SIND, STIMMT WAS NICHT MIT IHR.

ALS IHR AGENT MUSS ICH MICH UM SIE KÜMMERN ...

... EGAL, WAS ICH FÜR SIE EMPFINDE. STIMMT'S?

ZEHN SEKUNDEN UNTER WASSER. IMMER TIEFER SINKT DIE NUN BEWUSSTLOSE ROTE GESTALT HINAB ...

... UMGEBEN VON EINEM TRÜBEN GRAU ... DEM STEIGENDEN DRUCK DES HUDSON AUSGELIEFERT ...

... UND EINER GRABESSTILLE ...

... BIS SICH DER MANN NAMENS MURDOCK IN DAS WEICHE BETT DES FLUSSES SCHMIEGT ...

... WÄHREND SICH NUR EIN PAAR METER ENTFERNT DAS WRACK DES HELIKOPTERS LAUTLOS IN DEN SCHLICK BOHRT WIE EIN GEFALLENES SEE-UNGEHEUER.

CRUNCH

4

WÄHREND *UNWEIT*, ETWA ZEHN METER *HÖHER* ...

... AM *UFER* DER FINSTEREN FLUTEN ...

... EIN ALTER *ROLLS-ROYCE* MIT LAUFENDEM *MOTOR* INMITTEN DER NEBELSCHWADEN HÄLT ...

... UND NACH EIN PAAR FLINKEN *SCHRITTEN* ...

... EIN *KÖRPER* ZUM *SPRUNG* ANSETZT ...

... UM OHNE JEDES *ZÖGERN* ...

... INS *DUNKEL* ZU HECHTEN.

JENER KÖRPER GEHÖRT ...

... *BLACK WIDOW!*

WENN ICH JE ANS *SCHICKSAL* GEGLAUBT HABE, DANN *JETZT*.

WAS SONST FÜHRT MICH *GENAU* IM RECHTEN AUGENBLICK HIERHER ...

... UND GIBT MIR DIE *EINMALIGE CHANCE*, DAREDEVIL ZU RETTEN?

WAS SONST? ES GÄBE DA ETWAS, NATASHA ...

... ABER WARUM DEN ZARTEN HAUCH EINES RÄTSELS VERDERBEN?

DA HAT SICH EBEN NOCH WAS BEWEGT!

EIN UMRISS IN DER TRÜBEN SUPPE ...

... DORT!

ICH DARF IHN NICHT IM STICH LASSEN! NICHT WIE ALL DIE ANDEREN ZUVOR!

MEINETWEGEN SIND ZWEI MÄNNER TOT.

VIELLEICHT BIN ICH JA VERHEXT ...

... VIELLEICHT BIN ICH WIRKLICH EINE SCHWARZE WITWE ...

... EINE, DIE UMBRINGT, WEN SIE LIEBT.

ABER DAREDEVIL LIEBE ICH NICHT. ICH KENNE IHN NICHT MAL.

UND HAB ICH DIE ANDEREN GELIEBT?

SCHLUSS DAMIT! DA IST DER HELI ... UND DA IST ...

... DAREDEVIL!

ABER ... LEBT ER NOCH?

KOMM ICH ZU SPÄT? EREILT AUCH IHN MEIN FLUCH?

6

LUFTBLASEN AUS SEINEM MUND!

ER ÖFFNET DIE AUGEN! ER SIEHT MICH!

ER „SIEHT" SIE? NICHT GANZ DAS RICHTIGE WORT ...

... UM MATTS UNGLAUBLICHEN RADAR-SINN ZU BESCHREIBEN.

DER ZEIGT IHM EINE VERSCHWOMMENE GESTALT ...

... DIE NUN VERBLASST AM RAND SEINES SCHWINDENDEN BEWUSSTSEINS.

UND ALS ER WIEDER ZU SICH KOMMT, WIRD ER SOFORT VON SIRENENGEHEUL BOMBARDIERT.

LANGSAM WIRD ES IHM BEWUSST ... ZUNÄCHST DER POCHENDE SCHMERZ IN SEINER BRUST ...

-- DANN DIE TATSACHE, DASS--

-- ICH LEBE!

DIE ... DIE SIRENEN!

DIE POLIZEI GLAUBT WOHL, ICH SEI TOT.

VIELLEICHT KOMMT MIR DAS GANZ GELEGEN ...

... FÜRS ERSTE.

... WIRD DAS ÜBERRASCHUNGS-MOMENT AUF MEINER SEITE SEIN.

HÖCHSTE ZEIT ALSO, ZU VER-SCHWINDEN.

BEI MEINER NÄCHSTEN BEGEGNUNG MIT OWL ...

HEY! NA TOLL, MEINE SCHLAG-STÖCKE SIND WEG!

DIE LIEGEN WOHL IM FLUSS ...

... WAS MIR DAS LEBEN NICHT GERADE EINFACHER MACHT.

7

ABER WER HAT DICH GERETTET, DAREDEVIL?

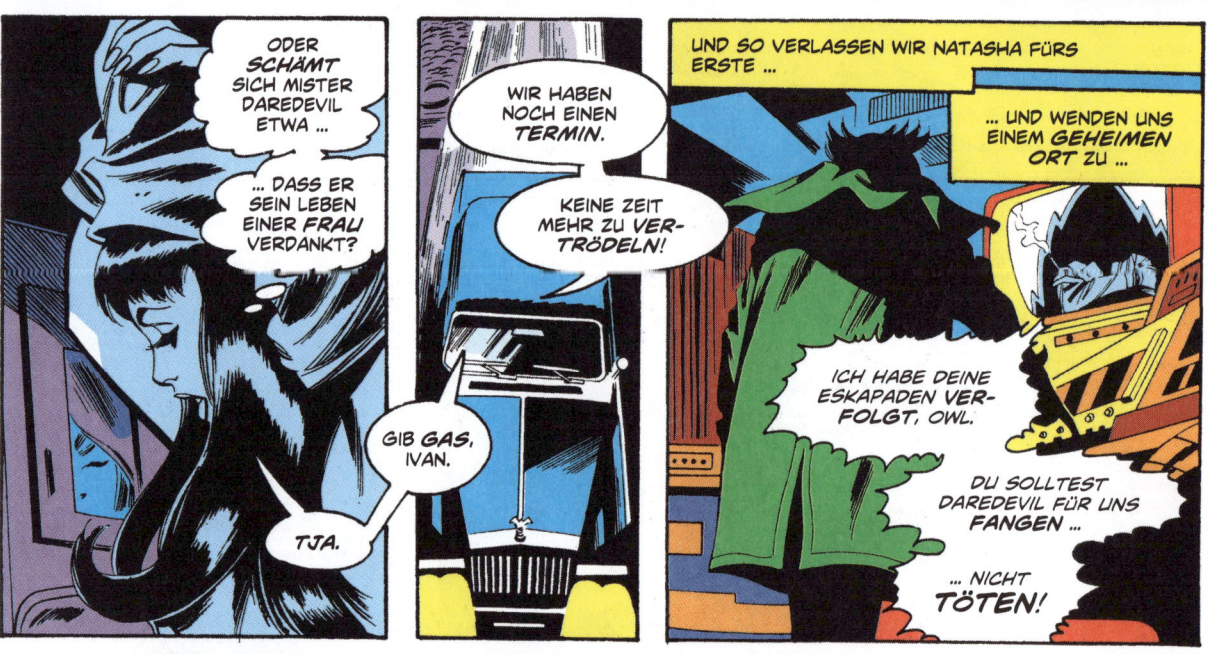

FÜR SOLCHE GEDANKEN HAT DER GROSSE HELD JETZT KEINE ZEIT...

... ABER ERKLÄR IHR DAS MAL!

IVAN, ER VERDUFTET!

VERGISS DEN ANGEBER UND TROCKNE DICH AB, TASH.

SONST HOLST DU DIR NOCH DEN TOD.

ER MUSS MICH DOCH ERKANNT HABEN.

ODER?

ICH KAPIER'S NICHT, WIESO HAUT ER EINFACH AB?

ODER SCHÄMT SICH MISTER DAREDEVIL ETWA...

... DASS ER SEIN LEBEN EINER FRAU VERDANKT?

WIR HABEN NOCH EINEN TERMIN.

KEINE ZEIT MEHR ZU VERTRÖDELN!

GIB GAS, IVAN.

TJA.

UND SO VERLASSEN WIR NATASHA FÜRS ERSTE...

... UND WENDEN UNS EINEM GEHEIMEN ORT ZU...

ICH HABE DEINE ESKAPADEN VERFOLGT, OWL.

DU SOLLTEST DAREDEVIL FÜR UNS FANGEN...

... NICHT TÖTEN!

FÜR EUCH?!

SIE HOLTEN MICH AUS DEM KNAST, MISTER KLINE.

UND WIR HATTEN EINEN DEAL.

ABER MEINE SEELE HAB ICH DAFÜR NICHT VERKAUFT!

DIE KRIEGT IHR NICHT!

BEEINDRUCKEND, OWL. UND SEHR KINDISCH.
ZUM GLÜCK KONNTE ICH DAREDEVILS RETTUNG VER-ANLASSEN ...
... UND EINE NEUE OPERATION EINLEITEN.
EINE OHNE DICH.
UNSER DEAL IST BEENDET.
DU BIST NUN AUF DICH GESTELLT. ≷KLICK!≶
DER ELENDE NARR.
OWL IST IMMER AUF SICH GESTELLT!
WAS GIBT'S, CHEF?
SIEHST GEKNICKT AUS.
SCHNAUZE! RAUS MIT EUCH!
TREFFPUNKT IN EINER STUNDE ...
... IN DER GARAGE.
BALD IST IN DEM GEHEIMEN PENTHOUSE NUR NOCH SCHWERER ATEM ZU HÖREN ... UND DAS QUIETSCHEN EINER TÜR ...
ALLES DUMMKÖPFE ... TROTTEL ... IDIOTEN.
ICH BIN UMGEBEN VON IN-KOMPETENZ.
DOCH WAR ES NICHT IMMER SCHON SO?
GENIES SIND IMMER ALLEIN ...
... WERDEN VERRATEN ...
... IHRE PLÄNE IMMERZU VER-EITELT.
SIE SIND EBEN AUCH NUR MENSCHEN!
9

APROPOS MENSCHEN ... WIE IST ES REIN MENSCHLICH UM KAREN PAGE BESTELLT?
UM IHRE GESCHUNDENE SEELE ... UM IHR GEBROCHENES HERZ, DAS DRINGEND ZUWENDUNG BENÖTIGT?
HIER, KAREN. EIN TEE.
WIRKT WUNDER FÜR DIE NERVEN.
DANKE, PHIL ...
... DASS DU DA BIST.
NA KLAR.
UND WAS MACH ICH JETZT?
MANN, ICH KRIEG KEIN WORT HERAUS.
WAS DENKST DU GERADE?
WIRKLICH? LANGE GESCHICHTE.
NUR ZU.
ICH WAR SO MIT MIR SELBST BESCHÄFTIGT ...
... ZEIT, MICH UM DICH ZU KÜMMERN.
KLAR. WIR HABEN VIEL ERLEBT, WAS?
DIE LETZTEN MONATE. WIR ZWEI.
KLAR.
10

Panel 1:
— KAREN, ICH--
— NEIN, SAG NICHTS. ICH HAB GENUG VOM REDEN, PHIL.

Panel 2:
— VOM REDEN UND VOM GRÜBELN AUCH.
— ICH WILL ... ETWAS SPÜREN.
— ICH BRAUCH DICH.

Panel 3:
— ICH BRAUCH DICH.
— ICH BRAUCH DICH.

Panel 4:
UND WER WILL ES IHR VERÜBELN?
UNAUFFÄLLIGER SZENENWECHSEL: EIN HAUS AM STRAND VON LONG ISLAND ...
— HIER MISTER KLINE.
— GENAUER, MK-9.
— ALLES VERLÄUFT NACH PLAN UND INNERHALB DER OPERATIVEN PARAMETER.

Panel 5:
— ICH HABE DIE AGENTIN NAMENS BLACK WIDOW EINGEBUNDEN.
— VIELLEICHT LÄSST SICH SO EINE ROMANTISCHE VERSTRICKUNG HERBEIFÜHREN.
— DANN--

Panel 6:
— DANN LÄSST SICH DIESER MATT MURDOCK VIELLEICHT NEUTRALISIEREN.
— SEHR GUT, MK-9. UND WAS IST MIT FRANKLIN NELSON, DEM BEZIRKSSTAATSANWALT?
— ER WANKT, SIR.
— DIE ERPRESSUNGSMASSNAHME FUNKTIONIERT AUSGEZEICHNET.

11

BALD IST SEIN WIDERSTAND GEBROCHEN.

UND DANN IST DER KÜNFTIGE GOUVERNEUR DES STAATES NEW YORK ...

... UNSERE MARIONETTE!

SEHR GUTE ARBEIT, MK-9.

ALS VERDIENTEN LOHN ERHÄLTST DU NUN ANSTELLE DEINER ANDROIDEN-BEZEICHNUNG ...

... DEN CODENAMEN ...

... ASSASSIN!

UND WAS MACHT DER BESORGTE MR. NELSON?

NICHTS ZU MACHEN.

SELBST WENN ICH ALLES VERPFÄNDE ...

... KRIEG ICH NIEMALS 50.000 ZUSAMMEN.

MATT! BIST DU DAS?

WAS?!

KLUNK

LEIDER NEIN.

NUR EIN BLESSIERTER MANN OHNE FURCHT.

DAREDEVIL!

WAS IST PASSIERT? DU SIEHST ÜBEL AUS.

SCHON GUT, FOGGY. KEINE SORGE.

ICH BIN NUR ...

... ETWAS NASS GEWORDEN ...

... UND WOLLTE MICH AUFWÄRMEN.

ICH GEH DANN MAL.

WIE DU MEINST, DU HELD.

ABER TU MIR EINEN GEFALLEN, JA?

MACH BITTE DIE TÜR--

DD!!

WAR WOHL ... ETWAS VOREILIG ...

KÖNNTEST DU MIR VIELLEICHT DOCH--

HELLLL-- UNGH!

ÜBERLASSEN WIR UNSEREN HELDEN VORERST SEINER OHNMACHT...

... UND BEGEBEN UNS SÜDLICH DES RATHAUSES...

... WO DAS LAUTE BRUMMEN VON TURBINEN DURCH DIE STRASSEN HALLT...

ANSCHNALLEN, *HELME* AUF, ALLE SYSTEME *GRÜN!*

... ALS DER MANN NAMENS *OWL* SEINEN NEUEN ZWIELICHTIGEN *PLAN* IN GANG SETZT!

SCHATZAMT *DIREKT VORAUS,* OWL!

NOCH 3 SEKUNDEN, 2, 1...

... KONTAKT ...

KONTAKT!

EIN TONNENSCHWERER *HAGEL* AUS MÖRTEL UND STEIN GEHT AUF DEN *RAKETENRAMMBOCK* NIEDER, DER SICH UNAUFHALTSAM, STÜCK FÜR STÜCK ...

... DURCH DAS *GEMÄUER* SCHIEBT!

ANGRIFF!
WAFFEN WEG, BULLEN! WAFFEN WEG! SONST WACHT IHR NIE MEHR AUF!
PHASE EINS ABGESCHLOSSEN, PHASE ZWEI BEGINNT!
VERGISS ES, HÜBSCHER, ICH BRAUCH MEINE BEZÜGE NOCH!
ICH MACH MEINEN JOB!
DEIN PECH!
ABER JEDER MUSS SEINE OPFER BRINGEN, NICHT?
JA, DIE KINDER HUNGERN ...
... UND WIR SPIELEN ROBIN HOOD ...
... FÜR UNS SELBST!
WENIGE BLOCKS ENTFERNT ...
WIE 'N VERIRRTES SCHAF KLINGT DAS NICHT, NATASHA.
NEIN, IVAN, KEINESWEGS.
WIR MÜSSEN DIE FINANZBERATUNG WOHL VORZEITIG BEENDEN.
SIRENEN!
DA IST WAS BEIM SCHATZAMT!
GROSSER GOTT!
ZEIT FÜR DEINEN ABGANG, SÜSSE.
ICH FAHR SCHON MAL DEN WAGEN VOR.
WAS TÄTE ICH BLOSS OHNE DICH, IVAN?
W-WAS IST DA NUR LOS?!
D-DAS IST DOCH NICHT MÖGLICH!
OH DOCH, MEIN FREUND, UND OB!
MÖGLICH IST SO EINIGES IN DIESEN ZEITEN.
WHOOMP
14

SIEG!

EINMAL MEHR EIN TRIUMPH DES *VERSTANDS*!

EINMAL MEHR ERREICHT *OWL* SEIN ZIEL!

HABT IHR *GESEHEN*? ICH *KENNE* MEINE STÄRKEN!

ICH WERDE STETS **OBSIEGEN!**

FREU DICH NICHT ZU *FRÜH*, KUMPEL.

ICH STREITE MICH NICHT GERN MIT *GENIES* ...

... ABER DU KLINGST WIE EIN *ANGEBER*.

BLACK WIDOW!

LOS, HALTET SIE AUF!

DAS SAGT SICH ...

... SO ...

... LEICHT.

WIR KOMTESSEN KOMMEN *RUM* ...

... WIE DU SICHER *MERKST*.

WEISST DU NICHT, DASS ICH *AKROBATIN* BIN?

≡URRRKS!≡

WAS?!

ACH, APROPOS *MERKEN* ...

DIE NEW YORKER POLIZEI HAT IHRE OHREN *ÜBERALL* ...

≡EEEEEEEEEEEE≡

... AUSSER NATÜRLICH, MAN WIRD GERADE *ÜBERFALLEN*.

Panel 1:
POLIZEI. DA DRAUSSEN IST DER TEUFEL LOS.
TUT MIR LEID, FOGGY...
...ABER ICH MUSS LOS.

Panel 2:
HIER, EIN KAFFEE, DAREDEVIL. DER WIRD DIR--
DAREDEVIL?

Panel 3:
TOLL. WAR JA KLAR.
SCHÖN, DASS DU DA WARST, GEHÖRNTER.
ECHT NETT VON DIR.

Panel 4:
EINE KÜHLE NACHT, ERHELLT VOM FUNKELN DER GROSSSTADT...
...UND MITTENDRIN...
...EIN MANN NAMENS DAREDEVIL.
DIE POLIZEI FÄHRT RICHTUNG FINANZDISTRIKT.
OHNE MEINEN STOCK...

Panel 5:
...MUSS ICH WOHL PER ANHALTER FAHREN.
GUTEN ABEND, PARTNER.
FÄHRST DU BITTE DEN COPS DA NACH?
ÄH... NA KLAR.
WÄR ICH BLOSS ZUM KEGELN GEGANGEN. MAL WIEDER TYPISCH.

Panel 6:
UND BEI WIDOW DERWEIL...
NA, NA, NA!
DAMEN SO ZU BEHANDELN, GEHÖRT SICH ÜBERHAUPT NICHT!
EUCH BRING ICH MANIEREN BEI!
CHUNK

16

DENN WER NICHT *HÖREN* WILL...

... MUSS *FÜHLEN*, IHR GROBIANE!

DU *REDEST* ZU VIEL, MEINE TEURE.

MIT *WORTEN* GEWINNT MAN NÄMLICH KEINE *KÄMPFE*.

DAZU MUSS MAN *HAND* ANLEGEN.

OWL!

GANZ GENAU!

NUR *NARREN* VERLASSEN SICH AUF IHREN VERSTAND...

... WO *ROHE GEWALT* VONNÖTEN IST!

UND OWL...

... IST KEIN--

WAS?!

NA, ALTER GAUNER?

DU DACHTEST BESTIMMT, ICH WÄRE *TOT*, WAS? FEHLANZEIGE!

MIR GEHT'S *BLENDEND*!

FREUST DU DICH NICHT MIT MIR?

ARROGANTER NARR! AAARRRK!

KUNNVK

FINDEST DU, ICH REDE *AUCH* ZU VIEL?

17

UND NOCH EINE FRAGE, DIE HERREN, WENN'S BELIEBT ...

... SEIT WANN GEHÖRT ES SICH, SICH ZU DRITT AN EINER *FRAU* ZU VERGREIFEN?

KUNK

CRAK

CHEF, DER BEWEGT SICH WIE EIN *KARUSSELL!* ICH-- UNNNH!

ER IST ZU *SCHNELL*, CHEF!

DAREDEVIL, *HINTER DIR!*

DEINE WARNUNG KOMMT ZU *SPÄT*, MÄDCHEN!

DENN OWL IST SCHNELLER ALS DER *BLITZ!*

TU MIR 'NEN *GEFALLEN*, DU PROTZ ...

... UND PUTZ DIR MAL DIE *ZÄHNE!*

DEIN *MUNDGERUCH* ...

... IST TOTAL *ÜBEL!*

THUMP

NOOOOO...

UND SO FINDET DER TUMULT EIN JÄHES *ENDE*. DER *SCHURKE* ...

... LIEGT BEWUSSTLOS IN EINEM *REGEN* AUS BANKNOTEN.

EPILOG ...

HÄNDE HOCH, SCHWESTER!

WENN DAS HIER *DEIN* WERK IST ...

NICHT DOCH, FREUNDE.

OWL DA DRÜBEN IST EUER MANN, NICHT *WIDOW*.

WIDOW?

ERKENNST DU MICH NICHT *WIEDER*, DAREDEVIL?

ICH BIN IMMERHIN DEINE *RETTERIN*.

DU WARST DAS?!

IST DAS DEIN *ERNST?*

BEWUSSTLOS.

ER HATTE WIRKLICH KEINE AHNUNG.

VORSICHT, NATASHA. SIEH IHN DIR NICHT ZU GENAU AN ...

... UND VERGISS DEN FLUCH NICHT.

BLOSS NICHT VERLIEBEN.

TJA, DAS MUSS SIE WOHL MIT SICH AUSMACHEN.

DERWEIL ...

OWL HAT ALSO ERNEUT VERSAGT.

NICHT UNERWARTET, ABER ...

ALLES LIEF NACH PLAN ... BIS ER SICH UNGEHORSAM ZEIGTE.

... ICH SPÜRE ... ZORN.

ES WIRD ZEIT FÜR VERBÜNDETE OHNE EIGENEN WILLEN.

JA ... ES WIRD ZEIT FÜR DIE STILLEN.

ES WIRD ZEIT ...

... ZEIT ...

... FÜR JENE, DIE SCHLAFEN!

FINIS

NEXT: The SINISTER SCORPION!

JETZT: PROJEKT VIER!

LIEBE UND FURCHT

von Christian Endres

Im Heft *Daredevil* 86 ließ **Gerry Conway** das Liebesdreieck zwischen **Matt**, **Natasha** und **Karen** zerbrechen. Karen und Matt trennten sich trotz ihrer zwischenzeitlichen Verlobung, und der Teufel und die Witwe kamen wieder zusammen. In *Daredevil* 87 im Mai 1972 zogen die beiden sogar in die kalifornische Metropole San Francisco, wo Natasha von ihrem Erbe ein stattliches Stadthaus für sich und ihren Lover kaufte. Conway mochte Frisco selbst sehr, und ihm gefiel die Idee, dass **Daredevil** der einzige Superheld der Stadt war und sich das Revier nicht mit **Spider-Man** oder den **Fantastic Four** teilen musste. Wegen der Auflagen der Comics Code Authority, die Gewalt, Erotik und anderes in amerikanischen Comics untersagte (in einem späteren Kapitel mehr dazu), hatten Matt und Natasha trotz ihrer Beziehung getrennte Schlafzimmer – und mit **Ivan** einen Anstandswauwau, der im selben Haus wohnte.

Mit Heft 92 wurde die Serie über den Teufel und die Witwe auf dem Cover offiziell zu *Daredevil and the Black Widow*. Diesen Titel behielt man bis einschließlich Heft 107 bei. Da hatte **Steve Gerber** (der Erfinder von **Howard the Duck**) bereits Conway abgelöst, wohingegen der zeichnende Maestro **Gene Colan**, der Daredevil im Grunde ab 1966 bebildert hatte und seit 1972 mit Marvels Horror-Hit DIE GRUFT VON DRACULA großen Erfolg feierte, kurz vor dem Absprung stand. Dasselbe konnte man von der Liebe zwischen Natasha und Matthew sagen. Ihre On-off-Beziehung sah einige Höhen und Tiefen. Etwa als **Black Widow** den roten Draufgänger verließ, um sich in New York den **Avengers** anzuschließen; als Matt mit **Moondragon** flirtete und Tasha vor Eifersucht kochte; oder als die Helden sich wegen der Frage überwarfen, ob Natasha zu hart gegen Kriminelle vorging. Zudem zog Matt zeitweise zurück nach New York, und Nat brauchte in San Francisco all ihre Ersparnisse auf und lebte kurzfristig obdachlos in ihrem Rolls-Royce. Selbst als all dies überwunden war, gab es keine Zukunft für sie: In *Daredevil* 124 von **Len Wein**, **Marv Wolfman** und Gene Colan verließ Natasha im August 1975 Matt und San Francisco. Daredevil versuchte, sie zum Bleiben zu überreden, doch Nat machte klar, dass sie wieder die selbstständige Heldin Black Widow sein müsse, und nicht bloß Daredevils Gefährtin. Nach diesem Abgang verschwand ab Heft 125 Black Widows Konterfei vom Cover, das dort selbst nach der Rückbenennung der Serie in *Daredevil* noch neben dem Titelschriftzug zu sehen gewesen war.

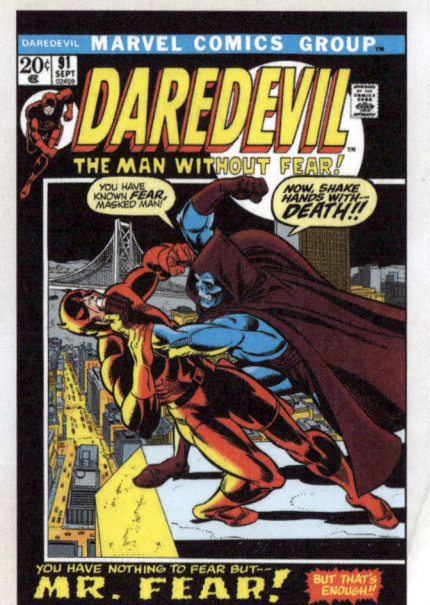

Zu Beginn des klassischen Zweiteilers, der die Black Widow/Daredevil-Ära in diesem Band repräsentiert, ist die Liebe der Helden freilich noch intakt und innig. Doch ausgerechnet der Mann ohne Furcht und die furchtlose Tasha werden von Angstattacken heimgesucht. Darüber hinaus trat ein paar Hefte zuvor ein Mann namens **Danny French** mit dem Auftrag an Ivan heran, Natasha zu sagen, dass er in der Stadt sei. Was es mit French und seiner Verbindung zur Spionin **Madame Natasha** auf sich hatte, sollte in dieser langen Geschichte von Conway und Colan enthüllt werden ...

DAS GEHEIMNIS VON PROJEKT VIER! DIE FURCHT SELBST!

Autor: Gerry Conway
Zeichner: Gene Colan
Tusche: Tom Palmer
Übersetzung: Marc-Oliver Frisch
Lettering: Astarte Design

DAREDEVIL, DER MANN OHNE FURCHT!

STAN LEE PRÄSENTIERT: EINE GERRY CONWAY AUTOR GENE COLAN ZEICHNER PRODUKTION TOM PALMER TUSCHE ASTARTE DESIGN-ROMA LETTERING

EIN KÜHLER ABEND IN SAN FRANCISCO ... EINE MILDE BRISE VOM MEER LÄSST EINE SPUR VON REGEN ERAHNEN, DER VORBOTE EINES DROHENDEN STURMS.

UND ÜBER DER STADT SIEHT MAN ZWEI GESTALTEN: DIE EINES GEWISSEN DRAUFGÄNGERS MIT RADAR-SINN IM KNALLROTEN GEWAND ...

... UND JENE DER IN SCHWARZ GEKLEIDETEN MEISTERSPIONIN NAMENS BLACK WIDOW!

ZU TIEF, TASHA! DU VERPASST MICH!

MATT, ICH ... ICH SCHAFF'S NICHT! ICH--

ICH KOMM NICHT RAN! ICH STÜRZE AB!

> ER *GREIFT* NACH IHR ... STREIFT SIE NOCH MIT DEN *FINGERN* ...
> UND DANN STÜRZT WIDOW KOPFÜBER IN DIE *GÄHNENDE TIEFE* ...

TASHA!

SIE HAT SICH VERKRAMPFT UND KONNTE NICHT MEHR GENUG SCHWUNG AUFNEHMEN!

IHR HERZSCHLAG RAST! SIE IST IN PANIK, HAT TODESANGST!

ICH MUSS ES RISKIEREN, IHR NACHZUSPRINGEN UND SIE ZU ERWISCHEN ... BEVOR'S ZU SPÄT IST!

THE SINISTER SECRET OF PROJECT FOUR!

EEEEEE EEEEE EEEEEEEE!!

> WIDOWS *SCHREI* HALLT DURCH DIE STRASSE, ALS SICH IN LETZTER SEKUNDE EINE *HAND* NACH IHR AUSSTRECKT UND ...

DAS GEHEIMNIS VON PROJEKT VIER!

... SIE PACKT!

HAB DICH, WIDOW-LADY ...

... DAS WAR VERFLIXT KNAPP ...

... ABER ICH HAB DICH!

WHHHITTCLICK!

WAS IST NUR LOS MIT MIR? ICH--

IST MIR NICHT ENTGANGEN, TASHA.

ICH HAB HÖLLISCHE ANGST, MATT!

GANZ RUHIG, JA? HALT DICH EINFACH AN MIR FEST.

DAS NENNT MAN DANN WOHL DAS MANN-OHNE-FURCHT-FLUGTAXI, WAS?

ODER SO.

KLAR, SCHATZ. TUT MIR LEID.

BITTE, MATT! ICH WEISS, DU MEINST ES GUT UND WILLST MICH AUFMUNTERN ...

... ABER LASS ES BITTE! ICH KANN NICHT MEHR!

WENN DU REDEN WILLST, ICH BIN GANZ OHR.

WAS IST DA EBEN PASSIERT?

ICH WEISS ES NICHT, MATT!

ECHT?
JA! ES WAR EIN NORMALER SPRUNG ...
... ICH HAB AN DANNY FRENCH GEDACHT ... DEN KAMPF MIT ELECTRO ...
... UND DANN HAT MICH WAS ANGEGRIFFEN, MATT!
ICH WAR WIE ERSTARRT ... ICH KONNTE NICHTS DAGEGEN TUN!
ICH KONNTE KEINEN FINGER MEHR RÜHREN!
OKAY, WIR GEHEN BESSER NACH HAUS.
MATT UND TASHA TAUSCHEN DIE GEFAHREN DER DÄCHER-ROUTE GEGEN JENE DES STRASSENVERKEHRS VON SAN FRANCISCO EIN, UND SO ERREICHEN SIE BALD WIDOWS ANWESEN IN NORTH BEACH, WO ...
WO ZUR HÖLLE WART IHR?
SPÄTER, IVAN!
SPÄTER? WAS SOLL DAS DENN HEISSEN, MURDOCK?
ICH SITZE HIER UND DREH DÄUM-CHEN, UND IHR--
HALT DEN RAND, MANN.
NATASHA GEHT'S NICHT BESONDERS, SIE WÄR FAST GESTORBEN.
WAS?! JETZT REICHT'S, TASHA! REDE MIT MIR! SOFORT!
HAST DU WAS AN DEN OHREN?
IHR GEHT'S MIES GENUG OHNE D--
NEIN, MATT, ER HAT RECHT!
ICH HÄTTE WAS SAGEN MÜSSEN.
HÖCHSTE ZEIT, DASS ICH ÜBER PROJEKT VIER REDE.

TUT MIR LEID, PRINZESSIN ...
WIR SIND ALLE GESTRESST, IVE.
ALSO VERGISS ES. HÖREN WIR NATASHA ZU.
DANKE, MATT. WO SOLL ICH ANFANGEN?
„AM BESTEN WOHL VON VORN. IN EINEM FLUGHAFEN IN L.A. 1964 ...
„MEIN ERSTER AUFTRAG ALS SPIONIN. ICH HATTE DIE HOSEN VOLL ...
„DAS WAR VOR MEINER ERSTEN BEGEGNUNG MIT IRON MAN, BEVOR ICH CLINT BARTON UND DIE RÄCHER KENNENLERNTE. ICH WAR DAMALS NOCH NICHT DIE, DIE ICH HEUTE BIN.
„ES WAR EINE ANDERE MADAME NATASHA, DIE DAMALS DIE STIMME EINES GEWISSEN DANNY FRENCH HÖRTE ...“
WILLKOMMEN IN DEN USA, MATA HARI.
GESTATTEN, FRENCH. DANNY FRENCH.
ICH HAB 'NEN WAGEN. KOMM, SÜSSE.
MISTER FRENCH, ICH BIN DEFINITIV NICHT IHRE „SÜSSE“.
„DANNY ZOG NUR DIE AUGENBRAUE HOCH UND SCHAUTE MICH AN. HEUTE WEISS ICH GENAU, WAS DIESER BLICK BEDEUTET.
„KURZ DARAUF RASTEN WIR IN EINEM LEIHWAGEN RICHTUNG DOWNTOWN L.A., MACHTEN SMALL TALK, LERNTEN UNS KENNEN, BIS ...
„... ES PASSIERTE!“
SPTANG!
DECKUNG, NATASHA! RUNTER!
6

„DANNY KNURRTE UND RISS DAS LENKRAD HERUM. MIT QUIETSCHENDEN REIFEN SCHLINGERTEN WIR DEN HANG HINAB, WÄHREND DANNY SICH DAUERND UMDREHTE."

„MEINE HÄNDE WAREN FEUCHT. ICH ZITTERTE WIE ESPENLAUB VOR LAUTER ANGST."

DIE KOMMEN IMMER NÄHER, DANNY!

WAS MACHEN WIR JETZT?

HA!

„DANN ..."

DA! SCHAU IN DEN RÜCKSPIEGEL, KLEINE!

DIE KERLE, DIE UNS UMLEGEN WOLLEN, SIND AUS CHINA!

HALT DICH GUT FEST, SÜSSE! DU WIRST NÄMLICH GLEICH DEIN BLAUES WUNDER ERLEBEN!

„DIESMAL WAR MIR SEINE GROSSSPURIGE ZUDRINGLICHKEIT EGAL. MEIN HERZ RASTE SCHNELLER ALS UNSER WAGEN."

„DAS WAR DER MOMENT, IN DEM ICH ZUR SPIONIN WURDE ..."

„.... UND MIR MEINEN NAMEN VERDIENTE: BLACK WIDOW!"

KTING!

PING!

NICHT RUMSITZEN UND SCHÖNE AUGEN MACHEN, NATASHA! IM HANDSCHUHFACH LIEGT 'NE MAGNUM!

NA LOS!

PTOW!
KBAM
SCREEEEEEEEEE
EEECHOOM!
ICH WOLLTE SIE NICHT UMBRINGEN. SIE VERLOREN DIE KONTROLLE.
UND ICH OFFENBAR AUCH. ÜBER MEIN LEBEN.
TASHA, DAS IST SCHLIMM. DU--
DAS WAR NICHT ALLES, ABER ...
... ICH KANN NICHT MEHR!
VERTRAU MIR, MATT.
BUZZZZ
SCHON GUT, NATASHA. KOMM HER.
MACHST DU MAL DIE TÜR AUF, IVAN?
TASHA, WAS IST NUR PASSIERT? SO KENN ICH DICH GAR NICHT.
ICH WEISS ES NICHT, MATT.
ICH HAB SCHRECKLICHE ANGST.
8

DER TYP, DER GESTERN *ANGERUFEN* HAT, MATT.

UND ER KOMMT NICHT *ALLEIN*.

LARRY CRANSTON. ICH SOLL SEINER *KANZLEI* BEITRETEN.

ABER DER *ZWEITE* HERZSCHLAG... DIESER *MANN*, ER--

DAS IST *JASON SLOAN*, MATT.

DER *SENIOR-PARTNER* DER KANZLEI. MR. SLOAN IST--

ICH GLAUBE, MURDOCK UND ICH HABEN VONEINANDER *GEHÖRT*...

... *SPAREN* WIR UNS ALSO DIE FORMALITÄTEN.

WILLKOMMEN IN SAN FRANCISCO, MR. MURDOCK. ICH HOFFE, WIR BEIDE ... *SEHEN* UNS AB UND ZU.

GERNE, MR. SLOAN.

SIE HABEN *RECHT*, IHR RUF EILT IHNEN *VORAUS*.

ABER DAS IST NICHT *ALLES*. EINE ART *AURA* UMGIBT IHN ...

JETZT *WEISS* ICH, WOHER ICH DIESES GEFÜHL KENNE ...

... NÄMLICH VON MIESEN TYPEN WIE *OWL* ... ODER KILLGRAVE.

MIT MEINEN *SINNEN* NEHME ICH IHN WAHR WIE JEDEN ANDEREN ... ABER MEIN *INSTINKT* WEISS ES BESSER.

SLOAN IST EINER, DER MIT MENSCHEN SPIELT WIE MIT *PUPPEN*.

ER *BENUTZT* UND *MANIPULIERT* SIE ... UND JETZT BIN *ICH* DRAN.

WIR SIND FROH, SIE HIER BEI UNS ZU HABEN, MATT.
ALS ICH JASON SAGTE, WIR KENNEN UNS VOM COLLEGE ...
... STELLEN SIE SICH VOR, WIE SEHR IHN DAS--
VERZEIHUNG, CRANSTON.
MR. MURDOCK HAT IM AUGENBLICK SICHER WICHTIGERE SORGEN.
MR. SLOAN, ICH WOLLTE NUR--
HOLEN SIE DOCH DEN WAGEN, LARRY, JA?
ENTSCHULDIGEN SIE DIE STÖRUNG, MURDOCK. ICH LADE SIE MAL ZUM ESSEN EIN ...
... SIE UND DIE JUNGE DAME.
WENN DU DEN SEHEN KÖNNTEST.
SEINE AUGEN ... DA IST WAS ZUTIEFST BÖSARTIGES.
HAB'S „GE-SEHEN", TASHA ...
„... DER KERL IST EIN GANZ ÜBLER BURSCHE."
OBWOHL AN DIESEM TAG NICHT WEITER ÜBER DAS MYSTERIÖSE PROJEKT VIER GEREDET WIRD, BESCHÄFTIGT ES DOCH MATTS FORSCHENDEN VERSTAND. UND SO SCHWINGT ER SICH AM NÄCHSTEN MORGEN ÜBER DIE DÄCHER SAN FRANCISCOS ...
... EINEM ZIEL ENTGEGEN, DAS ER NIE ERREICHEN WIRD.
10.

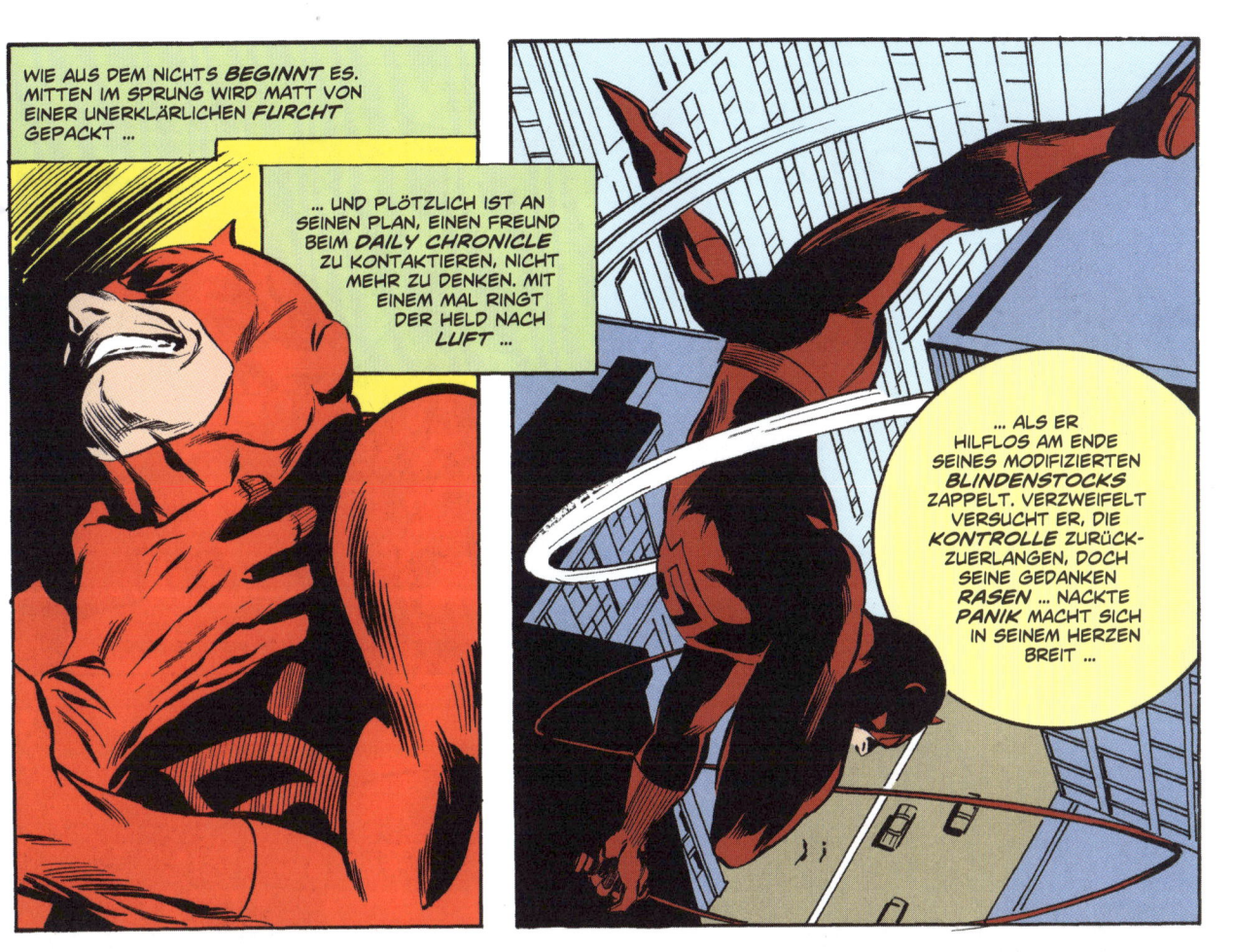

WIE AUS DEM NICHTS *BEGINNT* ES. MITTEN IM SPRUNG WIRD MATT VON EINER UNERKLÄRLICHEN *FURCHT* GEPACKT ...

... UND PLÖTZLICH IST AN SEINEN PLAN, EINEN FREUND BEIM *DAILY CHRONICLE* ZU KONTAKTIEREN, NICHT MEHR ZU DENKEN. MIT EINEM MAL RINGT DER HELD NACH *LUFT* ...

... ALS ER *HILFLOS* AM ENDE SEINES MODIFIZIERTEN *BLINDENSTOCKS* ZAPPELT. VERZWEIFELT VERSUCHT ER, DIE *KONTROLLE* ZURÜCK-ZUERLANGEN, DOCH SEINE GEDANKEN *RASEN* ... NACKTE *PANIK* MACHT SICH IN SEINEM HERZEN BREIT ...

... EINE ANGST, WIE ER SIE NOCH NIE *GESPÜRT* HAT ... EIN SCHRECKEN OHNE JEDE *VORWARNUNG!*

SEINE ARME SIND *STEIF* ... DAREDEVIL RAUSCHT AUF EIN NAHES *GEBÄUDE* ZU ...

... UND ALS SEIN GRIFF SICH ZU *LÖSEN* DROHT, STÜRZT ER SICH NACH *VORN* ...

... AUF DIE GLÄSERNE *FASSADE* ZU UND ...

... *MITTEN DURCH!*

ES GESCHIEHT *SCHNELL* ... EIN HERZSCHLAG ODER *ZWEI* VIELLEICHT.

KRASH!!

GERETTET, MURDOCK ... ABER GERETTET WOVOR?
WAS IST PASSIERT? WARUM VERLIERE ICH SO DIE KONTROLLE?
ALLES DREHT SICH, KANN MICH KAUM KONZENTRIEREN!
EIN GERÄUSCH ... SCHRITTE. DA KOMMT JEMAND.
EINMAL MEHR ERFÜLLT IHN EISIGER SCHRECKEN ... PULSRASEN, KALTER SCHWEISS AUF SEINER STIRN ...
NEIN! KOMM NICHT NÄHER! LASS MICH!
LASS MICH!
LASS MICH!
HEISSER KAFFEE, DD. DER BERUHIGT DIE NERVEN.
DANKE, LIEUTENANT. DAS KANN ICH JETZT BRAUCHEN.
IRGENDEINE AHNUNG, WAS DAS VORHIN WAR?
NICHT DIE GERINGSTE, CARSON.
WÄREN SIE NICHT GEKOMMEN ...
SEI FROH, DASS ES KEINER MEINER KOLLEGEN WAR.
DIE JUNGS SIND KEINE FANS VON DIR.
IST MIR NICHT ENTGANGEN, PAUL.
KANNST DU BESCHREIBEN, WIE DAS WAR VORHIN?
„ALS WÜRDE ICH ... FALLEN“, SAGT DAREDEVIL ZÖGERLICH. „IN EINE TIEFE SCHWÄRZE.
„ALS WÜRDE ICH IN EINEN BODENLOSEN ABGRUND STÜRZEN.“ SEINE STIMME IST RUHIG ... GEFASST ...

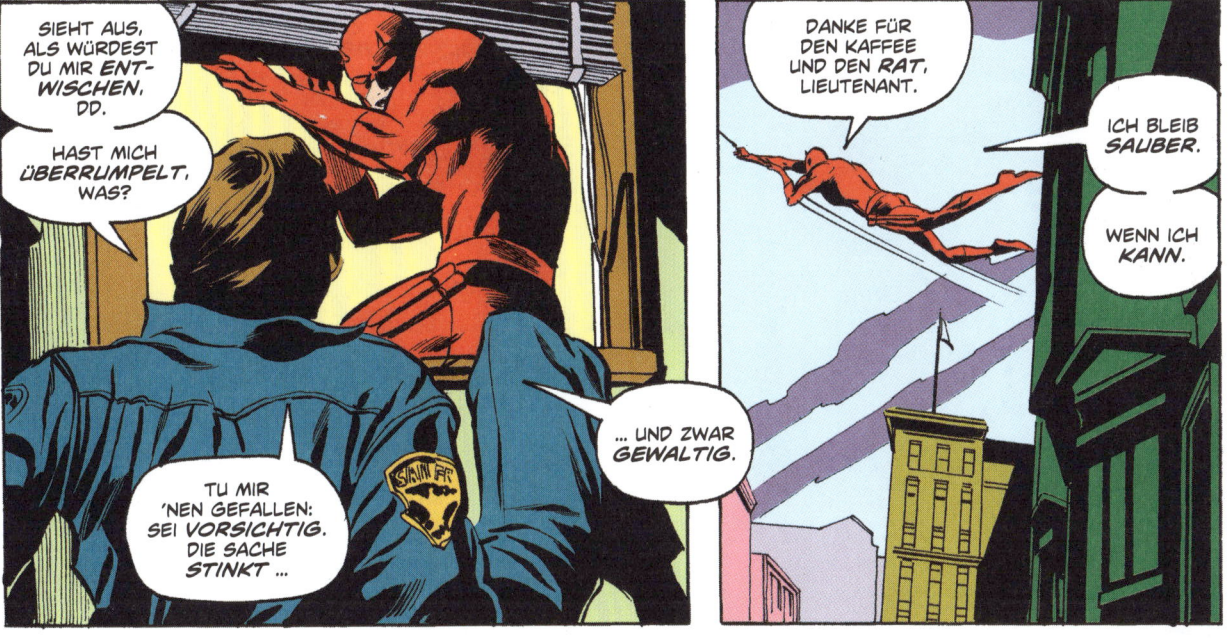

... DOCH DIE ERINNERUNG LÄSST IHN *ERSCHAUDERN.* ALS DAREDEVIL *AUFSTEHEN* WILL ...

HEY, *LANGSAM.* NICHT *VERGESSEN,* KUMPEL ...

... DU BIST *VERHAFTET.*

WAS? ABER--

ICH MUSS DEINE *PERSONALIEN* AUFNEHMEN, ALSO--

TUT MIR *LEID,* PAUL. SIE SIND EIN GUTER FREUND ...

... ABER ICH KANN *NICHT* HIERBLEIBEN.

ICH MUSS RAUSFINDEN, WAS MIT MIR *PASSIERT* IST.

SORRY, KUMPEL! GEHT LEIDER NICHT ANDERS.

SIEHT AUS, ALS WÜRDEST DU MIR *ENTWISCHEN,* DD.

HAST MICH *ÜBERRUMPELT,* WAS?

TU MIR 'NEN GEFALLEN: SEI *VORSICHTIG.* DIE SACHE STINKT ...

... UND ZWAR *GEWALTIG.*

DANKE FÜR DEN KAFFEE UND DEN *RAT,* LIEUTENANT.

ICH BLEIB *SAUBER.*

WENN ICH *KANN.*

AUTSCH. ABER TUT GUT, IHN WIEDER AUF DEN *BEINEN* ZU SEHEN.

SCHON BE*WUNDERNSWERT,* DER KERL. TUT EINFACH, WAS ER FÜR *RICHTIG* HÄLT.

CARSON, WAS IST HIER *PASSIERT?*

NICHTS, COMMISSIONER. *GAR* NICHTS.

ANDERSWO, NICHT WEIT ENTFERNT ...

ICH *WEISS* NICHT, JUNGE FRAU ... DER STIL *HAT* WAS, ABER TROTZDEM ...

UND *DIESE* BEIDEN?

13

NEIN, DIE AUF GAR KEINEN FALL.
NICHTS FÜR UNGUT, MEIN SCHATZ ...
... ABER WIR SIND DAS RENOMMIERTESTE MODE-MAGAZIN AUF DER WELT.
DAS IST MIR KLAR, MISS GREY ...
... DARUM KAM ICH ZU IHNEN JA ZUERST.
WO HABEN SIE GLEICH STUDIERT?
AM BELSHIVOI DESIGN-INSTITUT IN MOSKAU.
DIE SKEPTISCHE MISS GREY FÄHRT MIT IHRER BETRACHTUNG FORT ... SO ENTGEHT IHR, WIE NATASHAS AUGEN SICH WEITEN ...
... UND SIE VOR PANIK PLÖTZLICH KEUCHEN MUSS.
NATASHAS BEDRÄNGNIS WIRD ERST BEMERKT, ALS SIE LAUT ZU SCHREIEN BEGINNT.
EEEEEEEE
UND SELBST DANN HAT MISS GREY KAUM MEHR ALS EIN BEILÄUFIGES NASERÜMPFEN FÜR SIE ÜBRIG.
NATASHA ERNTET BESORGTE BLICKE ...
... UND HOCHGEZOGENE AUGENBRAUEN ...
... DOCH NIEMAND FOLGT DER AUFGELÖSTEN JUNGEN FRAU, DIE DURCH DIE SCHALLENDEN FLURE RENNT UND SICH AN DIE KEHLE FASST.
ALS SIE KURZ DARAUF ALLEIN IST, LÄSST DIE MERKWÜRDIGE PANIKATTACKE BEREITS NACH ...
... UND ETWAS KALTES WASSER VERTREIBT SIE VOLLENDS.
ENTWEDER JEMAND TUT MIR DAS AN ...
... ODER ICH DREH LANGSAM DURCH ...
14

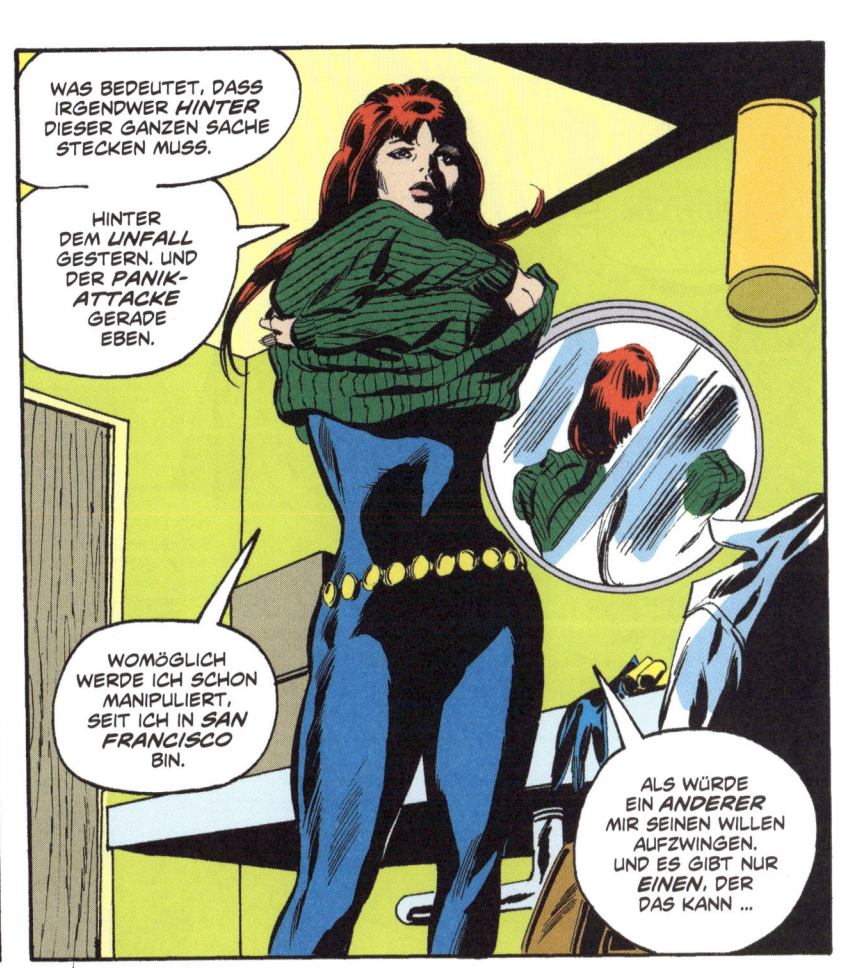

... UND WENN MADAME ROMANOFF SICH AUF EINS VERLASSEN KANN ...

WAS BEDEUTET, DASS IRGENDWER *HINTER* DIESER GANZEN SACHE STECKEN MUSS.

HINTER DEM *UNFALL* GESTERN. UND DER *PANIK-ATTACKE* GERADE EBEN.

... DANN AUF IHREN *KOPF*.

ICH BIN *GESTRESST*, ABER NICHT *IRRE*.

WOMÖGLICH WERDE ICH SCHON MANIPULIERT, SEIT ICH IN *SAN FRANCISCO* BIN.

ALS WÜRDE EIN *ANDERER* MIR SEINEN WILLEN AUFZWINGEN. UND ES GIBT NUR *EINEN*, DER DAS KANN ...

... DIESEN REIZENDEN KLEINEN *MÖCHTEGERN-SÖLDNER* ...

... *DANNY FRENCH*!

IN GEDANKEN GEHT SIE AUF DAS OFFENE *FENSTER* ZU. IHR BEIN SCHWINGT SICH ÜBER DIE KANTE, DIE HÄNDE BEREIT, SICH *ABZUSTOSSEN* ...

... UND DANN *SPRINGT* SIE.

FÜR DIE MEISTEN WÄRE EINE SOLCHE AKTION KAUM *VORSTELLBAR*, IHRE KÖRPER WÜRDEN *ER-STARREN* VOR DER BODENLOSEN HÄUSER-SCHLUCHT ZU IHREN FÜSSEN ...

... DOCH DIE *MEISTEN* SIND EBEN NICHT *BLACK WIDOW*.

15.

IN MINUTEN LEGT SIE KILOMETER ZURÜCK ...
... DOCH DAUERT ES EINE WEILE, BIS IHRE AUGEN DAS ZIEL IHRER SUCHE ERSPÄHEN, EINE KNALLROTE GESTALT, DIE AUF DEM DACH EINES BERÜHMTEN HOTELS KAUERT.
THK!
HALLO, NATASHA!
DIESEN HERZSCHLAG WÜRDE ICH ÜBERALL ERKENNEN.
WAS GIBT'S, SCHATZ?
WIDOW REDET ÜBER IHRE ANGST ... UND ÄUSSERT IHREN VERDACHT ...
FRENCH? DU GLAUBST, ER STECKT DAHINTER?
BEI MIR ETWA AUCH?
DU KENNST IHN NICHT, MATT ...
... ER MUSS VON UNS ERFAHREN HABEN.
UND JETZT WILL ER MICH FÜR SICH HABEN.
UND DIE MACHT DAZU HAT ER, MATT ...
... DIE MACHT VON PROJEKT VIER.
„ICH ERINNERE MICH GENAU AN DIESE NACHT. WIR FUHREN IN DIE WÜSTE VON NEVADA, STELLTEN DEN WAGEN AB UND ZOGEN DIE TARNKLEIDUNG AN, DIE DANNY MITGEBRACHT HATTE.
„DANN GINGEN WIR ZU FUSS WEITER, BIS WIR ZU EINER GEHEIMEN ANLAGE KAMEN."
HIER, NATASHA. HIER IST IHRE KLEINE WELTUNTERGANGS-MASCHINE.
PUNKT B
KONTROLLRAUM
DER APPARAT GENANNT „PROJEKT VIER".

„FASZINIERT STARRTE ICH AUF DIE KARTE. ZUM ERSTEN MAL FÜHLTE ICH MICH WIE EINE SPIONIN ...
„DANN KÜSSTE ER MICH.
„ICH MUSSTE IHN WEGSTOSSEN."
TU DAS NIE WIEDER!
FASS MICH NIE WIEDER AN!
WART'S AB, DU KOMMST SCHON NOCH AUF DEN GESCHMACK.
„ER WAR IMMER NOCH AM LACHEN, ALS WIR PLÖTZLICH SCHRITTE HÖRTEN."
SNAP!
SO 'N MIST! DIE WACHE!
„DER LICHTKEGEL VON DANNYS TASCHENLAMPE TRAF DEN MANN GENAU IM GESICHT UND BLENDETE IHN.
„ER WAR GROSS UND BULLIG, UND SEINE UNIFORM WAR KEINE OFFIZIELLE.
„ICH GRIFF IHN SOFORT AN.
BTOK!
„ICH WAR AUSSER MIR VOR WUT ÜBER DANNYS ÜBERGRIFF UND HIELT MICH NICHT ZURÜCK."
MRRPPHMP!

SLUMP!

KRUNCH!

„DIE WUCHT MEINES VORGEHENS NAHM SOGAR *MR. FRENCH* ETWAS DEN WIND AUS DEN SEGELN."

GROSSER GOTT.

WIR ... WIR SOLLTEN LIEBER *WEITER*, ODER?

„WIR MUSSTEN NOCH DIVERSE *ZÄUNE* UND EINE WEITERE *WACHE* ÜBERWINDEN."

„DIE ZÄUNE STANDEN UNTER STROM ... DIE WACHE WAR UNAUFMERKSAM."

WIE LANGE *WIRKT* DAS BETÄUBUNGSGAS, DANNY?

LANGE GENUG FÜR EINEN KURZEN ABSTECHER DA *REIN*, MEINE LIEBE.

ABER JETZT GEH LIEBER IN DECKUNG ...

... UND LASS DEN PRAKTISCHEN RUSSISCHEN *ZAUN-ENTFERNER* SEINE ARBEIT MACHEN.

„DIE BOMBE WAR FAST *LAUTLOS*."

MRRRF!

„DIE *WACHE* SCHLIEF JEDENFALLS WEITER."

18

„DANNY ATMETE SCHWER. OB VON DER ANSTRENGUNG ODER AUS ANGST, DAS WEISS ICH NICHT.
„WIR ÜBERQUERTEN DAS GELÄNDE. ICH GING VORAN ...
„... ABER DANNY SCHALTETE DIE NÄCHSTE WACHE AUS.
„ICH GLAUBE, ER VERSUCHTE NUN, MIR ETWAS ZU BEWEISEN. ABER WAS ...
„... DAS WERDE ICH WOHL NIE VERSTEHEN.
„EIN AUFZUG BRACHTE UNS IMMER TIEFER IN DEN FELSIGEN GRUND ...
„... BIS ENDLICH ...“
DAS IST ES, BABY! PROJEKT VIER!
KEINE BANGE, MR. FRENCH.
SCHNAPP DIR DIE KUGEL, NATASHA! ICH GEB DIR DECKUNG!
ICH KOMM GUT ALLEINE KLAR.
„DOCH ALS ICH MICH DER GLÜHENDEN KUGEL NÄHERTE ...“
NICHT! ICH BITTE SIE, NICHT ANFASSEN!
UNTER UNS IST EINE ERDBEBENLINIE!
HÖR NICHT AUF IHN, TASHA!
LOS, GREIF ZU. DA PASSIERT GAR NICHTS.
UND IHR VÖGEL LASST SIE IN RUHE, JA?
KEINE BEWEGUNG, OPA!
DANNY, NICHT!
„ABER ICH WAR ZU SPÄT ...
UNNNH!
„... IMMER ... ZU SPÄT.“
19.

„DANNY WARF EINE GASGRANATE INS LABOR.
„WIR HIELTEN ES ZUNÄCHST FÜR BETÄUBUNGSGAS ...“
... ABER ES WAR TÖDLICH.
DANNY UND ICH WAREN REINGELEGT WORDEN VON UNSEREN KONTAKTLEUTEN.
ER HÄNGTE DEN JOB DANACH AN DEN NAGEL. UND ICH BEINAHE AUCH.
UND DIE KUGEL? WAS IST DAMIT PASSIERT?
DIE HAT DANNY.
ER HAT DAMIT LEUTE ERPRESST, BEI DIESEN ERDBEBEN LETZTES JAHR.
ICH WEISS NUR EINS ÜBER DIESES DING ...
... ES IST STÄRKER ALS ZEHN H-BOMBEN!
UND DAS HAST DU FÜR DICH BEHALTEN?
HERRJE. WIR MÜSSEN DEM REIZENDEN MR. FRENCH EINEN BESUCH ABSTATTEN ...
... UND RAUSFINDEN, WAS ER MIT DER HÖLLENMASCHINE VORHAT.
DOCH MITTEN IM SPRUNG UND OHNE VORWARNUNG ...
NEIN! WAS TUN WIR DA? WIR-- WIR WERDEN BEIDE STERBEN!
DAS DÜRFEN WIR NICHT, WIDOW!
MATT, UM HIMMELS WILLEN!
ABER MATT MURDOCK ANTWORTET NICHT.
ER SCHEINT UM LUFT ZU RINGEN ... ZU ERSTICKEN ...
... UND EINEN SCHLIMMEN MOMENT DER KLARHEIT SPÄTER ...
... WEISS WIDOW, WARUM.
DAS IST DANNYS WERK, MATT!
ER MANIPULIERT DICH! DU MUSST DAGEGEN ANKÄMPFEN!
BITTE, MATT!

BITTE!

ZWECKLOS ... ER HÖRT MICH NICHT MAL.

UND ICH ... ICH HAB SOLCHE ANGST! WAS MACHE ICH HIER OBEN?

MAAAAATT!

IHR SCHREI HALLT DURCH DIE HÄUSERSCHLUCHTEN ...

... DOCH FÜR DEN MANN GENANNT DAREDEVIL, DESSEN SINNE ERSTICKT WERDEN VON DEM KALTEN GRAUEN IN SEINEN ADERN ...

... IST ER KAUM EIN FLÜSTERN ...

... EIN KURZES HEULEN DES WINDS.

NEXT: **FEAR IS THE KEY!**

JETZT: DIE FURCHT SELBST!

EIN QUANTUM VERTRAUEN

von Christian Endres

Selbst eine zur Paranoia und Unabhängigkeit erzogene Einzelkämpferin wie **Natasha** braucht Freunde und Verbündete, auf die sie sich verlassen kann.

HAWKEYE
Clint Barton wuchs mit seinem Bruder **Barney** beim Zirkus auf, wo sie von **Swordsman** zu Meisterschützen ausgebildet wurden. Clint wollte ein Held werden, wurde aber durch Pech als Schurke gebrandmarkt. Er und **Black Widow** arbeiteten sowohl als Bösewichte wie auch als Helden oft zusammen und vertrauen einander blind.

IVAN
Ivan Petrovich Bezukhov rettete Natasha im Zweiten Weltkrieg das Leben und kümmerte sich um sie. In den Jahren, da die Widow in New York, L.A. und San Francisco zur Heldin wurde, stand er ihr als Schutzengel und Chauffeur zur Seite. Am Ende wurde er leider zum liebestollen Cyborg, und Nat musste ihn umbringen, um eine nukleare Katastrophe zu verhindern.

STEVE ROGERS
Der schmächtige **Steve Rogers** aus der Bronx, der unbedingt für sein Land eintreten wollte, wurde im Zweiten Weltkrieg dank eines Experiments um das streng geheime Supersoldaten-Serum zur patriotischen Heldenlegende **Captain America**. Er verbrachte Jahrzehnte im ewigen Eis, ehe er zurückkehrte und ein **Avenger** wurde.

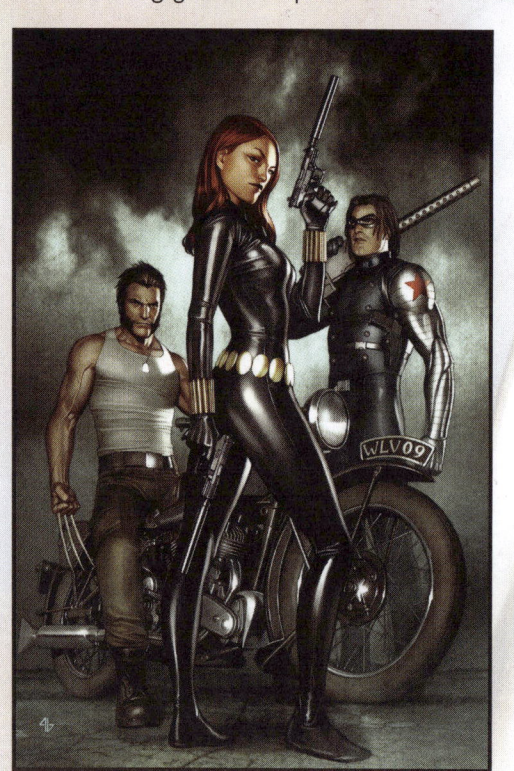

WOLVERINE
Mutant mit Krallen und Heilfaktor, der seit dem späten 19. Jahrhundert lebt. Das kanadische **Waffe X**-Projekt stattete **Logan** mit einem Adamantiumskelett aus. Als Kind sollte Natasha die Meisterauftragskillerin der Hand in Madripoor werden, doch Logan, Ivan und Cap retteten sie.

NICK FURY SR.
Im Zweiten Weltkrieg führte **Nicholas Fury** die US-Spezialeinheit **Howling Commandos** hinter die feindlichen Linien in Europa. Nach dem Krieg wurde er einer der größten Spione der USA und eine Schlüsselfigur von SHIELD. Die Infinity-Formel gab ihm Langlebigkeit. Nachdem er den Beobachter **Uatu** ermordet hatte, um seine Sünden zu verbergen, wurde er selbst der allsehende **Unseen**.

NICK FURY JR.
Furys Sohn **Marcus Johnson** war ein Soldat, bevor er seinen wahren Namen annahm und zusammen mit seinem Kumpel **Cheese** alias **Phil Coulson** zu SHIELD kam, wo Fury Jr. in die Fußstapfen seines alten Herrn trat.

WINTER SOLDIER
Im Zweiten Weltkrieg war **James Barnes** Caps jugendlicher Sidekick **Bucky**. Die Welt hielt ihn für tot, während die UdSSR ihn per Gehirnwäsche zum Attentäter **Winter Soldier** mit kybernetischem Arm und null Skrupeln machte. Nach Jahren des Tötens erhielt er seine alten Erinnerungen zurück und wurde wieder zum Helden, ja, zeitweise sogar der neue Captain America.

DAREDEVIL
Der blinde Anwalt **Matt Murdock** hilft der Gerechtigkeit auf die Sprünge und wacht als kostümierter Schutzteufel **Daredevil** u. a. über das New Yorker Viertel Hell's Kitchen oder San Francisco. DD verlässt sich auf seine verbliebenen Wahrnehmungsorgane, die seit dem Verlust seines Augenlichts in der Kindheit geschärft sind, seinen besonderen Radarsinn und seine athletischen Fähigkeiten.

ISAIAH ROSS
Natashas Anwalt und Manager, der ihre Aufträge als Söldnerin koordiniert und auf ihre Katze **Liho** aufpasst. Er wurde mehrfach von Nats Feinden attackiert.

DAREDEVIL, DER MANN OHNE FURCHT!

STAN LEE PRÄSENTIERT: | EINE GERRY CONWAY/GENE COLAN SAN FRANCISCO-FANTASIE | TOM PALMER TUSCHE ASTARTE DESIGN-ROMA LETTERING | M.-O. FRISCH ÜBERSETZUNG

FEAR IS THE KEY!*

EBEN NOCH SPANNTE SICH SEIN KÖRPER, MITTEN IM SPRUNG, AM ENDE EINES STRAFFEN SEILS...

... DOCH DANN GESCHAH ETWAS MIT MATT MURDOCK, ALIAS DAREDEVIL ...

... ETWAS ÜBERKAM IHN VON INNEN ...

... WIE EIN EISIGES SCHWERT, DAS SICH IHM IN DEN LEIB BOHRT ... EIN SCHRECKEN, DER IHM DIE SINNE RAUBT ... UND MIT EINEM ERSTICKTEN SCHREI ...

... STÜRZT ER!

MATT! NEEEEIN!

* DIE FURCHT SELBST!

SIE BEWEGT SICH *SCHNELL* UND *INSTINKTIV*.

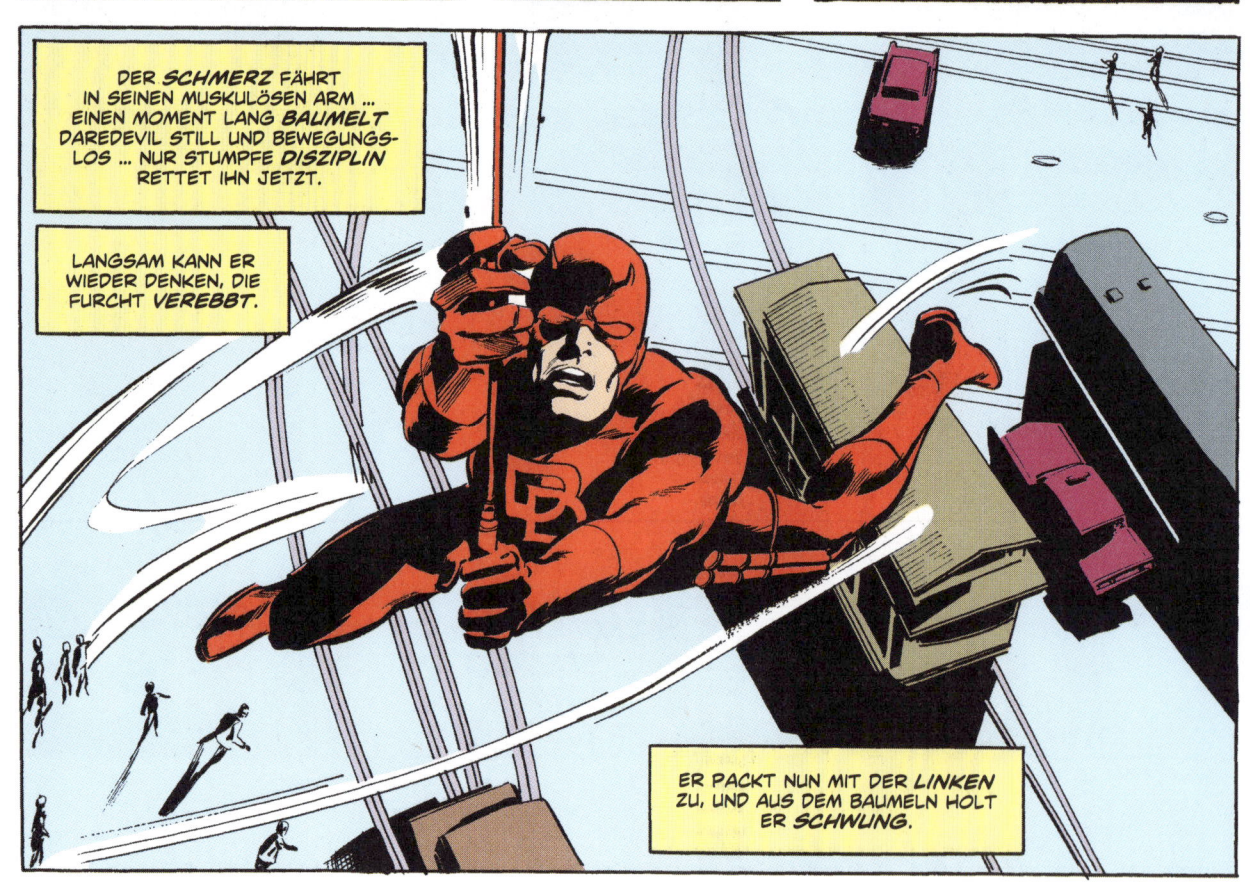

DIE ANGST *NAGT* AN IHR, DOCH JAHRE DES *TRAININGS* HABEN IHRE FÄHIGKEITEN GESCHÄRFT UND SIE AUF DIESEN AUGENBLICK VORBEREITET.

FINGER GREIFEN NACH DEM PEITSCHENDEN *SEIL* ...

... *SCHULTERN* SPANNEN SICH IN ER- WARTUNG DES *RUCKS* ...

... UND DANN SCHLIESST WIDOW DIE AUGEN UND *WARTET* ...

... BIS ER *KOMMT*!

TWWWHIP!

DER *SCHMERZ* FÄHRT IN SEINEN MUSKULÖSEN ARM ... EINEN MOMENT LANG *BAUMELT* DAREDEVIL STILL UND BEWEGUNGS- LOS ... NUR STUMPFE *DISZIPLIN* RETTET IHN JETZT.

LANGSAM KANN ER WIEDER DENKEN, DIE FURCHT *VEREBBT*.

ER PACKT NUN MIT DER *LINKEN* ZU, UND AUS DEM BAUMELN HOLT ER *SCHWUNG*.

MATT! OH, MATT!
HALT FEST, UM HIMMELS WILLEN! HALT FEST!
ZENTIMETER UM SCHMERZHAFTEN ZENTIMETER ARBEITET SICH DAREDEVIL DAS SEIL HINAUF, WÄHREND SEINE GEDANKEN RASEN VOR STAUNEN UND VERWIRRUNG.
WAS HAT MICH EBEN GERITTEN, NATASHA?
ES WAR, ALS STECKTE MEIN HERZ IN EINEM SCHRAUB-STOCK!
ALS WÜRDE ICH ERSTICKEN!
KLEINE, DIESES GEFÜHL IST--
THHWWIIIT
TASHA? WAS HAST DU? HAB ICH WAS--
-- FALSCHES GESAGT? WÄR'S NUR DAS.
DU SAGST SO VIELES ...
... ABER NIE DAS RICHTI-GE.
BABY, WENN ICH--
MR. MURDOCK, JETZT REICHT'S!
VON WEGEN BABY.
SEH ICH AUS WIE EIN BABY?
LASS MICH BITTE IN RUHE!
NATASHA, WART MAL 'NE SEKUNDE.
JETZT WARTE DOCH!
3

ZWECKLOS. IHR HERZ RAST. SIE IST DEN TRÄNEN NAH.
DIESES MAL HAB ICH'S MIR WOHL RICHTIG VERSCHERZT BEI IHR. ABER WIESO?
NATASHA, REDE MIT MIR.
WARUM BIST DU SAUER?
DU KAPIERST ES WIRKLICH NICHT, WAS?
SEIT WOCHEN BIN ICH DEINE PARTNERIN, NICHT NUR DA DRAUSSEN ...
... ABER DU AKZEPTIERST MICH NICHT ALS DIE, DIE ICH BIN.
EIN EIGENSTÄNDIGER, DENKENDER MENSCH ...
... EINE PERSON MIT MOTIVEN UND ZIELEN ...
... KEIN ANHÄNGSEL!
ICH BIN DEINE PARTNERIN, ABER DU BIST NICHT MEIN PARTNER!
TASHA, SCHATZ!
VERGISS ES, MATT. DEINEN TROST WILL UND BRAUCH ICH NICHT.
MEHR HAST DU NICHT ÜBRIG FÜR MICH.
UND DAS IST MIR EINFACH NICHT GENUG.

CHRISTINE, SCHAU! DAS IST *BLACK WIDOW!*

TATSÄCHLICH! *MADAME NATASHA!*

EINE, DIE GENAU WEISS, WAS SIE *WILL* ...

... DEFINITIV DIE *GLORIA STEINEM* DER SUPER-HELDINNEN!

ZUM ERSTEN MAL SEIT VIELEN TAGEN *LÄCHELT* WIDOW.

ZEIT: UNGREIFBAR UND DOCH *LEBENSWICHTIG*.

ZEIT: DIE MOMENTE VON JETZT BIS *DANN*, VON EINER SZENE ZUR NÄCHSTEN.

ZEIT: DER NAHENDE AUGENBLICK, IN DEM WIR *DANNY FRENCH* BEGEGNEN, JENEM SÖLDNER, DER *VIELLEICHT* DIE GEHEIMNISVOLLEN *REGELN* DIESES SPIELS KENNT ...

... AN DESSEN *SEITE* NATASHA DIE ENERGIEQUELLE VON *PROJEKT VIER* FAND ...

... DEN SIE NUN *VERDÄCHTIGT* UND ...

... BESCHATTET.

HIER *UNTEN*, MR. FREDRICKS.

KOMMEN SIE, ICH ZEIG'S IHNEN.

DANNY UND DIESER ALTE KAUZ AUS DEM *TWO HORSES*.*

MAL SEHEN, WAS DIE ZWEI HIER WOLLEN ...

* EIN NACHTCLUB IN SAN FRANCISCO.

... OBWOHL ICH NICHT *SICHER* SEIN KANN, DASS *DANNY* HINTER DEM STECKT, WAS MIT MATT UND MIR PASSIERT.

DIESE ANFÄLLE LÄHMENDER *FURCHT*.

IST DANNY ZU SO ETWAS IN DER *LAGE*, SELBST MITHILFE VON *PROJEKT VIER*?

VIELLEICHT WEISS ICH GLEICH *MEHR* ...

... UND VIELLEICHT SOGAR MEHR, ALS MIR *LIEB* IST.

SUB BASEMENT

ALLES *STILL* HIER.

MOMENT, DA HINTEN FLACKERT *LICHT*.

MEINE AUGEN MÜSSEN SICH KURZ AN DIE *DUNKEL-HEIT* GEWÖHNEN.

ANGEZOGEN VON EINEM FAHLEN LICHT UND UNVERSTÄNDLICHEM GEMURMEL SCHLEICHT BLACK WIDOW VORAN, VORSICHTIG WIE EINE KATZE, DEN KOPF VOLLER ÄNGSTE.

ODER LÄUFT HIER EIN *ANDERES* SPIEL?

EIN SPIEL, DESSEN HAUPTGEWINN BLACK WIDOWS LEBEN IST?

HAT DANNY VOR, SIE TATSÄCHLICH ZU *ERPRESSEN*?

HIER, MR. FREDRICKS. GENAU WIE *ABGEMACHT*.

ES IST SEINEN *PREIS* ABSOLUT WERT.

SIE HABEN DEN BETRAG DOCH *DABEI*, ODER?

NATÜRLICH, MR. FRENCH. UND EINEN BONUS FÜR DIE SCHNELLE *LIEFERUNG* EBENSO.

DAS IST JA *REIZEND*, DANNY.

WAS HAT DAS ZU *BEDEUTEN*, FRENCH?

VERRÄTER KRIEGEN HEUTE SOGAR *TRINKGELD*, WAS?

NA LOS, DANNY. *ERKLÄR'S* DEINEM FREUND.

ERZÄHL IHM, WAS DU IHM DA GERADE *VERKAUFT* HAST.

LADY, JETZT *REICHT* ES!

SEIT *WOCHEN* STELLST DU MIR SCHON NACH WEGEN DES PROJEKTS...

... VERFOLGST MICH, ALS WÄR ICH EIN IRGENDEIN *GAUNER*...

... UND REDEST DABEI AUCH NOCH TOTAL *WIRRES* ZEUG!

SCHWESTER, DAMIT IST JETZT *SCHLUSS*!

DANNY, DU BRICHST MIR DAS HERZ. IM ERNST.
ICH KANN NUR ERAHNEN, WIE WEH ES DIR TUN MUSS, MIR SO ETWAS ZU SAGEN ...
... ABER GLAUB MIR, ES TUT NICHT HALB SO WEH WIE DAS!
FRAK!
WAS SOLL DAS? SPINNST DU?
ICH BIN SAUER, FRENCH ...
... UND ZWAR RICHTIG SAUER!
UND DIESES MAL KOMMST DU NICHT DAVON.
ALLES KLAR?
MAL SEHEN, WAS DEIN FREUND SAGT ...
... ZU EINER GEWISSEN ENERGIE-KUGEL.
WHAP!
NEIN, NATASHA! ER IST NICHT--UMMPF!

MR. FRENCH HAT VÖLLIG *RECHT*, MEINE LIEBE.
ICH HABE KEINEN *SCHIMMER*, WOVON SIE BEIDE DA REDEN ...
... UND ES IST MIR AUCH *EGAL*.
WEG DA, BITTE.
NICHT SO SCHNELL, ALTER.
ERST WILL ICH DIESE *KISTE*.
PASS AUF! NNNHHH!
BOT!
CLANNGG!
PAPIERE? NUR *PAPIERE*, DANNY?
SAG ICH DOCH DIE GANZE ZEIT, SCHWESTER.
FREDRICKS *WUSSTE* NICHTS VON DER KUGEL, BIS *DU* GEPLAUDERT HAST.
ER HAT MICH ENGAGIERT, WEIL ER *ERPRESST* WURDE.
UND ALS FREDRICKS SEINEN *LOHN* ENTRICHTET HAT ...
DU HAST IHM *GEHOLFEN*, DANNY? ICH DACHTE--
BEHALT'S FÜR *DICH*, KLEINE, ABER SEIN ERPRESSER WAR *ICH*.
IST JA WIEDER *TYPISCH*, FRENCH.
ICH DACHTE TATSÄCHLICH, DU ... ABER *EGAL*.
ICH HAB EIN PAAR *FRAGEN*, DANNY.
SCHON *WIEDER* DIESE NUMMER, TASHA?

"DIE KUGEL AUS *PROJEKT VIER*, FRENCH ... HAST DU SIE GEGEN UNS EINGESETZT?"

"GEGEN MICH UND GEGEN *DAREDEVIL*?"

"DAREDEVIL?"

"JA, BABY, ICH *HAB* DIE KUGEL. ABER WIE SIE *FUNKTIONIERT*?"

"DA HAB ICH NICHT DIE LEISESTE AHNUNG."

"SIE IST *NUTZLOS* FÜR MICH. KOMPLETT *WERTLOS*."

"WÜRD ICH MICH SONST MIT KLEINEN FISCHEN WIE DIESEM *FREDRICKS* ABGEBEN, TASHA ..."

"... WENN ICH SO MÄCHTIG WÄR, WIE DU *DENKST*?"

"NEIN, EHER *NICHT*."

"DANN ... IST DAS EINE *SACKGASSE* ..."

"... ICH HOFFE, *DAREDEVIL* HAT MEHR GLÜCK."

"ICH MACH MIR *SORGEN* UM NATASHA. SIE IST WIE *BESESSEN* VON DIESEM DANNY FRENCH ..."

"... WESWEGEN WIR WOMÖGLICH DAS *OFFENSICHTLICHE* ÜBERSEHEN HABEN!"

"ABER „OFFENSICHTLICH" IST WAHRSCHEINLICH *RELATIV* ..."

"... WENN DERJENIGE, DEN ICH IN *VERDACHT* HABE ..."

"... *TOT* IST."

NICHT ÜBEL, MASKIERTER. DU KOMMST DER SACHE NÄHER...

... EINEN MANN NAMENS MR. FEAR!

MURDOCK IST EIN KIND. EIN BLINDES, DUMMES KIND.

NUR ER KONNTE SO SCHWER VON BEGRIFF SEIN, SO VOLLER ARROGANZ.

ICH WERDE SEIN SELBSTBEWUSSTSEIN ZERSTÖREN. DENN ICH-- ICH ALLEIN-- BIN DIE FURCHT!

... UND HÄTTEST DU AUF DAS DACH DES GEBÄUDES GEACHTET, AN DEM DU DICH EBEN VORBEISCHWANGST, DANN HÄTTEST DU DIESEN VERMEINTLICH TOTEN BEMERKT...

ER DREHT SICH UM...

... STÖSST MIT DER SCHULTER DIE TÜR AUF...

... UND WIRD VERSCHLUCKT VON DEN SCHATTEN DES TREPPENHAUSES.

ANDERSWO IM GLEICHEN GEBÄUDE...

MIT UNSEREM ANGREIFER BESCHÄFTIGE ICH MICH SPÄTER.

ERST HAB ICH NOCH EINEN TERMIN...

... UND ZWAR OHNE MEINE MASKE.

MATT MURDOCK KENNT DA EINEN *TRICK* ... EINEN *GEDANKENTRICK*.
MANCHMAL, WENN DIE LÖSUNG EINES PROBLEMS IHM IMMER WIEDER DURCH DIE *FINGER* SCHLÜPFT ...
FIRE EX
ERICK LOAN AND RANSTON
... SCHIEBT ER DAS PROBLEM *BEISEITE* UND ÜBERLÄSST ES SEINEM *UNTERBEWUSSTSEIN* ...
... BIS SICH DIE ANTWORT *OFFENBART*.
RODERICK SLOAN AND TRAN
MANCHMAL IST SIE *UNERWARTET*.
MR. MURDOCK! MR. CRANSTON *ERWARTET* SIE BEREITS.
GEHEN SIE *REIN*.
DANKE, DAS *MACH* ICH.
AH, MATT. SCHÖN, SIE ZU, ÄH, *SEHEN*.
VERZEIHEN SIE NOCH MAL WEGEN *GESTERN*.
ACH WAS, LARRY.
EIN KLEINER ÜBERFALL UNTER ALTEN *KOMMILI-TONEN*, KEIN DING.
ÄH, JA, *JA* ...
... ABER MR. SLOAN WAR UNSER AUFTRITT *TROTZDEM* EIN WENIG PEINLICH.
ER WOLLTE *SELBST* MIT IHNEN DARÜBER--
HMM, GAR NICHT *DA*?
UND OB ICH DA BIN, CRANSTON ...
... ICH HAB NUR ETWAS *FRISCHE LUFT* GESCHNAPPT. NA, MURDOCK?

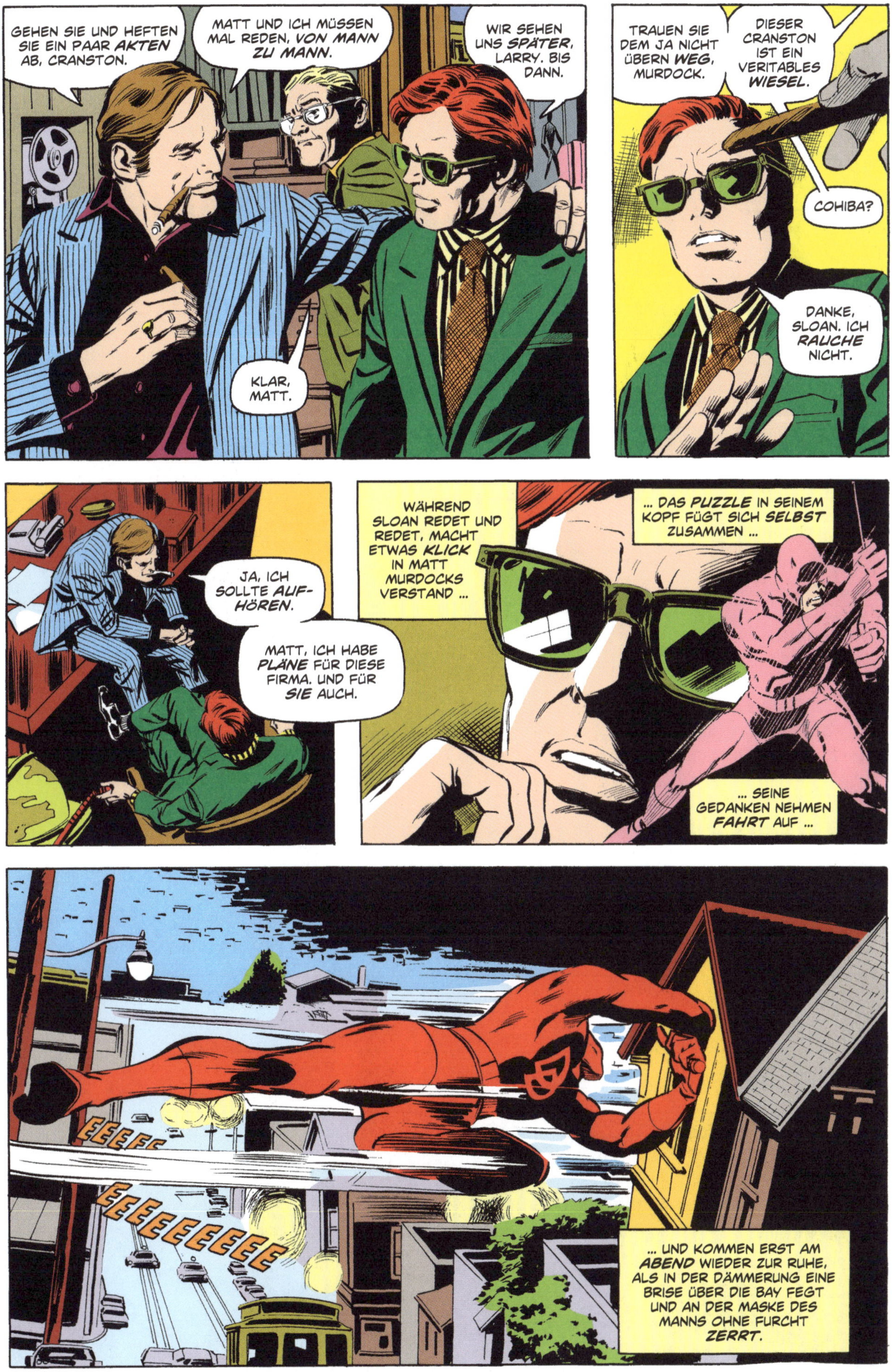
GEHEN SIE UND HEFTEN SIE EIN PAAR AKTEN AB, CRANSTON.
MATT UND ICH MÜSSEN MAL REDEN, VON MANN ZU MANN.
WIR SEHEN UNS SPÄTER, LARRY. BIS DANN.
KLAR, MATT.
TRAUEN SIE DEM JA NICHT ÜBERN WEG, MURDOCK.
DIESER CRANSTON IST EIN VERITABLES WIESEL.
COHIBA?
DANKE, SLOAN. ICH RAUCHE NICHT.
JA, ICH SOLLTE AUF-HÖREN.
MATT, ICH HABE PLÄNE FÜR DIESE FIRMA. UND FÜR SIE AUCH.
WÄHREND SLOAN REDET UND REDET, MACHT ETWAS KLICK IN MATT MURDOCKS VERSTAND ...
... DAS PUZZLE IN SEINEM KOPF FÜGT SICH SELBST ZUSAMMEN ...
... SEINE GEDANKEN NEHMEN FAHRT AUF ...
EEEEE
EEEEEEEEEE
... UND KOMMEN ERST AM ABEND WIEDER ZUR RUHE, ALS IN DER DÄMMERUNG EINE BRISE ÜBER DIE BAY FEGT UND AN DER MASKE DES MANNS OHNE FURCHT ZERRT.

IcH zeig mich jetzt seit Stunden auf dem **Präsentierteller**...

...aber bisher geht meine List nicht auf. Lag ich etwa **doch** falsch?

Oder mein Feind ist auf einmal **schüchtern** geworden.

Halt...

Es... es passiert wieder. Diese Atemnot.

Diese Angst.

Ich versinke in ihr... wie in **Treibsand**...

AAAAHH

Keine **Luft**... ich muss– ≥NNNHHHNNN!≤

Muss **was**, Daredevil?

Warum so **sprachlos**?

Du! Aber wie?!

Für andere mag der Tod das **Ende** sein...

...nicht jedoch für **Mr. Fear**.

Für mich ist er der Beginn eines neuen **Lebens**.

Doch genug! Auf die **Knie**, Maskierter!

Meine **Furchtpistole** kennst du ja schon.

Keine Sprüche? Beeindruckend.

Sehr perzeptiv. Für einen Narren wie dich...

WO DU MICH GERADE SO LOBST, MR. FEAR.
ICH HATTE MIR NÄMLICH BEREITS GEDACHT, MIT WEM ICH'S ZU TUN HABE ...
... UND EINE KLEINIGKEIT VORBEREITET ...
... EIN GASFÖRMIGES GEGENMITTEL ZU DEINEN FURCHTKUGELN.
UND JETZT, WER IMMER DU SEIN MAGST ...
... BIN ICH DRAN!
UMMMPFFF!
DU NARR, MURDOCK ...
... DU ELENDER, INKOMPETENTER NARR!
DU GLAUBST WIRKLICH, DAMIT KANNST DU MICH ÜBERRUMPELN?
DA TÄUSCHST DU DICH GEWALTIG, MEIN FREUND.
KOMMT VOR.
DU BIST AUCH NICHT GERADE FEHLERFREI, KAPUZENMANN.

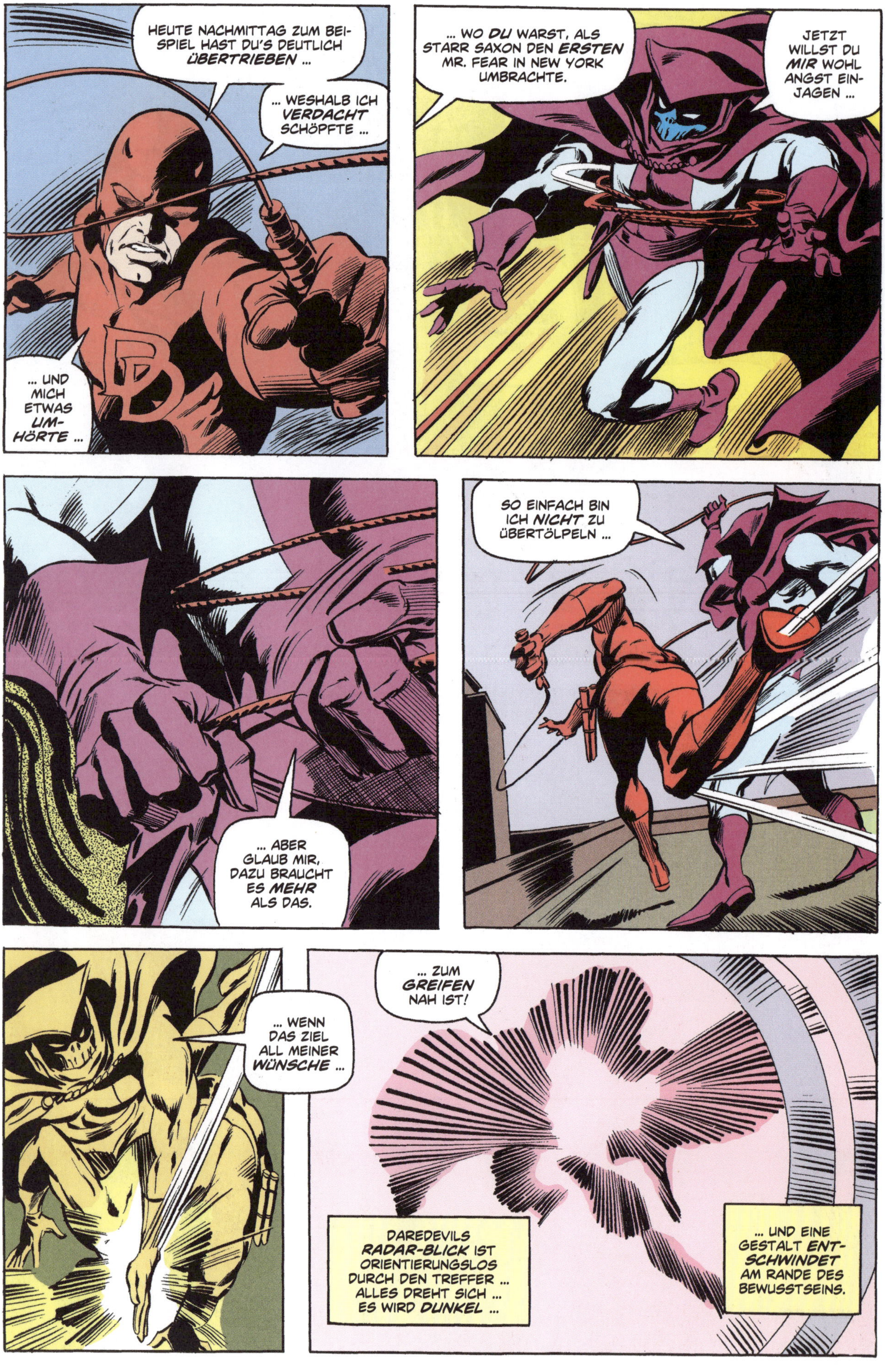
HEUTE NACHMITTAG ZUM BEISPIEL HAST DU'S DEUTLICH ÜBERTRIEBEN ...
... WESHALB ICH VERDACHT SCHÖPFTE ...
... UND MICH ETWAS UMHÖRTE ...
... WO DU WARST, ALS STARR SAXON DEN ERSTEN MR. FEAR IN NEW YORK UMBRACHTE.
JETZT WILLST DU MIR WOHL ANGST EINJAGEN ...
... ABER GLAUB MIR, DAZU BRAUCHT ES MEHR ALS DAS.
SO EINFACH BIN ICH NICHT ZU ÜBERTÖLPELN ...
... WENN DAS ZIEL ALL MEINER WÜNSCHE ...
... ZUM GREIFEN NAH IST!
DAREDEVILS RADAR-BLICK IST ORIENTIERUNGSLOS DURCH DEN TREFFER ... ALLES DREHT SICH ... ES WIRD DUNKEL ...
... UND EINE GESTALT ENTSCHWINDET AM RANDE DES BEWUSSTSEINS.

BALD...

UND SO BEGINNT ES.

... UND *ICH*, ZUM ERSTEN MAL IN MEINEM LEBEN ...

... BIN *FREI!*

GLEICH WIRD MEIN *ZWEITER* WIDERSACHER AUF DEM *DACH* EINTREFFEN, UND *DANN* ...

... WENN AUCH *ER* BESIEGT IST, *LÜFTET* SICH DER HASS ...

TRÄUM *WEITER*, KAPUZENMANN.

IM KNAST GEHT'S MEINES WISSENS *NICHT* BESONDERS FREI ZU ...

... ALSO MACH DICH *GEFASST*.

MURDOCK!

ICH HABE DICH WOHL *UNTERSCHÄTZT* ...

... DICH UND DEINE *WIDERSTANDSKRAFT*. ICH HÄTTE DICH *GLEICH* UMBRINGEN SOLLEN, ALTER FREUND.

EIN *FEHLER* ...

... DEN ICH *KORRIGIEREN* WERDE!

{UNNNH!} ER IST STÄRKER, ALS ICH *DACHTE*.

UND ICH BIN IMMER NOCH *GESCHWÄCHT*.

KOMME NICHT ... *FREI!*

DANN, ALS EINE TIEFE FINSTERNIS DAS BEWUSSTSEIN DAREDEVILS ZU UMHÜLLEN BEGINNT, SCHREITET DAS SCHICKSAL EIN ...
... IN GESTALT EINER SICH ÖFFNENDEN TÜR.
WAS?! NEIN! ZU FRÜH! ZU FRÜH!
NUN EIN FLINKER HANDGRIFF UND ...
WAS IST LOS, LARRY? ANGST, DASS SLOAN SIEHT ...
... DASS DU MR. FEAR BIST?
CRANSTON? UM HIMMELS WILLEN, MANN, WAS SOLL DAS?
WAS IST DAS FÜR EIN ALBERNER AUFZUG? UND WIESO ZITIEREN SIE MICH HIER AUFS DACH?
GEHT IHNEN IMMER NOCH KEIN LICHT AUF, SLOAN?
ICH HASSE SIE! SIE UND IHRESGLEICHEN!
DIE AUFSCHNEIDER UND SELBSTDARSTELLER, DIE DEN LOHN MEINER ARBEIT ERNTEN!
WAS ICH HIER OBEN VON IHNEN WILL, SLOAN? IHREN TOD!
ICH WILL IHREN TOD!

TUT MIR FURCHTBAR *LEID*, CRANSTON ...

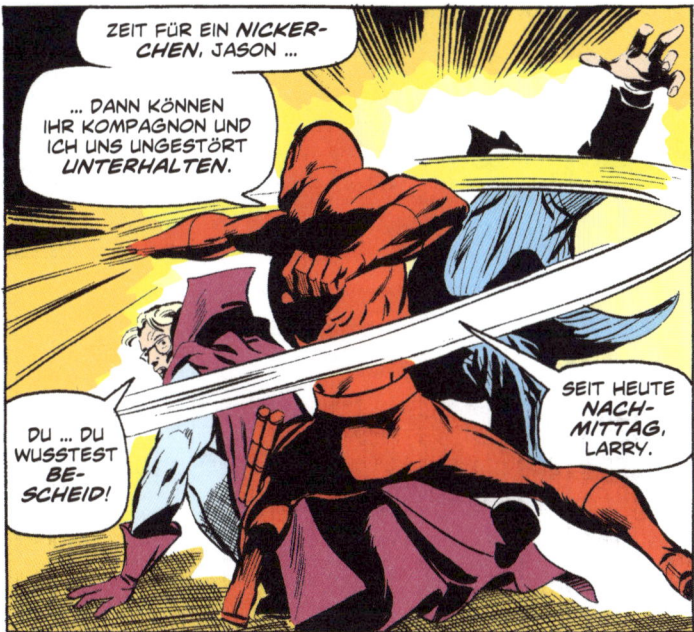

... ABER DARAUS *WIRD* NICHTS.

MRRMMPPHFF!

HMMM. VORSICHT, MURDOCK. WENN LARRY SO WEITERPLAPPERT ...

... IST DEINE GEHEIMIDENTITÄT *FUTSCH*.

ZEIT FÜR EIN *NICKERCHEN*, JASON ...

... DANN KÖNNEN IHR KOMPAGNON UND ICH UNS UNGESTÖRT *UNTERHALTEN*.

DU ... DU WUSSTEST *BESCHEID*!

SEIT HEUTE *NACHMITTAG*, LARRY.

DU WARST AUSSER *ATEM* ...

... UND ICH HAB DAS *FURCHTGAS* GEROCHEN.

ICH KENN MICH AUS DAMIT.

WOHER *HAST* DU ES, LARRY?

ICH WAR IN NEW YORK ... IN EINEM *HOTEL* ...

„... ICH HÖRTE LÄRM AUS DEM ZIMMER GEGENÜBER. *STIMMEN*. *STREIT*. DIE TÜR STAND OFFEN. DA WAR *STARR SAXON* ... ER *SCHOSS* AUF DEN ANDEREN MANN UND VERSCHWAND.

BKOW

„DER ANDERE ... ER HIESS ZOLTAN *DRAGO**...

„ER VERRIET MIR, WO ER SEINE *AUSRÜSTUNG* UND SEIN *KOSTÜM* VERSTECKT HATTE. IM GEGENZUG SOLLTE ICH IHN *RETTEN*.

„ABER LEIDER WAR ES ZU *SPÄT*. ER STARB IN MEINEN ARMEN."

* DER ERSTE MR. FEAR.

WOHER WUSSTEST DU, WER ICH *BIN*, LARRY? WARUM DAS ALLES?	ALS *MATT MURDOCK* UND *MADAME NATASHA* NACH SAN FRANCISCO KAMEN ... UND DANN DAREDEVIL UND WIDOW ... WAR DOCH KLAR.	... ICH HAB *GENUG* VON DIR!
	UND ICH HAB DICH IMMER *VERACHTET*, MURDOCK. SCHON AUF DER *UNI*. MURDOCK *HIER*, MURDOCK *DA* ...	*KRAK!*

ICH KOMME *WIEDER* ... ... UND DANN *VERNICHTE* ICH DICH!

NICHT, LARRY! DEIN *JETPACK!* ES ...

... LIEGT HIER.

AAAAGGHH

STUNDENLANG STREIFT DAREDEVIL ZIELLOS UMHER, BIS ...

IVAN? HIER IST *MATT*.

ICH WEISS. TUT MIR LEID, ICH WAR ... FRAG LIEBER *NICHT*.

IST *TASHA* DA? ICH MUSS MIT IHR REDEN.

ALS ES VORÜBER IST, *LAUSCHT* MATT MURDOCK ... UND LAUSCHT ... DOCH UM LARRY CRANSTON IST ES *TOTENSTILL*.

SORRY, MURDOCK, DESWEGEN WOLLTE ICH DICH *ERREICHEN*.

SIE IST *WEG*! UND ICH GLAUB NICHT, DASS SIE VORHAT WIEDERZUKOMMEN!

NEXT: **MANHUNT!**

JETZT: BOOMERANG!

LIEBESGRÜSSE AUS MOSKAU
von Christian Endres

Wie das bei Spionen und Superhelden nun mal so ist, endeten **Natashas** Liebesbeziehungen meistens ohne Happy End. Allerdings hat Nat zu vielen ihrer Verflossenen ein gutes Verhältnis, so kann sie sich auf **Hawkeye**, **Winter Soldier** und **Daredevil** jederzeit als Freunde und Verbündete verlassen und zählt sie zu ihren engsten Vertrauten – soweit **Black Widow** anderen eben zu vertrauen vermag.

RED GUARDIAN
Der russische Geheimdienst fädelte es ein, dass die Ballerina **Natalia Romanova** den hochdekorierten Militärtestpiloten **Alexi Shostakov** heiratete. Doch da sie beide ihrem Land dienen sollten, währte dieses Liebesglück trotz großer Gefühle nur kurz. Der KGB ließ Natasha glauben, Alexi sei gestorben. In Wahrheit wurde er jedoch zum ersten **Red Guardian** gemacht, dem russischen **Captain America**. Kurz nachdem Natasha dieses Geheimnis über Red Guardian erfuhr, starb Alexi. Später suchte eine LMD-Roboterversion von ihm die Witwe heim.

HAWKEYE
Am Anfang ihrer kriminellen und romantischen Partnerschaft gingen Hawkeye **Clint Barton** und Black Widow als Duo auf **Iron Man** los, wobei Tasha klar den Ton angab. Für den Bogenschützen, der als Erster seiner Bestimmung folgte und wie ursprünglich geplant zum Helden avancierte, kehrte Natasha der UdSSR schließlich sogar den Rücken. Als man sie mittels Gehirnwäsche zurückholte und gegen die **Avengers** um Hawkeye ins Feld schickte, waren ihre Gefühle für Clint letzten Endes Natashas Anker.

DAREDEVIL
Die Beziehung von Natasha und Daredevil **Matt Murdock** in San Francisco überstand Superschurken, eine Verschwörung aus der Zukunft, alte Rechnungen aus der Vergangenheit, Eifersucht und finanziellen Bankrott. Doch vielleicht pflegten sie ja auch genau wegen dieser Gründe und Probleme eine anstrengende On-off-Beziehung. Zudem nutzte Matt die Widow, um über **Karen Page** hinwegzukommen, wohingegen Hawkeye während ihrer Romanze versuchte, Nat zurückzugewinnen. Darüber hinaus verließ die Witwe den Teufel einmal, um sich ganz den Avengers widmen zu können.

HERCULES
Der antike Held und göttliche Rächer weiß, wie gut er gebaut ist, und genoss lange den Ruf eines arroganten, berüchtigten und unverbesserlichen Schürzenjägers. Zur Zeit der berühmten Rächer-Storyline DIE KORVAC-SAGA waren Black Widow und **Herc** aus den Reihen des ersten **Champions**-Teams kurz miteinander liiert. Sie trennten sich im Guten und finden einander bis zum heutigen Tag anziehend.

WINTER SOLDIER
Nach seiner Gehirnwäsche durch die UdSSR war **James „Bucky" Barnes** ein eiskalter, gnadenloser Killer, aber auch ein strenger Ausbilder in Diensten des russischen Geheimdienstes und des Black Widow-Programms. Er und die junge Natasha unterhielten in dieser Zeit eine Affäre. Jahrzehnte später, als Bucky seine Erinnerungen zurückhatte und als Winter Soldier sowie nach dem **Civil War** vorübergehend als Captain America für das Gute kämpfte, stand ihm Nat als Freundin zur Seite, und aus Freundschaft und alter Verbundenheit wurde wieder mehr.

DIE FRAU, DIE ES NIEMALS GAB

von Christian Endres

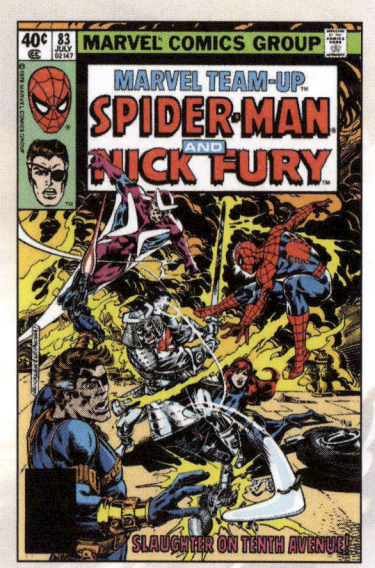

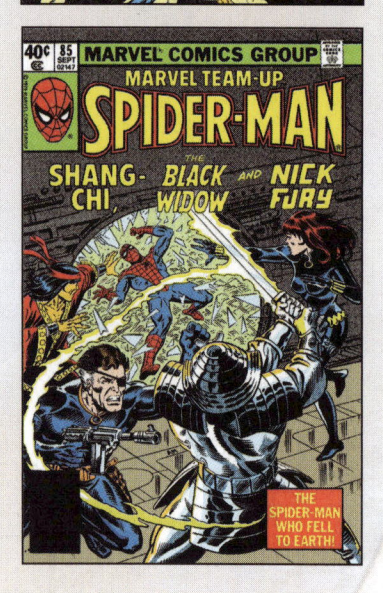

1972 startete die berühmte Comic-Reihe *Marvel Team-Up*, in der sich zumeist **Spider-Man** Peter Parker als Titelheld mit einem oder mehreren anderen Marvel-Recken für ein wildes, überraschendes und actionreiches Abenteuer zusammentat. Bis 1985 erschienen stolze 150 US-Hefte – spätere Wiederbelebungen der Reihe durch z. B. *The Walking Dead*-Erfinder **Robert Kirkman** waren lange nicht so langlebig wie die ursprüngliche Version, deren Ausgaben von **Chris Claremont**, **John Byrne**, **Bill Mantlo**, **Frank Miller** und anderen Comic-Größen bestritten wurden. In *Marvel Team-Up* 57 hatten Autor Claremont und Zeichner **Sal Buscema** 1977 bereits eine erste Story mit Spider-Man, **Black Widow** und dem bösen **Silver Samurai** in Szene gesetzt. In *Marvel Team-Up* 82, von Claremont, Buscema und Tuscher **Steve Leialoha**, begann 1979 ein Mehrteiler, der diese Geschichte fortsetzte.

Natasha hielt sich plötzlich für die Grundschullehrerin **Nancy Rushman** (unter dem Alias Rushman sollte Tasha 2010 im Film *Iron Man 2* debütieren). Eines Abends wurde sie in einer Gasse von ein paar Ganoven überfallen. Spidey griff ein und schaltete mehrere der Kerle aus – den letzten, der mit einem Messer auf den Helden losging, erledigte die von sich selbst überraschte und schockierte Nancy mit einem Handkantenschlag. Als Spidey ihr verklickerte, dass sie Black Widow sei, wurde sie ohnmächtig, und der Netzschwinger brachte sie in seine Bude und kümmerte sich um sie. Nicht einmal das Widow-Kostüm in ihrer Handtasche konnte Nancy von ihrer wahren Identität überzeugen. Dafür entwickelten Spider-Man und Nancy Gefühle füreinander. Sie rettete Spider-Man sogar vor SHIELD-Agentinnen, die das Gespann ohne vernünftige Erklärung jagten. Am Ende der Ausgabe schien SHIELD-Ass **Nick Fury** die Witwe und den Wandkrabbler erschossen zu haben. Und genau da setzt der nächste Beitrag unserer Anthologie ein.

Ein weiterer Held, der darin vorkommt, ist **Shang-Chi**. Der in China geborene Meister des Kung-Fu wurde 1973 von **Thanos'** Schöpfer **Jim Starlin** und Autor **Steve Englehart** ersonnen. Shang-Chi und **Iron Fist** waren Marvels direkte Reaktion auf den Kung-Fu-Boom, der in den USA durch die Filme und den überraschenden Tod von Martial-Arts-Ikone **Bruce Lee** ausgelöst worden war. Am Anfang, als Marvel noch die Rechte für das Pulp-Schaffen von Autor **Sax Rohmer** besaß, war Shang-Chi sogar der Sohn des Erzschurken **Dr. Fu Manchu**. Shang-Chi war bis in die frühen 80er hinein der Star von Marvels populärer Heftreihe *The Hands of Shang-Chi: Master of Kung Fu*, wobei er auch in vielen anderen Titeln Tritte und Schläge austeilte. In späteren Jahren legte er sein Stirnband ab und wurde Mitglied der **Avengers**, der **Secret Avengers** und anderer Formationen.

Die Storyline von **X-Men**-Legende Claremont und Co. spielt in der Amtszeit von US-Präsident **Jimmy Carter**. Ende der 70er änderte Marvel jedoch nach und nach die Taktung seiner Storys und veränderte die Relation eines Realzeitjahres und eines fiktiven Jahres in den Marvel-Comics, um dem Alterungsprozess der Helden entgegenzuwirken.

**AUF OFFENER STRASSE!
WER HOCH HINAUS WILL …
DIE FRAU, DIE NIEMALS LEBTE!**

Autor: Chris Claremont
Zeichner: Sal Buscema
Tusche: Steve Leialoha
Farben: Ben Sean
Übersetzung: Marc-Oliver Frisch
Lettering: Astarte Design

Stan Lee PRÄSENTIERT: SPIDER-MAN UND NICK FURY!

CHRIS CLAREMONT	SAL BUSCEMA & STEVE LEIALOHA	BEN SEAN	ASTARTE DESIGN-ROMA	M.-O. FRISCH	HARALD GANTZBERG
AUTOR	ZEICHNER	FARBEN	LETTERING	ÜBERSETZUNG	LEKTORAT

SLAUGHTER ON 10th AVENUE!

DAS IST PETER PARKER, ALIAS DER ERSTAUNLICHE SPIDER-MAN.

HEUTE MORGEN, WENIGE STUNDEN VOR SONNENAUFGANG, WURDE ER AUF DIESEM DACH AUF DER WEST SIDE MANHATTANS ERSCHOSSEN.

KALTBLÜTIG ERMORDET.

* AUF OFFENER STRASSE!

| DOCH ZU UNSEREM-- UND SEINEM-- GLÜCK, TRÜGT DER ÜBLE SCHEIN. | HAT SICH WER DIE *NUMMER* GEMERKT? | TUT DAS WEH. | IMMERHIN, ICH-- ICH *LEBE*. | ABER ICH KRIEG KEINE *LUFT*. RUNTER MIT DER MASKE ... |

--UUUFFF--

ICH LEBE!

... RISIKO HIN ODER HER ...

WOW. OH MANN. DASS MANHATTAN SO GUT *RIECHEN* KANN.

ICH KAPIER'S NICHT ... DER SCHUSS ... ICH DACHTE, ICH WÄRE *TOT*.

VERWIRRT LÄSST ER DIE VERGANGENEN STUNDEN REVUE PASSIEREN. ER HATTE ÜBERSTUNDEN BEIM *DAILY BUGLE* GEMACHT UND WAR AUF DEM HEIMWEG ...

IM EIFER DES GEFECHTS ALLERDINGS HIELT SPIDEY NANCY FÜR *NATASHA ROMANOFF*, ALIAS *BLACK WIDOW* ...

... OBWOHL ER WIDOWS *KOSTÜM* IN IHRER TASCHE ENTDECKTE UND, ALS SIE ES ANZOG ...

... ALS ER EINE LEHRERIN NAMENS *NANCY RUSHMAN* VOR EINEM ÜBERFALL RETTETE.

... WAS SIE VEHEMENT ABSTRITT ...

... NANCY WIE WIDOWS EINEIIGER *ZWILLING* AUSSAH.

SPIDEY BEFRAGTE SIE UND STELLTE FEST, DASS IHR GEDÄCHTNIS *LÜCKEN* HATTE. SIE KANNTE IHRE ADRESSE NICHT. SIE WUSSTE, DASS SIE DIE DRITTE KLASSE UNTERRICHTETE, ABER NICHT, AN WELCHER SCHULE.

DOCH BEVOR SPIDEY WEITERES UNTERNEHMEN KONNTE ...

... WURDEN SIE VON *SHIELD* ANGEGRIFFEN.

AUS IRGENDEINEM GRUND WOLLTE SHIELD NANCY *UMBRINGEN*. SIE UND SPIDER-MAN FLOHEN.

ALS ER VERWUNDET WURDE, *RETTETE* SIE IHN. PLÖTZLICH SCHIEN SIE DIE FÄHIGKEITEN BLACK WIDOWS ZU BESITZEN.

DANN ...
NICK FURY!

WIE ER LEIBT UND LEBT.

WIR ZWEI KENNEN UNS JETZT SCHON LANGE, WIDOW.

ICH WÜNSCHTE, DAS MÜSSTE NICHT SEIN.

BLAM!

DA WAR BLUT AUF IHRER BRUST. ICH DACHTE, FURY HÄTTE SIE ERSCHOSSEN. UND DANN *MICH*.

ABER ER HAT MICH WOHL NUR *BETÄUBT*.

UND DA ES DIESELBE WAFFE WAR, IST NANCY *AUCH* NOCH AM LEBEN.

ICH KRIEG *RAUS*, WAS HIER LÄUFT, FURY, GLAUB MIR.

UND ICH HOFFE, DASS WIR UNS DABEI ÜBER DEN *WEG* LAUFEN.

WIR BEGEBEN UNS NUN ANS ANDERE ENDE DER STADT, ZU EINEM BRANDNEUEN WOLKENKRATZER, DER ZUFÄLLIG DAS NEW YORKER HAUPTQUARTIER VON SHIELD BEHERBERGT.	COLONEL FURY, WAS HEISST DAS? KEINE AHNUNG, SITWELL. WAS ÜBLES, JEDENFALLS.	ICH DACHTE, BLACK WIDOWS LOYALITÄT SEI UNBESTRITTEN. IST SIE. DIE FRAGE IST, JASPER: LOYALITÄT ZU WEM. BERICHTEN SIE, DOC.

SIE IST IMMER NOCH BEWUSSTLOS UND SEHR SCHWACH, COLONEL. SIE HABEN SIE VOLLGEPUMPT MIT BETÄUBUNGSMITTEL.

BEI WIDOW GEHT MAN LIEBER KEIN RISIKO EIN.

SOFORT AUFWECKEN, DOC.

UNMÖGLICH.

ICH HAB EIN PAAR DRINGENDE FRAGEN AN SIE, VERDAMMT.

SEHEN SIE ZU, DASS WIDOW BIS HEUTE ABEND VERNEHMUNGSFÄHIG IST, DOC.

ERST MELDET WIDOW SICH AUS HEITEREM HIMMEL UND WARNT MICH VOR EINER UNMITTELBAR BEVORSTEHENDEN KATASTROPHE, DANN VERSCHWINDET SIE.

DANN FINDEN WIR SIE ENDLICH, UND PLÖTZLICH SPIELT VAL VERRÜCKT UND VERSUCHT, SIE UMZUBRINGEN.

MIR LÄUFT BEI SHIELD ZU VIEL AUS DEM RUDER NEUERDINGS, JUNGE. WENN WIR DAS HIER VERSAUEN ...

... WAR'S VIELLEICHT DAS LETZTE MAL.

UNWEIT, IM GEBÄUDE DES EHRWÜRDIGEN *DAILY BUGLE*, „NEW YORKS ZEITUNG DER TAT"...

... FINDEN WIR EINEN MÜRRISCHEN PETER PARKER.

NANCY KÖNNTE ÜBERALL SEIN ...

... ABER ZUNÄCHST DRÄNGT SICH NATÜRLICH DER HELI-CARRIER AUF ...

... UND DIE SHIELD-ZENTRALE IN NEW YORK.

LETZTERE IST LEIDER GEHEIM, UND ZU DEN *FANTASTISCHEN VIER* ODER DEN *RÄCHERN* WILL ICH ERST, WENN ICH MEHR WEISS.

DAILY BUGLE ARCHIV
ALLE NACHRICHTEN, DIE DU LÄNGST HÄTTEST RECHERCHIEREN SOLLEN.
ALLE JAHRGÄNGE.

ABER WENN MIR JEMAND HELFEN KANN, DANN *MAGGIE McCULLOCH*, DIE ARCHIVARIN DES BUGLE.

ROBBIE ROBERTSON SAGT, SIE HABE EIN ELEFANTEN-GEDÄCHTNIS.

MISS McCULLOCH?

VERGISS ES, KLEINER. DIE ANTWORT IST *NEIN*.

ROBBIE SAGTE, SIE SEI GUT GE-LAUNT HEUTE. WIE IST SIE, WENN SIE *SCHLECHT* GE-LAUNT IST?

ICH, ÄH, BRAUCH EINE INFORMATION.

SO? UND WELCHE?

DIE ADRESSE DER *SHIELD*-ZENTRALE IN NEW YORK.

HIER, HEISSSPORN. SEITE 1421, UNTER „BUNDESBEHÖRDEN".

DAS TELEFON-BUCH?!

TATSÄCHLICH, DA STEHT'S.

DA ... STEHT DIE *NUMMER*, ABER KEINE ADRESSE.

UND DICH LASSEN SIE AUF DIE UNI, PARKER? PRÜF DIE *VORWAHL*. ODER RUF AN UND FRAG.

BALD ...

DIE ADRESSE, DIE DIE MIR GABEN, *PASST* NICHT ZUR VORWAHL.

UND DIESE VORWAHL HAT NUR EIN EINZIGES *GEBÄUDE* IN MANHATTAN.

DIESES HIER.

VIELE WACHEN HIER ...

... UND WER ZUM AUFZUG WILL, WIRD ÜBERPRÜFT. HEY, DA KOMMT EINER.

WAS?! HEY, DU DA! HALT!

GESCHAFFT! EIN EXPRESSLIFT ZUR CHEFETAGE!

50. STOCK. OKAY, ER FÄHRT LOS.

DIE *KAMERAS* HAB ICH MIT NETZEN ABGEDECKT, ICH BIN UNGESTÖRT.

DANK MEINER KLEINEN VERKLEIDUNG WIRD SICH NIEMAND IN DER LOBBY AN PETER PARKER ERINNERN.

GANZ SCHÖN SCHNELL, DAS DING. GLEICH BIN ICH OBEN.

ABER BIS DAHIN BIN ICH ÜBER ALLE BERGE ...

... DURCH DIE NOTLUKE.

DAS KANN EIN STREICH SEIN ODER EIN TERRORANSCHLAG.

MACHT EUCH AUF ALLES GEFASST, LEUTE.

WAS ZUM?! LEER?!

HARRY, CHECK DAS DACH.

FEHLANZEIGE, SARGE. KEINE SPUR VON IHM.

HABEN WIR DEN FALSCHEN AUFZUG?

DERWEIL, ETWA ZWEIHUNDERT METER TIEFER ...
MS. ROMANOFF IN IHREM GESCHWÄCHTEN ZUSTAND AUFZUWECKEN ZUM VERHÖR ...
... DAS KÖNNTE LEICHT ZU IRREVERSIBLEN SCHÄDEN FÜHREN.
DAS WERDE ICH NICHT ZULASS-- HM?
MEIN VIDEOFON? DER BILDSCHIRM LEUCHTET. WAS ...
DR. AMES ...
... BLACK WIDOW IST DER FEIND. SIE MUSS STERBEN. TÖTEN SIE SIE.
ICH WERDE ... SIE TÖTEN.
NEIN!
THKOW!
WAS IST HIER LOS?
IST DAS EINE KLINIK? DER SIEHT WIE EIN ARZT AUS, ABER ER WOLLTE MICH UMBRINGEN!
UND WIE HAB ICH IHN AUFGEHALTEN?

TYPISCH. DAS EINZIGE, WAS ZUM ANZIEHEN DA IST, IST BLACK WIDOWS KOSTÜM.

ABER SPIDER-MAN SAGTE, ICH *SEI* BLACK WIDOW.

ALLES SEHR VERWIRREND. UND WARUM BIN ICH SO SCHWACH?

ICH WURDE... ANGESCHOSSEN?

ICH BIN LEHRERIN, ABER WENN ICH ANGEGRIFFEN WERDE, DANN REAGIERE ICH INSTINKTIV WIE EINE *TOPAGENTIN*.

HÄ?!

BLACK WIDOW! SIE IST FREI!

HALT, LADY! KEINE FALSCHE BEWEGUNG, ODER ICH SCHIESSE!

WAS?

DU KOMMST JETZT SCHÖN MIT IN COLONEL FURYS BÜRO.

WOHL KAUM.

=URRRKS!=

SIE KOMMT MIT MIR.

UND DIR: ANGENEHME TRÄUME.

POW!

GIB DAS FÜR MICH AN *FURY* WEITER, JA?

SEIEN SIE GEGRÜSST, MISS R.

SPIDER-MAN!

WO KOMMST DU-- WO *BIN* ICH?

RUHIG, EINS NACH DEM ANDERN.

ICH HAB DICH GESUCHT.

WIR SIND IN MANHATTAN, IM UNTERIRDISCHEN BEREICH DER SHIELD-ZENTRALE.

OH-OH! ALARM!

WAS HAT DAS ZU BEDEUTEN? WAS *SOLL* DAS ALLES?!

FURY HAT WOHL DEINE FLUCHT BEMERKT, UND ER WILL DICH DRINGEND ZURÜCK.

NANCY HAT ANGST. SIE GERÄT IN PANIK.

WIR MÜSSEN HIER RAUS WIE EIN GEÖLTER BLITZ, SONST SCHNAPPEN SIE UNS.

NANCY MAG WIDOWS KRÄFTE HABEN ...

BOK!

... ABER NICHT IHRE *ERFAHRUNG* UND IHR *SELBSTBEWUSSTSEIN*. TUT MIR LEID, ABER ES MUSS SEIN.

UND JETZT WEG HIER. MUSS SIE IN SICHERHEIT BRINGEN, BEVOR SIE AUFWACHT.

EIN STÜCK NOCH ...

BINNEN WENIGER MINUTEN KLETTERT SPIDEY DURCH DAS RIESIGE GEBÄUDE ...

... UND ERREICHT SCHLIESSLICH DAS OBERE ENDE DES SCHACHTS AUF DEM DACH.

PRIMA, DIE LUFT IST REIN.

ABER DAS WAR DER LEICHTE TEIL. JETZT WIRD'S KNIFFLIG.

JEMAND SCHEINT IN NANCYS KOPF EINE MAUER ERRICHTET ZU HABEN ...

... UND ICH MUSS IHR HELFEN, SIE ZU ÜBERWINDEN.

ETWA 140 KILOMETER WESTLICH VON MANHATTAN, IN ETWA DREI KILOMETERN HÖHE ...

... AN BORD DES HELICARRIERS, SHIELDS FLIEGENDER ZENTRALE ...

BERICHT BESTÄTIGT, NEW YORK. WIDOW ENTKOMMEN. HALTEN SIE UNS AUF DEM LAUFENDEN ÜBER NEUE ENTWICKLUNGEN.

CLAY QUATERMAIN OVER.

WIDOW IST FREI?

JA, COMMANDER. MIT SPIDER-MANS HILFE.

AMES, DIESER VERSAGER. TYPISCH.

SILVER SAMURAI: DU TELEPORTIERST BOOMERANG NACH MANHATTAN. BOOMERANG: FINDE WIDOW UND SPIDER-MAN. TÖTE SIE BEIDE.

COMMANDER, SCHICKEN SIE MICH.

DIE SPINNE HAT NOCH EINE RECHNUNG BEI MIR OFFEN.

NEIN, DU WIRST HIER GEBRAUCHT.

ES GEHT UM MEINE EHRE!

EHRE BEDEUTET MIR NICHTS.

WICHTIG IST NUR DER PLAN.

LOS, GEHT.

ER IST AUFMÜPFIG. ABER ER WIRD GEHORCHEN. ER WEISS, DASS ICH IHM ÜBERLEGEN BIN.

-- CBS NACHRICHTEN. PRÄSIDENT CARTER WIRD SICH HEUTE AN DEN KONGRESS WENDEN--

UND WENN SEINE REDE VORBEI IST, NARR ...

... WIRD DIE WELT EINE ANDERE SEIN.

TEK!

PIER 30 IN LOWER MANHATTAN, ÖSTLICH VON CHINATOWN, WEIT ENTFERNT VON SHIELD. AUCH DARUM IST NICK FURY HIER.

HEUTE. MEHR VERLANGE ICH NICHT.

DANKE, DENIS. ICH BIN DIR WAS SCHULDIG.

WENN DER FEIND SHIELD ÜBERNEHMEN WILL, DANN KÖNNTE DAS MEIN ASS IM ÄRMEL SEIN.

ICH DARF NIEMANDEM TRAUEN.

DIESER NAME, DEN WIDOW BENUTZT ... NANCY RUSHMAN. DAS WAR DAMALS IHRE ERSTE TARNIDENTITÄT IN DEN STAATEN.

ALS SOWJET-SPIONIN.

WAS, WENN SIE NIE WIRKLICH ÜBERGELAUFEN IST UND IMMER NOCH FÜR DIE RUSSEN ARBEITET? KANN DAS SEIN?

IMMERHIN IST DER SENDER NOCH AKTIV, DEN ICH IHR VERPASST HAB. NICHTS WIE HINTERHER ...

"... ICH WILL WISSEN, WAS HIER LÄUFT."

RECHT SO, FURY. ZEIG UNS, WO WIDOW IST.

ZEIG ES BOOMERANG.

DU HAST WIDOW EINEN SENDER VERPASST, WIR DEINEM WAGEN.

UND DER LOHN FÜR DEINE HILFE ...

... IST EIN SCHNELLER TOD.

STILLE. FINSTERNIS. SÜSSES VERGESSEN. KEINE ALBTRÄUME. KEINE FURCHT. KEIN SCHMERZ. ZU SCHÖN, UM VON DAUER ZU SEIN.

UND SO ...

HÖREN SIE?

ICH BIN PETER PARKER. ICH HELF IHNEN.

KEINE ANGST.

WO ...?
SPIDER-MAN BRACHTE SIE ZU MEINER WOHNUNG.
HUNGRIG? HÜHNER-SUPPE VON MEINER TANTE MAY.
DIE BESTE, DIE'S GIBT.
DANKE, NEIN.
DIE WOLLEN ...
DIE WOLLEN MICH UMBRINGEN!
HIER IST ES SICHER.
WER SIND SIE?
NATA-- NEIN, NANCY. NANCY RUSH-- MANOFF?
SO VIELE NAMEN, ALLE MIT MEINEM GESICHT!
EINE WILDE BILDERFLUT FLIMMERT DURCH IHREN KOPF.
SIE RINGT UM KONTROLLE.
SIE IST HILFLOS. EINE FRAU WILL ANTWORTEN VON IHR, DIE SIE NICHT ZU GEBEN WAGT.
JE LÄNGER SIE SICH WIDERSETZT ...
... DESTO SCHLIMMER DIE SCHMERZEN IHRER FOLTER.
SELBST DIE VAGE ERINNERUNG DARAN WIRD ZUR QUAL FÜR IHRE SEELE.
WAS HABEN DIE MIT IHR GEMACHT?
NACH EINER WEILE WEICHEN IHRE SCHREIE EINEM NERVENAUFREIBENDEN SCHLUCHZEN ...

... UND DANN HERRSCHT STILLE.

HEY, JUNGE FRAU. WIE GEHT'S?

NICHT GUT, ABER BESSER.

ICH ... HÄTTE GERN WAS VON DER SUPPE, BITTE.

DIE *PFOTEN* HOCH!

KBASH!

IHR ZWEI HÜBSCHEN SEID GEFANGENE VON SHIELD.

WAS?!

BITTE NICHT! BITTE NICHT SCHIESSEN!

HABEN SIE EINEN HAFTBEFEHL? WAS WERFEN SIE UNS VOR?

'NE KNARRE HAB ICH, SCHLAUMEIER.

UND DER VORWURF LAUTET SPIONAGE UND VERRAT.

EINSTEIGEN, KINDERCHEN. UND KEINE FISIMATENTEN.

MIESES TIMING, FURY. SIE FÜHLTE SICH GERADE SICHER GENUG, UM ZU SICH ZURÜCKZUFINDEN ...

... DANN HÄTTEN WIR VIELLEICHT HERAUSGEFUNDEN, WER IN IHREM KOPF HERUMGEPFUSCHT HAT ...

... ABER DANK DEINER ANGEBEREI HAT „NANCY RUSHMAN" JETZT WIEDER DIE OBERHAND.

MEIN SPINNENSINN KLINGELT!

FURYS WAGEN WIRD-- IN DECKUNG, LEUTE!

WAS ZUM--

UFF!

KRAKOW!

DAS IST ... BOOMERANG!
FURY HAT MICH VERGESSEN. ICH NUTZE DIE AUFREGUNG ...
EINS MIT STERNCHEN, DU HELD.
HAT DIR DER „BUMM"-ERANG FÜR DEINEN PORSCHE GEFALLEN, SCHATZ?
... UND VERDRÜCK MICH UNBEMERKT.
DANN WERD ICH DIE HANDSCHELLEN LOS UND ZIEH MIR WAS BEQUEMERES AN.
VIEL SPASS!
HIER, ICH HAB NOCH MEHR VON DER SORTE FÜR EUCH!
NETTES SPIELZEUG, ABER DU MUSST MICH AUCH TREFFEN ...
... UND DAS WIRD NICHT EINFACH.
PTAK!
SKAM!
WETTEN, SÜSSER?
GERN, BOOMEY. HALTE DA-GEGEN.
THWAM!
SPIDER-MAN!
WO KOMMST DU JETZT HER?

NICK FURY UND ICH HABEN EIN HÜHNCHEN ZU RUPFEN, KUMPEL ...
... ABER DESWEGEN SCHAU ICH NICHT ZU, WIE ER UMGELEGT WIRD VON EINEM ZWEITKLASSIGEN SÖLDNER.
SIE SIND AUF DEM DACH DA DRÜBEN.
WARTE HIER, WIDOW! UND GEH IN DECKUNG!
ICH GEH DEM WANDKRABBLER ZUR HAND.
J-JA ... ICH GEH IN DECKUNG ...
NEIN!
ICH MUSS SPIDER-MAN HELFEN!
JEDOCH ...
SKRAMMM!
SPIDER-MAN!
ER RÜHRT SICH NICHT! ER WIRKT BENOMMEN!
ICH MUSS ...
... SEINEN AUFPRALL ABFEDERN.
UUUHHHFFF!
BOOMERANGS DÜSEN HABEN GANZ SCHÖN WUMMS ... HAB 'NE VOLLE BREITSEITE ABGEKRIEGT ...
DAS ... WAR KNAPP.
DANKE, LADY!
?!
HÖR AUF RUMZUALBERN UND NIMM MIR DIESE HANDSCHELLEN AB ...

"... NICK FURY IST DA OBEN AUF SICH GESTELLT GEGEN BOOMERANG!"

NICHT MEHR LANGE! IHRE STIMME, DIE KÖRPERSPRACHE, GANZ ANDERS JETZT.

SIE KLINGT UND HANDELT WIE *BLACK WIDOW*.

GEWÖHNT SIE SICH NUR DARAN? ODER IST SIE ENDLICH WIEDER SIE SELBST?

HMM. EIN TEIL VON MIR *MOCHTE* NANCY RUSHMAN.

GUTE REISE ...

... INS LAND DER TRÄUME!

HOPPLA!

DIESER LICHTBLITZ KOMMT MIR IRGENDWIE BEKANNT VOR!

OH NEIN!

OH DOCH, SPINNE.

SO SIEHT MAN SICH WIEDER.

UND WENN DAS SCHICKSAL ES WILL ...

... IST ES DAS *LETZTE* MAL.

SILVER SAMURAI!

UND ER TRÄGT DEN *TELEPORTRING*, DEN ER *JOHN BELUSHI* GEKLAUT HAT!*

* KLINGT KOMISCH, WAR ABER SO.

KÖPFE EINZIEHEN! DIESES ENERGIESCHWERT SCHNEIDET STAHL WIE BUTTER!

MIST, WAR DAS KNAPP! DER SAMURAI IST VERFLIXT SCHNELL!

WEITER, SAMURAI! SIE SIND HILFLOS! MACH SIE FERTIG!

NICHTS LIEBER ALS DAS, FREUND BOOMERANG.

DOCH DU LIEGST FALSCH. SIE MÖGEN IN DER DEFENSIVE SEIN, DOCH HILFLOS SIND SIE NICHT.

UNSERE HERRIN RUFT UNS ZU SICH. VIEL STEHT AUF DEM SPIEL.

BESINNE DICH, GENOSSE...

... WÄHREND DIE MACHT DES RINGS ...

... UNS ZU IHR BRINGT.

POOF

WAS ZUM--?!

NETTER TRICK, WAS? ICH FRAG MICH, WO DIE HIN SIND.

ICH GLAUBE, ICH WEISS ES, MEIN FREUND.

VIELES IST MIR NOCH UNKLAR.

ABER LANGSAM KEHRT MEIN GEDÄCHTNIS ZURÜCK.

ICH WEISS NICHT, OB ICH NANCY RUSHMAN BIN ODER BLACK WIDOW ... ABER WENN WIR UNS NICHT BEEILEN ...

... DANN IST UNSERE WELT IN EIN PAAR STUNDEN GESCHICHTE.

NEXT ISSUE: CATCH A FALLING HERO!

UND JETZT: WER HOCH HINAUS WILL ...

Stan Lee präsentiert: SPIDER-MAN UND SHANG-CHI
CATCH A FALLING HERO*

ES IST 19 UHR AN EINEM KÜHLEN, KLAREN WOCHENTAG, UND ÜBERALL IN DER ÖSTLICHEN HÄLFTE DER USA SCHALTEN MILLIONEN VON MENSCHEN DIE ALLABENDLICHEN FERNSEHNACHRICHTEN EIN.

-- WIRD PRÄSIDENT CARTER SICH HEUTE ABEND VOR BEIDEN KAMMERN DES KONGRESSES AN DIE NATION WENDEN IN EINER ANGELEGENHEIT, DIE NACH ANGABEN DES WEISSEN HAUSES VON GRÖSSTER INTERNATIONALER WICHTIGKEIT SEIN SOLL--

ZUM PUBLIKUM GEHÖRT AUCH DIE BRÜCKE VON SHIELDS FLIEGENDER ZENTRALE, DES LEGENDÄREN *HELICARRIERS*.

CHRIS CLAREMONT AUTOR
SAL BUSCEMA & STEVE LEIALOHA ZEICHNER
BEN SEAN FARBEN
ASTARTE DESIGN-ROMA LETTERING
MARC-OLIVER FRISCH ÜBERSETZUNG
HARALD GANTZBERG LEKTORAT

ÜBLICHERWEISE IST DER RAUM VOLL MIT OFFIZIEREN UND TECHNIKERN. HEUTE SIND JEDOCH NUR VIER PERSONEN ANWESEND: *CLAY QUARTERMAIN*, HYPNOTISIERTER SHIELD-AGENT, SOWIE *BOOMERANG*, *SILVER SAMURAI* ...

* WER HOCH HINAUS WILL ...

... UND DIE TÖDLICHE, MYSTERIÖSE FRAU, DIE FRÜHER ALS **MADAME HYDRA** GEFÜRCHTET WAR.

JETZT, WO IHRE VERBINDUNG ZU HYDRA LÄNGST GESCHICHTE IST, NENNT SIE SICH **VIPER**.

WÄHREND SIE DER STIMME VON AMERIKAS MEIST RESPEKTIERTEM NACHRICHTENSPRECHER LAUSCHT, SCHWEIFEN IHRE GEDANKEN ZURÜCK IN DIE VERGANGENEN MONATE ...

... ZUM LETZTEN GEFECHT DER **SERPENT SQUAD** IN EINEM BRENNENDEN GEBÄUDE IN SEATTLE, WASHINGTON.

FÜR VIPER WAR DIES DAS ENDE EINES LEBENS UND DER BEGINN EINES NEUEN.

BEZIRZT VON DER SCHLANGENKRONE LEMURIAS HATTE SIE BEABSICHTIGT, ALS MÄRTYRERIN DES NIHILISMUS IN DEN FLAMMEN ZU STERBEN. DOCH EIN SUPERHELD NAMENS **NOMAD*** VEREITELTE DIESEN PLAN.

DER KAMPF WAR KURZ UND BRUTAL. BIS, OHNE VORWARNUNG ...

DAS HAUS STÜRZT EIN!

* ALIAS **CAPTAIN AMERICA**.

ALS DIE BALKEN AUF DEN VOM FEUER GESCHWÄCHTEN BODEN KRACHTEN, STÜRZTE VIPER IN DEN KELLER DES GEBÄUDES.

DABEI VERLOR SIE DIE KRONE, DIE VERSCHWUNDEN BLEIBT.

... WÄHREND ÜBER IHR EINE BESCHÄDIGTE GASLEITUNG IN BRAND GERIET UND DAS HAUS IN STÜCKE SPRENGTE.

KHARAMM!

EIN ZIEGEL VERLETZTE SIE AM KOPF. SIE WAR BEWUSSTLOS ...

| UNTER DEN TRÜMMERN AUS STEIN UND HOLZ BILDETE SICH EINE LUFTBLASE, IN DER VIPER WÄHREND IHRER KURZEN BESINNUNGSLOSIGKEIT ÜBERLEBEN KONNTE, GESCHÜTZT VOR DEM INFERNO AN DER OBERFLÄCHE.

ALS SIE ERWACHTE ...

DAS HAUS WAR EINS VON COBRAS VERSTECKEN ... ES GIBT EINEN GEHEIMGANG ...

DORT! DAS MUSS ER SEIN ...

DAS ROHR FÜHRT ZUR HAUPTKANALISATION. WENN ICH IHM FOLGE ...

... KOMME ICH AN DER POLIZEI VORBEI ...

... SOFERN ICH NICHT ZU SCHWACH BIN.

NACH MEHREREN MINUTEN DES WATENS MUSSTE VIPER SCHLIESSLICH ALL IHRE VERBLEIBENDE KRAFT AUFWENDEN, UM DEN KANALDECKEL ANZUHEBEN UND INS FREIE ZU GELANGEN.

SIE DACHTE, IHRE FLUCHT SEI UNBEMERKT GEBLIEBEN, DOCH ...

DER WAGEN HÄLT.

ICH BIN UNBEWAFFNET. WENN DER FAHRER MICH ERKENNT ...

... BIN ICH ZU SCHWACH, IHN OHNE AUFSEHEN ZU TÖTEN.

STEIG EIN, GENOSSIN VIPER. ICH BRING DICH WEG.

WIESO SOLLTE ICH DIR TRAUEN?

WEIL DU KEINE *WAHL* HAST!

WER BIST DU? UND WOHER KENNST DU MICH?

ICH BIN *ISHIRO TAGARA*, KADERFÜHRER DER JAPANISCHEN ROTEN ARMEE. MEINE GRUPPE HAT SCHON ÖFTER MIT HYDRA GEARBEITET.

WIR SIND ALSO SEELENVERWANDTE.

ER FUHR DIREKT AN NOMAD UND DER POLIZEI VORBEI, UND NIEMAND SCHAUTE SICH DEN LIEFERWAGEN GENAU AN.

WIESO HILFST DU MIR?

WEIL DU EINE AUSGEZEICHNETE TERRORISTIN, STRATEGIN UND ANFÜHRERIN BIST.

DAS KANN UNS NÜTZLICH SEIN.

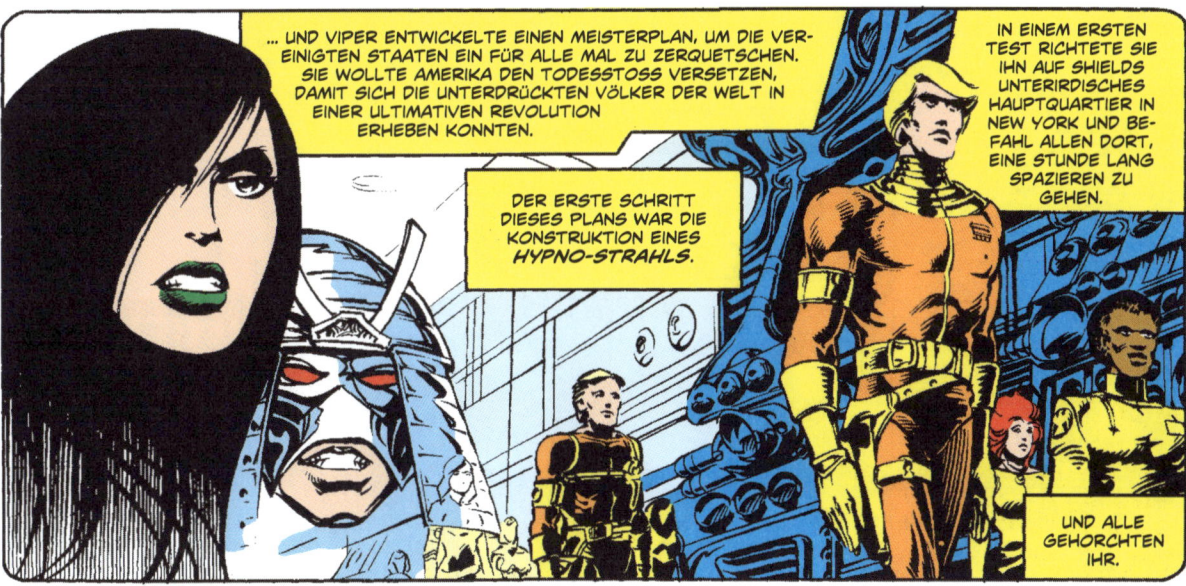

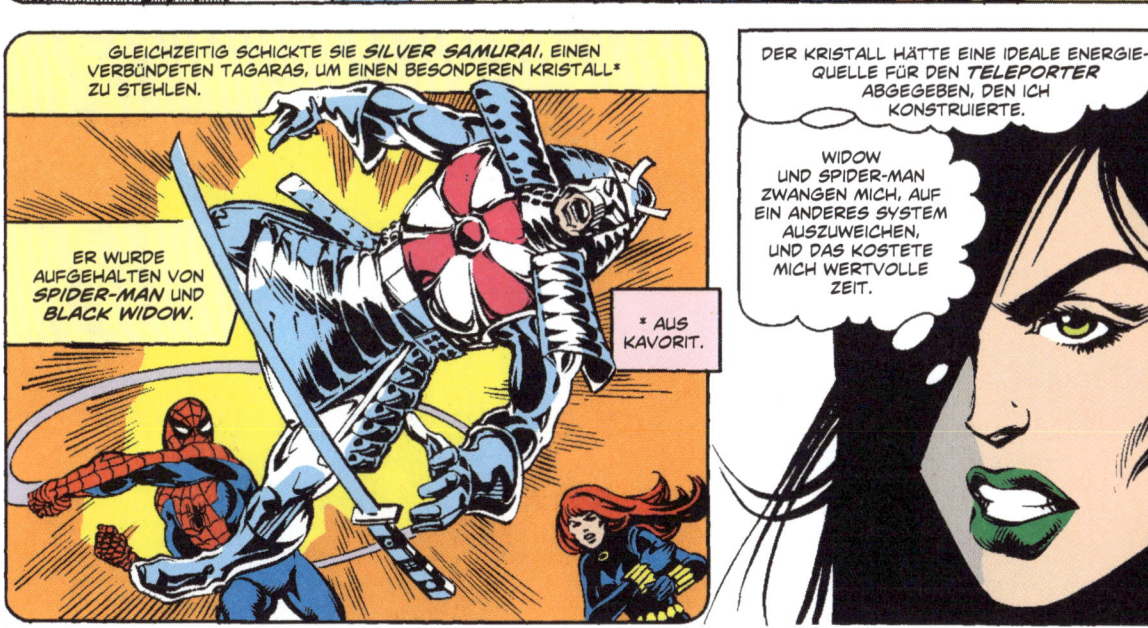

TAGARA SCHMUGGELTE SIE AUS DEN STAATEN UND NAHM SIE BEI SICH IN JAPAN AUF, WO SIE IN DEN FOLGENDEN MONATEN GELEGENHEIT HATTE, SICH ZU ERHOLEN.

ZUM ERSTEN MAL SEIT IHRER FRÜHESTEN KINDHEIT FÜHLTE SICH VIPER GEBORGEN ...

... UND BALD HATTE SIE SICH VERLIEBT. WEDER SIE NOCH TAGARA HATTEN DAS ERWARTET, UND OBWOHL SIE BEIDE GLÜCKLICH WAREN, FÜHLTEN SIE SICH BEEINDRUCKT UND GEÄNGSTIGT VON DER TIEFE IHRER LEIDENSCHAFT.

GEIST UND KÖRPER GEWANNEN AN KRAFT ...

... UND VIPER ENTWICKELTE EINEN MEISTERPLAN, UM DIE VEREINIGTEN STAATEN EIN FÜR ALLE MAL ZU ZERQUETSCHEN. SIE WOLLTE AMERIKA DEN TODESSTOSS VERSETZEN, DAMIT SICH DIE UNTERDRÜCKTEN VÖLKER DER WELT IN EINER ULTIMATIVEN REVOLUTION ERHEBEN KONNTEN.

DER ERSTE SCHRITT DIESES PLANS WAR DIE KONSTRUKTION EINES *HYPNO-STRAHLS*.

IN EINEM ERSTEN TEST RICHTETE SIE IHN AUF SHIELDS UNTERIRDISCHES HAUPTQUARTIER IN NEW YORK UND BEFAHL ALLEN DORT, EINE STUNDE LANG SPAZIEREN ZU GEHEN.

UND ALLE GEHORCHTEN IHR.

GLEICHZEITIG SCHICKTE SIE *SILVER SAMURAI*, EINEN VERBÜNDETEN TAGARAS, UM EINEN BESONDEREN KRISTALL* ZU STEHLEN.

ER WURDE AUFGEHALTEN VON *SPIDER-MAN* UND *BLACK WIDOW*.

* AUS KAVORIT.

DER KRISTALL HÄTTE EINE IDEALE ENERGIEQUELLE FÜR DEN *TELEPORTER* ABGEGEBEN, DEN ICH KONSTRUIERTE.

WIDOW UND SPIDER-MAN ZWANGEN MICH, AUF EIN ANDERES SYSTEM AUSZUWEICHEN, UND DAS KOSTETE MICH WERTVOLLE ZEIT.

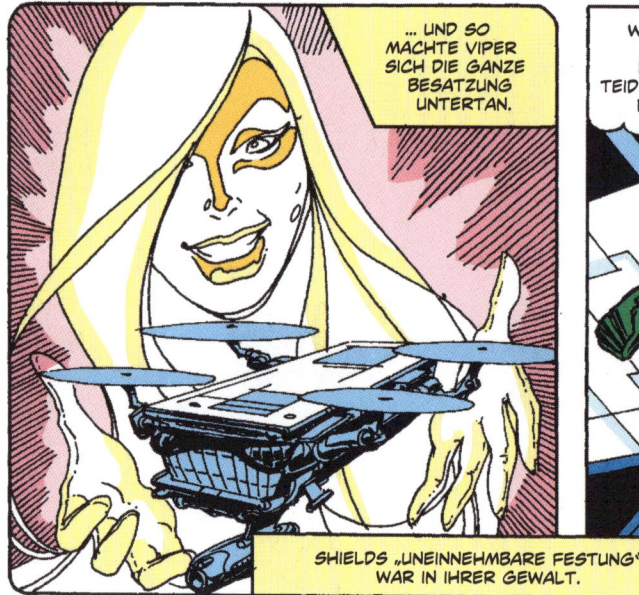

VIPERS PLAN WAR IM GRUNDE SIMPEL. LEIDER JEDOCH ERFORDERTE ER DIE ÜBERNAHME VON SHIELDS HELICARRIER. EINE SCHEINBAR UNMÖGLICHE HERAUSFORDERUNG. ALLES WAR BEREIT, ALS DER *TELEPORTRING*, DEN SIE KONSTRUIERT HATTE, AUF DEM POSTWEG VERLOREN GING...	...UND AN EINEN FERNSEHKOMIKER ZUGESTELLT WURDE. SIE SCHICKTE DEN *SAMURAI*, DEN SIE AUS DEM GEFÄNGNIS BEFREIT HATTE, UM IHN ZURÜCKZUHOLEN.* * UND ZWAR VON KEINEM GERINGEREN ALS *JOHN BELUSHI*.	DIESMAL HATTE ER ERFOLG. GEMEINSAM TELEPORTIERTEN ER UND VIPER SICH AUF DEN HELICARRIER.
WÄHREND IHRES ANGRIFFS AUF DIE NEW YORKER SHIELD-ZENTRALE HATTE VIPER DIE DORTIGEN DATEIEN UND AKTEN GEPLÜNDERT UND SICH SO AUCH DIE BLAUPAUSEN DES HELICARRIERS VERSCHAFFT. DIE BEIDEN MATERIALISIERTEN IN DEN FRÜHEN MORGENSTUNDEN AUF DER *KRANKENSTATION* DES SCHIFFS. DIE MEISTEN AN BORD SCHLIEFEN, NIEMAND SAH SIE KOMMEN.	UNBEMERKT TAUSCHTEN SIE DAS *VIDEOFON* DES ARZTES AUS GEGEN EIN *HYPNOFON*, WELCHES VIPER EINE NOCH BESSERE KONTROLLE ÜBER IHRE OPFER ERMÖGLICHTE ALS IHR VON WEITEM PROJIZIERTER HYPNO-STRAHL. ERST VERFÜHRTEN SIE DEN ARZT, DER DANN NACH UND NACH DEN REST DER CREW ZU SICH BESTELLTE...	
...UND SO MACHTE VIPER SICH DIE GANZE BESATZUNG UNTERTAN. SHIELDS „UNEINNEHMBARE FESTUNG" WAR IN IHRER GEWALT.	WELCH KÖSTLICHE IRONIE. ICH WERDE AMERIKAS BEWÄHRTESTES VERTEIDIGUNGSSYSTEM NUTZEN, DEN HELICARRIER... ...UM SEINE GANZE REGIERUNG ZU STÜRZEN. PRÄSIDENT, VIZEPRÄSIDENT, KABINETT, KONGRESS, DER OBERSTE GERICHTSHOF, DER GENERALSTAB... *HEUTE STERBEN ALLE!*	

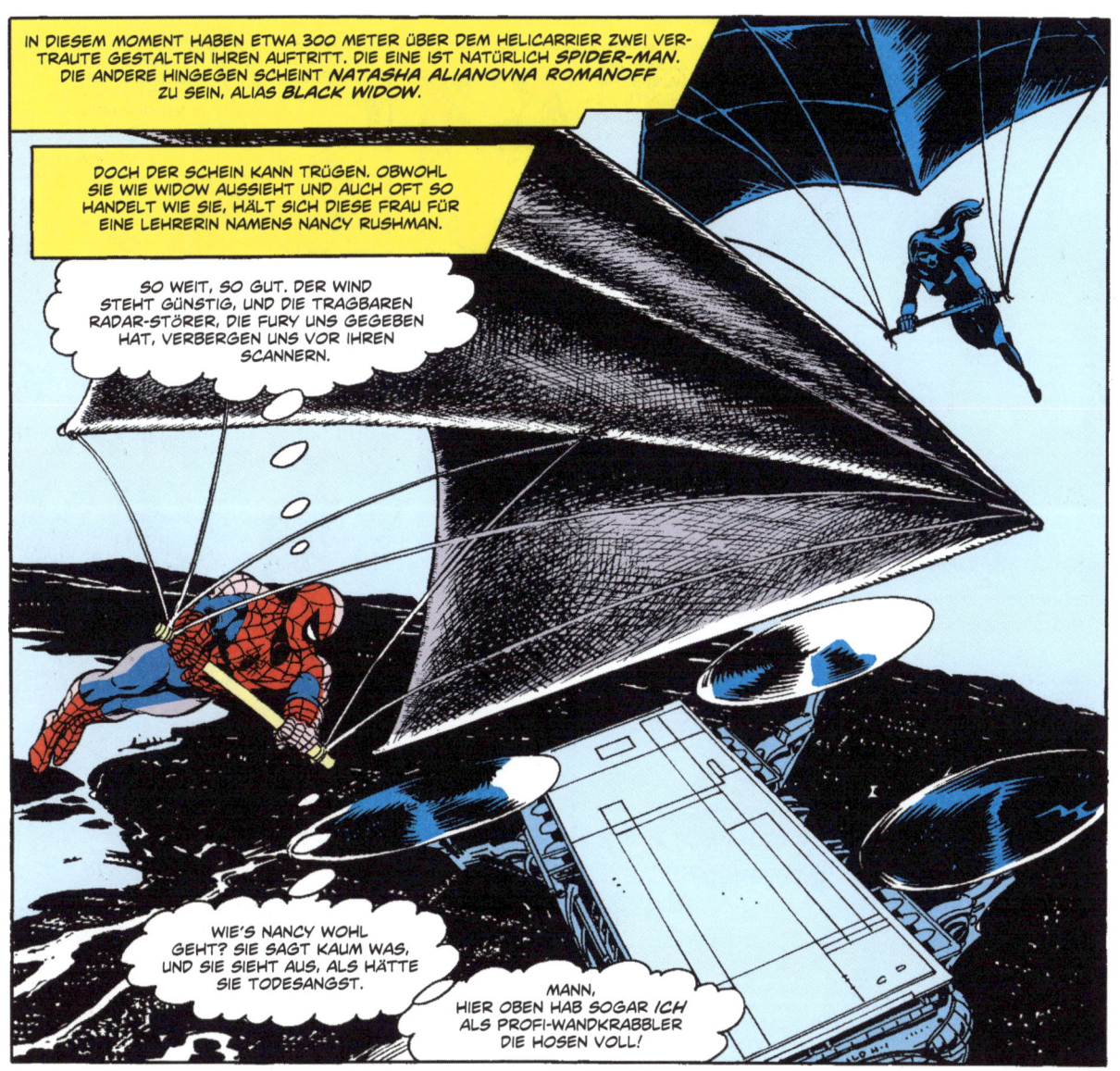

IN DIESEM MOMENT HABEN ETWA 300 METER ÜBER DEM HELICARRIER ZWEI VERTRAUTE GESTALTEN IHREN AUFTRITT. DIE EINE IST NATÜRLICH *SPIDER-MAN*. DIE ANDERE HINGEGEN SCHEINT *NATASHA ALIANOVNA ROMANOFF* ZU SEIN, ALIAS *BLACK WIDOW*.

DOCH DER SCHEIN KANN TRÜGEN. OBWOHL SIE WIE WIDOW AUSSIEHT UND AUCH OFT SO HANDELT WIE SIE, HÄLT SICH DIESE FRAU FÜR EINE LEHRERIN NAMENS NANCY RUSHMAN.

SO WEIT, SO GUT. DER WIND STEHT GÜNSTIG, UND DIE TRAGBAREN RADAR-STÖRER, DIE FURY UNS GEGEBEN HAT, VERBERGEN UNS VOR IHREN SCANNERN.

WIE'S NANCY WOHL GEHT? SIE SAGT KAUM WAS, UND SIE SIEHT AUS, ALS HÄTTE SIE TODESANGST.

MANN, HIER OBEN HAB SOGAR *ICH* ALS PROFI-WANDKRABBLER DIE HOSEN VOLL!

HALT DURCH, WIR HABEN'S FAST!

OBACHT ... OBACHT!

UNSER ANFLUG MUSS SITZEN, SONST SAUGEN UNS DIESE RIESENTURBINEN AN UND MACHEN HACKFLEISCH AUS UNS.

NA ALSO!

WIE GEHT'S DIR, NANCY?

ICH SAG'S DIR, WENN ICH NICHT MEHR ZITTERE.

VERSTECKEN WIR DIE GLEITER UND-- HALT!

DER SPINNENSINN KLINGELT! WAS--

UND WIE ER „KLINGELT". DENN EINE SCHWER BEWAFFNETE SHIELD-KAMPFGRUPPE NAHT ...

... AUF IHREM KONTROLL-GANG ÜBER DAS FLUG-DECK.

OBWOHL SIE SICH NORMAL ZU VERHALTEN SCHEINEN, STEHEN DIE MÄNNER UNTER VIPERS BEDINGUNGSLOSER HYPNOTISCHER FUCHTEL, WIE DER REST DER BESATZUNG AUCH.

ICH DACHTE, ICH HÄTTE WAS GEHÖRT.

BRANCUSI, RUF DIE BRÜCKE UND SAG QUARTERMAIN, ES WAR FALSCHER ALARM. ALLES RUHIG AN DECK.

KOMMT, WEITER ZU SEKTOR BRAVO.

DERWEIL ...

DAS WAR KNAPP. DIE HÄTTEN UNS FAST GESEHEN.

GUT, DASS WIDOW SO GUT AN WÄNDEN KRABBELN KANN WIE ICH. SO KONNTEN WIR UNS GERADE NOCH HIER VERSTECKEN.

SPIDEY BEWEGT SICH MIT DEM SELBSTBEWUSSTSEIN VON JEMANDEM, DER ES GEWOHNT IST, SICH SO FORTZUBEWEGEN.

ER GEHT DAVON AUS, DASS BLACK WIDOW SICH DIREKT HINTER IHM BEFINDET.

ABER MAG WIDOW NOCH SO FURCHTLOS SEIN ...

... IHREM RUF ALS TÖDLICHSTE GEHEIMAGENTIN DER WELT NOCH SO GERECHT WERDEN ...

... BEI NANCY RUSHMAN LIEGT DAS ETWAS ANDERS.

WAS MACH ICH BLOSS HIER?!

ICH HÄNGE AN DER SEITE EINES FLUG-SCHIFFS, KILOMETERWEIT ÜBER DEM ERDBODEN.

WENN ICH DEN HALT VERLIERE, DANN-- AH!

SPIDER-MAN!

HILF MIR! BITTE HILF MIR!

ICH HAB ANGST!

ICH WEISS. TUT MIR LEID, MEIN FEHLER.

RUHIG, NANCY. ALLES WIRD GUT. ICH LASS DICH NICHT FALLEN.

WAS DANN PASSIERT, ÜBERRASCHT SIE BEIDE.

SPIDER-MAN, ICH ...

HEY, NANCY. WAS HAST DU ...

... VOR?

WIDOW-- NANCY-- ICH-- DU--

OH MANN!

DAS LÄUFT AUS DEM RUDER.

ICH MAG NANCY RUSHMAN. SEHR.

UND SIE MAG MICH.

ABER DAS SIND DIE FALSCHEN GEFÜHLE AM FALSCHEN ORT ZUR FALSCHEN ZEIT.

DA KOMMT FURYS GLEITER, WIE BESTELLT!

AUF GEHT'S. WIR ZWEI KRIEGEN DAS HIN.

PUH.

ICH TU MEIN BESTES, SPIDEY.

DAS WILL ICH HÖREN.

UND AUF DER BRÜCKE ...

LANDEERLAUBNIS ERTEILT, COLONEL.

SCHÖNEN DANK AUCH, QUARTERMAIN. ICH WILL SIE IN MEINEM BÜRO SEHEN, SOBALD ICH AN BORD BIN.

JAWOLL.

WIESO LASSEN WIR IHN LANDEN, VIPER? ER IST AHNUNGSLOS. SCHIESSEN WIR IHN LIEBER AB.

ER HAT LÄNGST VERDACHT GESCHÖPFT, DU NARR. WENN DER HELICARRIER DAS FEUER ERÖFFNET, WISSEN DIE AMERIKANER SOFORT BESCHEID.

NEIN, MEIN FREUND. ER SOLL ERST AN BORD KOMMEN.

„EINMAL MEHR UND GEGEN MEINEN WILLEN WERDE ICH IN *NAYLAND SMITHS* SPIELE DER LÜGEN UND DES TODES VERSTRICKT. AUF SEINEN WUNSCH HIN UNTERSTÜTZE ICH EINEN MANN, DESSEN NAME BEREITS DIE GEWALT ANDEUTET, DIE ER ZU SEINEM LEBENSWERK GEMACHT HAT."

WILLKOMMEN AN BORD, COLONEL FURY. LANGE NICHT GESEHEN.

DAS IST KEIN FREUNDSCHAFTSBESUCH, PRENTISS.

„DOCH WAS ICH AUCH SONST DENKEN MAG ÜBER DEN FREUND VON NAYLAND SMITH ...

„... SEINE TAPFERKEIT IST UNBESTRITTEN. ER WEISS, DIES IST EIN HINTERHALT ..."

BRINGT MEINEN GLEITER AUFS HANGARDECK. ICH BLEIBE BIS MORGEN FRÜH.

„... DENNOCH DREHT ER DENEN, DIE IHN ERMORDEN SOLLEN, OHNE ZU ZÖGERN DEN RÜCKEN ZU UND VERTRAUT DARAUF, DASS ICH SIE RECHTZEITIG UNSCHÄDLICH MACHE."

MIT VERGNÜGEN, COLONEL.

„ES GELINGT MIR."

HAIII-*YAH*!

SHOK!

UNNNGHHH!

„SIE SIND LEICHTSINNIG.

KTHAK!

„IHRE GANZE AUFMERKSAMKEIT IST STUR AUF IHR OPFER GERICHTET.

„MICH SEHEN SIE ERST ...

BTHOW!

„... WENN ES ZU SPÄT IST."

NICHT ÜBEL. SIR DENIS SAGTE, DU WÄRST DER BESTE.

ER HAT WOHL RECHT.

DAS BEREITET MIR KEINE FREUDE. ICH TUE, WAS GETAN WERDEN MUSS.
DANN SIND WIR SCHON ZWEI.
„AN DECK IST ES DUNKEL ...
„... UND DAS HEULEN DER GEWALTIGEN TURBINEN DIESES FLUGGERÄTS IST OHRENBETÄUBEND.
„UND SO WERDEN MEIN VERBÜNDETER UND ICH VON DEM ANGRIFF ÜBERRASCHT, OBWOHL WIR DAMIT RECHNETEN.
SKRAM!
„COLONEL FURY ABSORBIERT EINEN GROSSTEIL DER WUCHT DER EXPLOSION. ER IST BEWUSSTLOS UND WOMÖGLICH SCHWER VERWUNDET. MIR BLEIBT JEDOCH KEINE ZEIT, MICH UM IHN ZU KÜMMERN, ALS ICH INSTINKTIV EINE STELLUNG DER KATZE ZUR VERTEIDIGUNG EINNEHME ...
„... UND SEHE, WIE MEIN FEIND VOR MIR IN DIE LUFT STEIGT."
ICH BIN WOHL AUS DER ÜBUNG. DAS DING HÄTTE DICH ERLEDIGEN SOLLEN.
GESTATTEN, BOOMERANG. HAST DU 'NEN NAMEN, KLEINER? ICH WEISS GERN, WEN ICH UMLEGE.
ICH HEISSE SHANG-CHI.
„DIE WORTE DES KOSTÜMIERTEN SIND GROSSSPURIG, SEIN AUFTRITT ARROGANT. WIE VIELE MÄNNER DES WESTENS GLAUBT ER, NUR WEIL ICH KEINE WAFFEN BEI MIR TRAGE ...
„... SEI ICH KEINE GEFAHR."

„ICH WARTE ...
„... DOCH BOOMERANG GREIFT MICH NICHT AN."
DU BIST EINER VON DIESEN KUNG-FU-MACKERN, WAS? KEIN PROBLEM, IRON FIST HAB ICH AUCH SCHON EINGESEIFT.*
DAS GLEICHE BLÜHT DIR.
* EIN ETWAS VERZERRTER BERICHT DER TATSÄCHLICHEN EREIGNISSE.
„IRON FIST?
„ICH HABE SCHON AN SEINER SEITE GEKÄMPFT."
HIER, FANG DEN RITZE-RANG.
„IRON FISTS KAMPFKUNST IST DER MEINEN NAHEZU EBENBÜRTIG.
KLANG!
„TROTZ SEINER PRAHLEREI IST BOOMERANG ALSO WOHL ..."
NICHT ÜBEL.
ABER MAL SEHEN, WIE DU MIT EINEM GASERANG KLARKOMMST.
„... ERNSTZUNEHMEN ALS GEGNER."
POOF!
DAS IST NERVEN-GAS.
EIN ATEMZUG, UND DU BIST MAUSETOT.
„DAS GAS BREITET SICH UM MICH HERUM AUS WIE DER LEGENDÄRE NEBEL LONDONS. ICH HALTE DEN ATEM AN, DOCH EHE ICH ETWAS UNTERNEHMEN KANN ...
„... GIBT DAS DECK UNTER MIR NACH. ICH BIN GERETTET."
WAS ZUM--?!
FREU DICH NICHT ZU FRÜH, SO LEICHT KOMMST DU MIR NICHT DAVON!

FLUCHT IST NICHT MEINE ABSICHT, BOOMERANG.

WHAM!

"WER IMMER DEN AUFZUG AKTIVIERTE...

"... MEIN MYSTERIÖSER WOHLTÄTER VERSCHAFFT MIR EINE GELEGENHEIT, DIE ICH NICHT ZU VERGEUDEN GEDENKE."

"DOCH NOCH IM FALLEN SCHLÄGT BOOMERANG ZURÜCK."

DU MACHST DEN GLEICHEN FEHLER WIE IRON FIST, KLEINER.

ICH HATTE ES MIT DEM *HULK* ZU TUN.

ES BRAUCHT MEHR ALS EINEN SCHLAG, UM MICH UMZUHAUEN.

"UNSER DUELL IST KURZ UND HEFTIG. DEN MEISTEN SEINER WAFFEN WEICHE ICH AUS...

"... UND DIE ÜBRIGEN SCHLAGE ICH..."

"... IN STÜCKE."

KRAKDW!

"DIE ENGE DER QUARTIERE UNTER DEM OBERDECK DES FLUGZEUGTRÄGERS NUTZE ICH ZU MEINEM VORTEIL. BOOMERANG HAT HIER KEINEN PLATZ, UM ZU FLIEGEN. UND JE LÄNGER DER ZWIST DAUERT, DESTO NÄHER KÄMPFE ICH MICH AN IHN HERAN. BIS..."

"... MEINE LIST ENDLICH AUFGEHT."

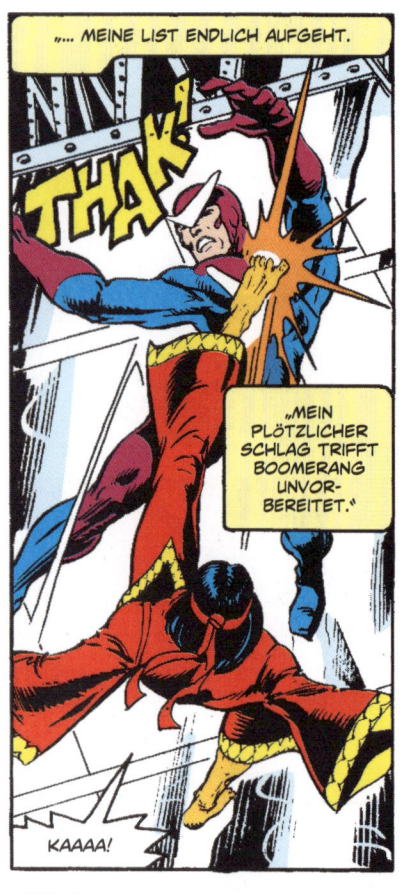

THAK!

"MEIN PLÖTZLICHER SCHLAG TRIFFT BOOMERANG UNVORBEREITET."

KAAAA!

"MEINE EINSCHÄTZUNG MEINES WIDERSACHERS WAR KORREKT. ZWAR IST ER SEHR STARK UND SEHR SCHNELL UND ÄUSSERST TALENTIERT IM EINSATZ SEINER WAFFEN ..."

CHWUD!

HAIII!

"... DOCH SEINE KENNTNIS DER KAMPFKÜNSTE IST GERING."

DOM!

YAHHH!

DU BIST GESCHLAGEN, BOOMERANG. ERGIB DICH UND ERSPARE DIR WEITEREN UNNÖTIGEN SCHMERZ.

KLEINER ... FREU DICH ...

... NICHT ZU FRÜH.

DAS KANN SCHNELL ZUM BUMERANG WERDEN!

KRAKOOM!

BOOMERANG AN BRÜCKE. VERZEIH DIE VERSPÄTUNG. DIE EXPLOSION HAT DIE MEISTEN KOMMUNIKATIONSSYSTEME HIER GEGRILLT.
FURY UND SEIN KUNG-FU-KAMERAD SIND BEIDE ERLEDIGT. EIN FÜR ALLE MAL.
NICHT WEIT WEG ...
DAS IST DIE LUKE, DIE NICK FURY MEINTE. NICHTS WIE REIN.
WAR DAS EINE EXPLOSION VORHIN? ICH HOFFE ...
... ALLES VERLÄUFT NACH PLAN.
WAS IST DAS?
EIN FRACHT-RAUM.
WENN FURYS PLAN STIMMT, DANN MUSS DIE KOMMANDO-BRÜCKE DES SCHIFFS GANZ IN DER NÄHE SEIN.
ABER WIR SIND NUR ZU ZWEIT. WIRD DAS REICHEN?
NUR, WENN WIR DEN VORTEIL DER ÜBERRASCHUNG GUT NUTZEN.
WIDOW-- ODER NANCY-- KLINGT SO VER-UNSICHERT. WAS PASSIERT, WENN WIR KÄMPFEN MÜSSEN?
UPPS! SPINNEN-SINN!
DAS LICHT!
BLEIBT STEHEN!
SO VIEL ZUM VORTEIL.
ÄH, HI, LEUTE. MENSCH, WAS EIN GLÜCK.
IHR WISST SICHER, WO DIE TOILETTEN--
ES WAR EIN SCHWERER FEHLER, DICH HIER AN BORD ZU SCHLEICHEN, NETZSCHWINGER.

KEIN SCHLECHTER VERSUCH, SPIDER-MAN, ABER VON ANFANG AN ZUM SCHEITERN VERURTEILT. WIR HABEN EUCH SEIT EURER LANDUNG MIT DEN EXTERNEN SENSOREN VERFOLGT. ICH HÄTTE EUCH JEDERZEIT TÖTEN LASSEN KÖNNEN ...

... ABER DA DU UND MS. ROMANOFF MIR SCHON SO VIEL KUMMER BEREITET HABT ...

... WOLLTE ICH BEI EURER EXEKUTION DABEI SEIN.

ICH ... KENNE DICH. DU BIST DIE FRAU AUS MEINEN ALBTRÄUMEN!

ICH WOLLTE DICH VERGESSEN, WEIL ICH DIE ERINNERUNG AN DEINE FOLTER KAUM AUSHALTEN KANN.

ABER JETZT, WO DU VOR MIR STEHST ...

ARRGH!

WELCH EIN SCHREI.

WAS UM HIMMELS WILLEN HAST DU IHR ANGETAN?

NUR FRAGEN GESTELLT.

WIDOW WOLLTE NICHT ANTWORTEN.

NUN DENN. DIE ZEIT WIRD KNAPP UND ES IST NOCH VIEL ZU TUN BIS STUNDE NULL.

TÖTE SIE, QUARTERMAIN.

JA, MA'AM.

HALT, KUMPEL. EIN GESCHENK FÜR DICH, VIPER. FURYS ASS IM ÄRMEL, EIN BRUCE LEE-IMITATOR NAMENS SHANG-CHI.

ICH DACHTE, DU WILLST IHN VIELLEICHT VERHÖREN, WIE WIDOW.

IDIOT! ICH BEZAHLE DICH DOCH NICHT FÜRS DENKEN!

DU STELLST MEINE GEDULD AUF DIE PROBE, BOOMERANG.

ZU DEN ANDEREN MIT IHM! UND DANN *TÖTET* SIE ALLE!

„DIE ZEIT DER TÄUSCHUNG IST VORBEI. NUN IST DIE ZEIT DES HANDELNS GEKOMMEN."

WAS?! DER JUNGE IST *FREI!*

ZEIG'S IHNEN! LASS IHNEN KEINE ZEIT ZU REAGIEREN!

„ALS DIE EXPLOSION MICH BETÄUBT HATTE, KONNTE NICK FURY-- WENIGER STARK VERLETZT, ALS ICH ZUNÄCHST DACHTE-- BOOMERANG ÜBERWÄLTIGEN. DANN VERKLEIDETE ER SICH ALS DIESER UND ICH GAB VOR, SEIN GEFANGENER ZU SEIN, UND SO SUCHTEN WIR DIESEN FRACHTRAUM AUF ...

„... ZUR RECHTEN ZEIT, UM UNSERE FREUNDE ZU RETTEN."

JUNGE, FREU ICH MICH, DICH ZU SEHEN!

WARTE HIER, NANCY. LASS UNS DIE SACHE REGELN.

ICH ...

KOMISCHES GEFÜHL, GEGEN SHIELD-AGENTEN ZU KÄMPFEN, WAS?

DAS KANNST DU LAUT SAGEN, NETZKOPF.

ABER WIR MÜSSEN VIPER UNBEDINGT AUFHALTEN.

DAS WIRST DU NICHT SCHAFFEN, FURY! WIR SIND HUNDERTE! VERGISS ES!

UND SELBST WENN DU ALLE AN BORD BESIEGST ...

... WIRD ES FÜR DEINEN PRÄSIDENTEN ZU SPÄT SEIN!

SAMURAI, ICH MUSS ZUR BRÜCKE. GIB MIR DECKUNG.

DER PRÄSIDENT? GROSSER GOTT, CARTER HÄLT HEUTE EINE REDE VOR BEIDEN KAMMERN DES KONGRESSES!

UND JETZT: DIE FRAU, DIE *NIEMALS LEBTE!*

Stan Lee PRÄSENTIERT: SPIDER-MAN, BLACK WIDOW, SHANG-CHI & NICK FURY

CHRIS CLAREMONT	SAL BUSCEMA & STEVE LEIALOHA	BEN SEAN	ASTARTE DESIGN-ROMA	M.-O. FRISCH	HARALD GANTZBERG
AUTOR	ZEICHNER	FARBEN	LETTERING	ÜBERSETZUNG	LEKTORAT

THE WOMAN WHO NEVER WAS!

AM ANFANG WAR ALLES SO SIMPEL GEWESEN. EINE JUNGE FRAU WURDE IN EINER GASSE IN MANHATTAN VON EINER BANDE VON GAUNERN ÜBERFALLEN. ER, DER STRAHLENDE HELD, RETTETE SIE OHNE ZU ZÖGERN, WIE ÜBLICH.

JETZT, KAUM EINEN TAG SPÄTER, KÖNNTE DIESE INSTINKTIVE TAT DEM ERSTAUNLICHEN SPIDER-MAN DAS LEBEN KOSTEN.

BREITSEITE VON SILVER SAMURAIS ENERGIESCHWERT-- MEIN GANZER KÖRPER-- STEHT UNTER SCHOCK--

KEIN GEFÜHL IN ARMEN UND BEINEN-- KANN NICHT KLAR DENKEN-- DREI KILOMETER BIS ZUM ERDBODEN!

* DIE FRAU, DIE NIEMALS LEBTE!

DARÜBER, AUF EINEM WEITLÄUFIGEN ZWISCHENDECK AN BORD DER HELICARRIER-ZENTRALE VON *SHIELD**, TOBT EIN WILDER KAMPF, AN DEM AUCH DIE VON SPIDEY GERETTETE FRAU BETEILIGT IST. OBWOHL SIE WIE *BLACK WIDOW* AUSSIEHT UND KÄMPFT, HIELT SIE SICH BIS VOR WENIGEN AUGENBLICKEN FÜR EINE LEHRERIN NAMENS *NANCY RUSHMAN*.

AN IHRER SEITE KÄMPFEN *NICK FURY* UND *SHANG-CHI* UM IHR LEBEN GEGEN EINE HORDE HYPNOTISIERTER SHIELD-AGENTEN.

* AKRONYM FÜR STRATEGIC HOMELAND INTERVENTION, ENFORCEMENT AND LOGISTICS DIVISION.

DER HELICARRIER IST IN DER GEWALT DER TERRORISTIN *VIPER* UND DES *SILVER SAMURAI*, IHRES HELFERS.

VIPER WILL DAMIT EINEN POLITISCHEN MORDANSCHLAG AUSFÜHREN, DER DIE WELT ERSCHÜTTERN SOLL.

WENN ICH SPIDER-MAN NOCH RETTEN WILL ...

... DANN JETZT ODER NIE!

EIN TEIL VON MIR HAT NOCH IMMER TODESANGST VOR SOLCHEN AKTIONEN.

DA IST ER! MUSS IHN MIT MEINEM WIDOW-SEIL ANGELN!

NA ALSO!

JETZT DER *SCHWIERIGE* TEIL. DEN HELICARRIER TREFFEN ...

BEVOR WIR SO SCHNELL WERDEN ...

... DASS DER RUCK UNS BEIDE UMBRINGEN WIRD.

THWAP!

TREFFER!

BIS HIERHIN LIEF ALLES WIE GEPLANT. JETZT MUSS ICH UNS NUR NOCH ZUM PENDELN BRINGEN...

...BIS SPIDER-MAN GENUG SCHWUNG HAT, UM DEN HELICARRIER ZU ERREICHEN...

...UND MIT SEINEN SPINNENKRÄFTEN AN DER HÜLLE HALT FINDET.

ER KOMMT FAST RAN. LANGE HALTE ICH DAS NICHT MEHR AUS.

ALS WÜRDEN MEINE ARME REISSEN!

DOCH DANN...

GAR NICHT SCHLECHT, WIDOW...

...ABER ES IST VORBEI. ICH FÜHLE MICH GEEHRT, DIR EIN ENDE ZU BEREITEN.

SHZAK!

ER HAT DAS SEIL GEKAPPT!

EINMAL MEHR BEFINDET SIE SICH IM FREIEN FALL...

...UND DER KÜHLE, FURCHTLOSE VERSTAND BLACK WIDOWS...

...WEICHT JENEM NANCY RUSHMANS, DIE IM ANGESICHT DES SICHEREN TODES NICHT ANDERS KANN, ALS ZU SCHREIEN.

SIE STÜRZT AB! ABER MIT ETWAS GLÜCK IST DAS SEIL LANG GENUG...

...DASS ICH DIE HÜLLE ERREICHEN KANN, BEVOR SIE MICH IN DIE TIEFE REISST.

GESCHAFFT!

UND NUN...

...BIN ICH DRAN, UNS NACH OBEN ZU ZIEHEN!

ARRRH!

SPINNENGRIFF AN DER HÜLLE HÄLT... ABER KEINE KRAFT MEHR, SIE HOCHZUZIEHEN--

VERLIERE-- DAS BEWUSSTSSSS--

WÄHRENDDESSEN AUF DER KOMMANDOBRÜCKE DES HELICARRIERS ...

QUARTERMAIN! DAS ENTER-PROTOKOLL AKTIVIEREN, DIE SCHOTTEN SCHLIESSEN UND ALLE DECKS MIT K.O.-GAS FLUTEN!

WIR SIND IN DER ÜBERZAHL, ABER NACH ALLEM, WAS PASSIERT IST, GEH ICH KEIN RISIKO MEHR EIN.

JA, COMMANDER.

UND AUF DEM FRACHTDECK ...

SCHNELL, CHI! DAS WAR NUR DIE ERSTE KAMPFGRUPPE, ES SIND NOCH MEHR IM ANMARSCH!

ICH VERSTEHE, COLONEL.

WAS?

DIE MACHEN DIE SCHOTTEN DICHT. WIR SITZEN IN DER FALLE. HÖRST DU DAS?

WHAM!

DAS IST BETÄUBUNGSGAS.

HALTEN WIR DEN ATEM AN?

BRINGT NICHTS. HAUTKONTAKT GENÜGT, DANN SCHLÄFST DU 'NE WOCHE LANG.

FURY UND SEIN FREUND SIND HILFLOS, UND SPIDER-MAN UND WIDOW STÜRZEN IN IHREN WOHLVERDIENTEN TOD.

WIR SCHALTEN NUN DIREKT INS REPRÄSENTANTENHAUS NACH WASHINGTON, D.C., LIEBE ZUSCHAUER, ZUM PRÄSIDENTEN DER VEREINIGTEN STAATEN.

JETZT ENDLICH STEHT MEIN SIEG UNMITTELBAR BEVOR.

DER PRÄSIDENT, DER VIZEPRÄSIDENT, SENATOREN, ABGEORDNETE, DAS KABINETT, DIE OBERSTEN RICHTER, DER GENERALSTAB ... DIE GESAMTE POLITISCHE FÜHRUNG AMERIKAS IST HEUTE IM REPRÄSENTANTENHAUS VERSAMMELT!

UND NOCH VOR ENDE DIESER REDE SIND SIE ALLE TOT!

ICH LASSE DEN HELICARRIER AUFS KAPITOL STÜRZEN UND LEGE DAS MACHTZENTRUM DER VEREINIGTEN STAATEN IN SCHUTT UND ASCHE! UND DANN RUFEN MEINE SCHWESTERN UND BRÜDER DIE REVOLUTION AUS!
MEINE AMERIKANISCHEN LANDSLEUTE, ICH SPRECHE HEUTE ZU IHNEN--
NICHTS KANN MICH AUFHALTEN!
WETTEN, SCHÄTZCHEN?!
FURY?! ABER WIE?!
KRA
„ALS DER KORRIDOR SICH MIT GAS FÜLLTE, FÜHRTE MICH COLONEL FURY ZU EINEM LABYRINTH AUS GEHEIMGÄNGEN, VON DENEN NUR ER WUSSTE, UND DIE FÜR EINEN SOLCHEN FALL KONSTRUIERT WORDEN WAREN.
„NUN GILT MEINE AUFMERKSAMKEIT DEN BEWAFFNETEN MÄNNERN, DIE UNS DEN WEG VERSPERREN.
„DENN DIE ZEIT DRÄNGT."
KLUD!
BAK!
SHOK!
MIST! DER LETZTE NARKOSEPFEIL.
ALSO GUT ZIELEN UND DANN ...
QUARTERMAIN!
DER PERFEKTE SCHUSS. SOFORT VERLIERT CLAY QUARTERMAIN DIE BESINNUNG UND STÜRZT REGUNGSLOS ZU BODEN.
DOCH SEINE REAKTION UND SEIN TALENT ...
... ALS SCHÜTZE KÖNNEN ES MIT FURYS AUFNEHMEN.
DIE SCHWERE MAGNUM-KUGEL TRIFFT FURY IN DIE SCHULTER. DER ANFÜHRER VON SHIELD SCHLÄGT HART AUF DEM DECK AUF.
AHHHRRR!

"ICH SEHE COLONEL FURY IN EINER BLUTLACHE LIEGEN. ER SCHEINT SCHWER VERLETZT ZU SEIN ..."

"... DOCH KANN ICH IHM NICHT ZU HILFE EILEN."

DU BIST VERLOREN, SHANG-CHI! DEINE KÜNSTE NÜTZEN DIR NICHTS GEGEN MEINE KLINGE!

SIE GEHT DURCH STAHL WIE DURCH BUTTER!

VIELE GLAUBEN, DIE „ENERGIEKRISE" SEI DER SCHWINDEL EINER PROFITGIERIGEN ÖLINDUSTRIE. IST SIE NICHT.

SIE IST DIE GRÖSSTE GEFAHR, DER UNSERE NATION-- UNSERE WELT-- JE AUSGESETZT WAR.

SAMURAI, DA DRAUSSEN VOR DEM FENSTER WAR EBEN WAS! ICH GLAUBE, DAS IST--

SCHAU!

BEI ALLEN GÖTTERN!

NA, SAMMY BABY, WIE GEHT'S? *SPIDER-MAN* UND *BLACK WIDOW* SIND WIEDER DA!

QUICKLEBENDIG UND VOLLER TATENDRANG!

SKA-KRASH!

„WIE SCHNELL UND UNERWARTET ..."

SPAR DIR DIE WORTE, NARR!

SOLANGE ICH DEN CONTROLLER HABE, BLEIBT DER HELICARRIER IN MEINER GEWALT UND MEIN SIEG UNAUSWEICHLICH!

„... SICH DAS BLATT WENDEN KANN."

NICHT MAL DER TOD HÄLT UNS MEHR AUF!

SETZ SIE FEST, SAMURAI! KOSTE ES, WAS ES WOLLE!

SIEH'S EIN, SAMURAI. DAS SPIEL IST AUS. IHR HABT VERLOREN.

GANZ GLEICH, OB DIE ROHÖLRESERVEN DER WELT FÜR DIESES JAHR NOCH AUSREICHEN ...

ÜBERNIMM SAMURAI, SPIDEY!

SIE GEHÖRT *MIR*!

NEIN!

ABER WENN SIE WIEDER ZU „NANCY RUSHMAN" WIRD, BRINGT VIPER SIE UM.

PASS AUF SIE AUF!

... ODER DIE NÄCHSTEN ZEHN.

SIE KLINGT WIEDER GANZ WIE WIDOW.

FRAG NICHT. *GEH!* ICH KÜMMER MICH UM SAMURAI!

„NUN GUT."

„UND HEUTE HAT ER DIESE GRENZEN WOMÖGLICH LÄNGST ÜBERSCHRITTEN."

„ICH HABE ZUVOR AN SPIDER-MANS SEITE GEKÄMPFT UND GEGEN IHN. ICH KENNE SEINE STÄRKEN. UND SEINE *GRENZEN*."

AUF DIESEN MOMENT HABE ICH LANGE GEWARTET, SPINNE!

„ICH HABE MEINE ZWEIFEL."

AUF EIN LETZTES DUELL MIT DIR!
WHAMMO!
≥UNNNGHHH!≤
EIN DUELL BIS AUF DEN TOD! DEINEN TOD!
UND DIESES MAL, GLAUB MIR ...
... ENTKOMMST DU NICHT!
SKRAM!
FRÜHER ODER SPÄTER GEHEN UNS DIE FOSSILEN BRENNSTOFFE AUS. UNS MUSS EIN FÜR ALLE MAL KLAR WERDEN ...
... DASS DIE RESSOURCEN UNSERES PLANETEN ENDLICH SIND.
ENT-KOMMEN? DAS LIEGT MIR VÖLLIG FERN.
THAK
MIST! SEINE RÜSTUNG FEDERT DIE WUCHT MEINER ANGRIFFE AB!
ICH BIN SCHNELL ...
... UND ER KANN DEFINITIV DAMIT UMGEHEN. DA HÄTTE SELBST TOSHIRO MIFUNE SEINE PROBLEME.
... ABER MIT DEM SCHWERT IST NICHT ZU SPASSEN ...

ABER ZUM GLÜCK HAB ICH AUCH NOCH EIN PAAR ASSE IM ÄRMEL!
THWIP
HEY, DU HAST DA NETZ IM AUGE.
UND JETZT, SAMMY ...
... WEG MIT DEM DING!
UNVERSCHÄMTER STROLCH! EIN SAMURAI IST AUCH OHNE SEINE WAFFE GEFÄHRLICH!
EY, DAS TUT WEH!
MUSS MICH SCHLEUNIGST BEFREIEN!
SEIN GRIFF WIRD IMMER FESTER! WENN ICH HOCHSPRINGE, KOMM ICH VIELLEICHT LOS!
A-AUTSCH! EIN ZÄHER BURSCHE ...
... ABER NICHT ZÄH GENUG! ICH MUSS MICH NUR BE-FREIEN!
VOILÀ!
UND WÄHREND SAMMY WANKT UND WILD NACH MIR TASTET ...
... PACK ICH 'NEN LINKEN HAKEN AUS!
POW!
MANN, BIN ICH PLATT. ICH HOFFE, WIDOW UND SHANG-CHI KOMMEN KLAR MIT VIPER.
WIR HABEN DIE WAHL, FREUNDE, OB WIR HEUTE EIN **KLEINES** OPFER BRINGEN ...
... DAMIT UNSERE NACHFAHREN EINE FRIEDLICHE UND BLÜHENDE WELT ERBEN ...

FLINK BEWEGT SIE SICH DURCH DAS VON DUNKELHEIT UND STILLE ERFÜLLTE SCHIFF, EIN SCHATTEN VON VIELEN, MIT EINER BESTIMMTHEIT UND ELEGANZ, DIE EINER TIGERIN ZUR EHRE GEREICHEN WÜRDEN.

NUR IHRE MIENE VERRÄT SIE ...

... ALS IHR VERSTAND AUFGEREGT ZWISCHEN DER PERSÖNLICHKEIT BLACK WIDOWS UND JENER NANCY RUSHMANS HIN UND HER FLACKERT.

NOCH IMMER KANN SIE NICHT SICHER SEIN, WELCHE DER BEIDEN IDENTITÄTEN DIE ECHTE IST, DOCH MIT JEDER MINUTE ERINNERT SIE SICH MEHR. SIE WAR AUF EINER ... PERSÖNLICHEN MISSION IN FERNOST ...

... ALS SIE AUF VIPERS PLÄNE STIESS.

DOCH EHE SIE FURY WARNEN KONNTE, WURDE SIE VERRATEN ...

... UND GEFANGEN. VIPER WOLLTE HERAUSFINDEN, WAS SIE WUSSTE UND WAS SIE WEITERGEGEBEN HATTE.

DAS VERHÖR DAUERTE TAGE.

TROTZ VIPERS FOLTER WEIGERTE SIE SICH, ZU REDEN.

UND ALS SICH IHR DANK EINER LEICHTSINNIGEN WACHE DIE GELEGENHEIT ZUR FLUCHT BOT, ERGRIFF SIE SIE.

DOCH DIE TORTUR HATTE IHREN SCHRECKLICHEN TRIBUT GEFORDERT. UM SICH SELBST ZU SCHÜTZEN ...

... ZOG SICH IHR VERSTAND ZURÜCK UND VERSTECKTE SICH HINTER EINER ALTEN TARNIDENTITÄT, DIE DAS GEGENTEIL VON BLACK WIDOWS PERSÖNLICHKEIT WAR ...

... EINER ARGLOSEN US-AMERIKANISCHEN LEHRERIN NAMENS NANCY RUSHMAN.

ICH WAR PSYCHISCH SO SCHWER ANGESCHLAGEN, DASS ICH OHNE SPIDER-MAN-- UND PETER PARKER-- VIELLEICHT FÜR IMMER IN DIESER ROLLE GEBLIEBEN WÄRE.

ABER WÄRE DAS WIRKLICH SO SCHLECHT GE-- *WAS?!*

SHANG-CHI?

... ODER WEITER SO VERSCHWENDERISCH LEBEN UND UNSERE ENKELKINDER ZU SEHR VIEL SCHLIMMEREN OPFERN ZWINGEN ...

... NUR DAMIT SIE ÜBERLEBEN KÖNNEN!

HAB KEINE FURCHT. ICH HELFE DIR.

NETT VON DIR, MEIN FREUND, ABER NEIN. DAS HIER IST MEINE SACHE.

„ICH SEHE, DASS IHR GEIST ZWISCHEN ZWEI PFADEN HIN- UND HERGERISSEN IST. SIE MUSS ZU SICH SELBST FINDEN, UM WIEDER EINS ZU SEIN."

„IHR INNERER ZWIESPALT ÄHNELT JENEM, DER MICH PLAGT, SEIT ICH DAS HAUS MEINES VATERS IN HUNAN VERLIESS."

BLACK WIDOW! HINTER DIR!

WAS?

VIPER!

WER SONST? HAST DU ETWA ANGST VOR MIR, NATASHA?

SEI FROH, DASS DU NICHT ALLEIN STIRBST.

„FÜR GEDANKEN IST KEINE ZEIT, NUR FÜR TATEN, ALS ICH BLACK WIDOW AUS DER FLUGBAHN DES PROJEKTILS STOSSE."

KRAK!

SHANG-CHI!

„... MUSS WIDOW NUN IHRE TREFFEN."

„UND SO, WIE ICH EINST MEINE WAHL IM LEBEN TRAF* ..."

* SHANG-CHI ENTSCHIED SICH GEGEN SEINEN VATER, EINEN BERÜCHTIGTEN SCHURKEN.

ER IST TOT!

UND *DU* EBENSO. GLEICH ...

... SOBALD ICH MEINE AUFGABE ERFÜLLT HABE.

EIN KNOPFDRUCK NOCH ...

KLAK!

... UND DIE MASCHINEN DES HELI-CARRIERS STEHEN STILL.

OHNE DEN CONTROLLER LASSEN SIE SICH NICHT WIEDER STARTEN.

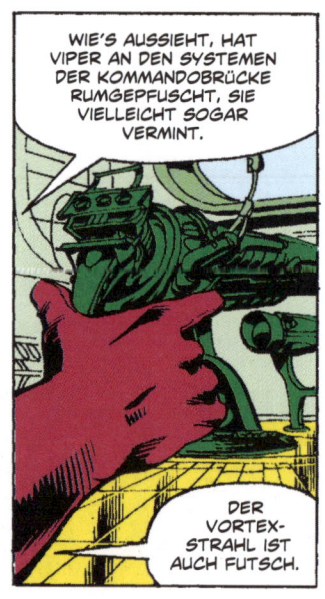

UM DIE BEIDEN FRAUEN, DIE HOCH OBEN AUF EINER DER VIER ROTORPLATTFORMEN DES CARRIERS STEHEN, HERRSCHT PLÖTZLICH EINE GESPENSTISCHE STILLE, ALS DAS DRÖHNEN DER MÄCHTIGEN MASCHINEN ERSTIRBT ...

... UND DIE GIGANTISCHEN ROTORBLÄTTER SICH IMMER LANGSAMER DREHEN.

SOFORT BEGINNT DAS MASSIVE FLUGGERÄT, AN HÖHE ZU VERLIEREN.

RUHIG, COLONEL. DIE KUGEL HAT SIE VOLL ERWISCHT, UND--

HALT DIE KLAPPE! HÖR HIN!

WAS? HEY, DIE MASCHINEN!

SIE SIND AUS. DAS WAR WOHL DER ZWECK VON VIPERS CONTROLLER.

KRIEGEN WIR SIE WIEDER FLOTT?

WIE'S AUSSIEHT, HAT VIPER AN DEN SYSTEMEN DER KOMMANDOBRÜCKE RUMGEPFUSCHT, SIE VIELLEICHT SOGAR VERMINT.

DER VORTEX-STRAHL IST AUCH FUTSCH.

NUR EINE CHANCE.

WIR MÜSSEN DEN HAUPT-STROM UMLEITEN. DIE ABDECKUNG IST AUS VERSTÄRKTEM STAHL, KRIEGST DU DIE AUF?

UND OB!

WIE VIEL ZEIT HABEN WIR?

NICHT VIEL.

RRRAKT!

VORSICHT, JUNGE! DA DRIN STEHT ALLES UNTER STARKSTROM, MANN!

SAGEN SIE JA FRÜH.

MEIN LINKER ARM IST TAUB UND ICH STEH UNTER SCHOCK. DEN REST MACHST DU.

HÖR MIR GUT ZU ...

... UND BETE.

DIE FLUGBAHN IST PRÄZISE GEPLANT, UM DEN HELICARRIER AUFS KAPITOL STÜRZEN ZU LASSEN. BEIM AUFPRALL ZÜNDEN SPRENGLADUNGEN, DIE DIESES SCHIFF UND DAS GEBÄUDE IN SCHUTT UND ASCHE LEGEN.

GENAU, DIE KRIEGSTREIBER EINER KORRUPTEN NATION. IHRE STRAFE IST LÄNGST ÜBERFÄLLIG. UND IN DER WELT- REVOLUTION, DIE TODSICHER FOLGEN WIRD, WERDEN IHRESGLEICHEN ÜBERALL STERBEN.

NEIN, *UNSCHULDIGE* WERDEN STERBEN! MILLIONEN MENSCHEN, DIE NIEMANDEM ETWAS GETAN HABEN!

LÄSST DICH DAS ETWA VÖLLIG KALT, VIPER?

DU WIRST HUNDERTE MENSCHEN TÖTEN!

ICH BIN MIT DEM TOD AUFGEWACHSEN! ER WAR IMMER AN MEINER SEITE!

ICH SAH KINDER HUNGERN IN DEN RUINEN STALINGRADS UND MÄNNER, DIE ÜBER NACHT ZU EIS GEFROREN!

UND WEIL ICH DEN TOD KENNE ...

... WEISS ICH, WIE KOSTBAR DAS *LEBEN* IST!

DANN GENIESS, WAS DIR DAVON BLEIBT ...

... BIS ICH ES BE- ENDE!

-- UND DANN DIE ZWEI VERBINDEN. GLAUB ICH.

SIE GLAUBEN ES?!

AUF DER WARTUNGSPLATTFORM KOMMT ES ZU EINEM DENKWÜRDIGEN KAMPF. UM DIE BEIDEN FRAUEN HERUM TRUDELT LANGSAM EIN RIESENHAFTER PROPELLER AUS, WÄHREND UNTER IHNEN DIE STADT WASHINGTON RASEND SCHNELL NÄHER KOMMT.

ICH TU MEIN BESTES.

BIN NICHT TONY STARK.

EIN DUELL DER TOLLKÜHNEN.

VIPER LANDET DEN ERSTEN TREFFER. WIDOW IST ERSCHÖPFT, KÖRPERLICH UND GEISTIG. NUN KOMMT SIE DIESE, IHRE GLIEDER LÄHMENDE MÜDIGKEIT TEUER ZU STEHEN.

DOCH ALS DER KAMPF ANDAUERT, ERFORSCHT SIE IHR INNERSTES ...

... UND FINDET DORT EINEN UNBEUGSAMEN WILLEN, EINEN UREIGENEN TEIL IHRER SELBST. AUCH WENN SIE WIRKLICH DIE LEHRERIN WÄRE, FÜR DIE SIE SICH BIS VOR KURZEM NOCH HIELT ...

... WÜRDE SIE DIESER WILLE VON ANDEREN MENSCHEN UNTERSCHEIDEN. UND ALS SIE SICH AUF DIESEN TEIL IHRER PERSÖNLICHKEIT BESINNT ...

... WEISS SIE, WER SIE WIRKLICH IST.

NICHT NANCY RUSHMAN, SONDERN NATASHA ROMANOFF ALIAS BLACK WIDOW. DIE BESTE GEHEIMAGENTIN DER WELT.

GEGEN SIE HAT VIPER KEINE CHANCE.

ES IST VORBEI, VIPER.

ACH JA?

WIE DAS, WIDOW, WENN IN WENIGEN SEKUNDEN DER HELI-CARRIER DAS KAPITOL VERNICHTEN WIRD?

DOCH BEVOR ES DAZU KOMMT ...

... WERDE ICH DIR MIT BLOSSEN HÄNDEN DAS HERZ AUS DER BRUST REISSEN!

FURY, DIE ZEIT IST UM!

DANN DRÜCK DIE DAUMEN, JUNGE!

DENN JETZT GILT ES!

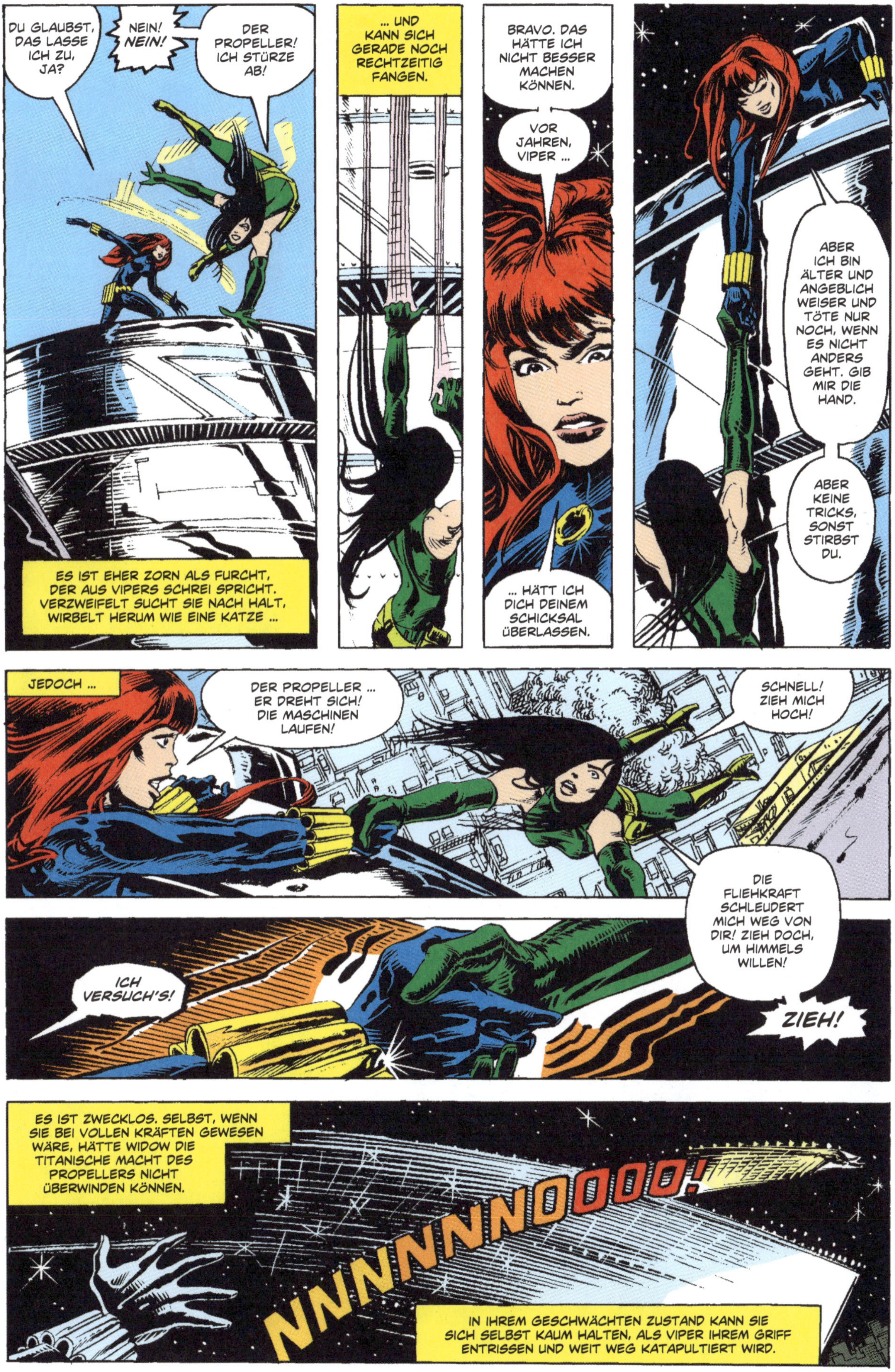

DU GLAUBST, DAS LASSE ICH ZU, JA?
NEIN! NEIN!
DER PROPELLER! ICH STÜRZE AB!
ES IST EHER ZORN ALS FURCHT, DER AUS VIPERS SCHREI SPRICHT. VERZWEIFELT SUCHT SIE NACH HALT, WIRBELT HERUM WIE EINE KATZE ...
... UND KANN SICH GERADE NOCH RECHTZEITIG FANGEN.
BRAVO. DAS HÄTTE ICH NICHT BESSER MACHEN KÖNNEN.
VOR JAHREN, VIPER ...
... HÄTT ICH DICH DEINEM SCHICKSAL ÜBERLASSEN.
ABER ICH BIN ÄLTER UND ANGEBLICH WEISER UND TÖTE NUR NOCH, WENN ES NICHT ANDERS GEHT. GIB MIR DIE HAND.
ABER KEINE TRICKS, SONST STIRBST DU.
JEDOCH ...
DER PROPELLER ... ER DREHT SICH! DIE MASCHINEN LAUFEN!
SCHNELL! ZIEH MICH HOCH!
DIE FLIEHKRAFT SCHLEUDERT MICH WEG VON DIR! ZIEH DOCH, UM HIMMELS WILLEN!
ICH VERSUCH'S!
ZIEH!
ES IST ZWECKLOS. SELBST, WENN SIE BEI VOLLEN KRÄFTEN GEWESEN WÄRE, HÄTTE WIDOW DIE TITANISCHE MACHT DES PROPELLERS NICHT ÜBERWINDEN KÖNNEN.
NNNNNNNOOOOO!
IN IHREM GESCHWÄCHTEN ZUSTAND KANN SIE SICH SELBST KAUM HALTEN, ALS VIPER IHREM GRIFF ENTRISSEN UND WEIT WEG KATAPULTIERT WIRD.

WIR NENNEN UNS GERN EINE GROSSE NATION. DOCH DIE GRÖSSE EINER NATION ZEIGT SICH IN IHREN TATEN, NICHT IN IHREN WORTEN. IN IHRER BEREITSCHAFT, VERANTWORTUNG WAHRZUNEHMEN ...

... STATT SICH DAVOR ZU DRÜCKEN. NICHT NUR FÜR UNS SELBST ...

WAS?

DAS GEBÄUDE ZITTERT ... IST DAS EIN ERDBEBEN?

... SONDERN FÜR DIE NACHWELT.

WAS ... WAS ZUM TEUFEL IST DAS?

VVRRRRRRROOM!

EIN *WUNDER* ...

... KÖNNTE MAN SAGEN ...

... ALS DER HELICARRIER SICH IN ALLERLETZTER SEKUNDE UNTER DEM AUFHEULEN SEINER MASCHINEN ABFÄNGT.

ALS DER ABEND DÄMMERT, IST DIE LAGE UNTER KONTROLLE. DER HELICARRIER WIRD VON EINER NOTBESATZUNG GESTEUERT, WÄHREND DIE HYPNOTISIERTEN SHIELD-AGENTEN SICH IN QUARANTÄNE BEFINDEN. DERWEIL AUF DECK ...

OHNE DICH HÄTTEN WIR'S NICHT GESCHAFFT.

ABER WIDOW SAGTE, VIPER HÄTTE DICH ERSCHOSSEN. WAS IST PASSIERT? BIST DU VERLETZT?

„ICH WEHRTE DIE KUGEL MIT MEINEM ARMBAND AB. DER LÄRM DER MASCHINEN ÜBERDECKTE DEN KLANG DES QUERSCHLÄGERS.

„DANN WAR ES EINFACH, MICH TOT ZU STELLEN."

WOZU?

BLACK WIDOW MUSSTE ZU SICH SELBST FINDEN.

ICH GAB IHR NUR DIE GELEGENHEIT DAZU.

ANDERSWO ...

TOLLE AUSSICHT HIER OBEN, WAS?

DU BIST WIEDER DU SELBST, ODER?

GENAU, BIN ICH.

TUST DU?

HÖR ICH GERN.

ICH KANN MICH AN ALLES ERINNERN.

„NANCY RUSHMAN" UND DU HABEN SICH WUNDERBAR VERSTANDEN, NICHT?

ABER DU BIST DU.

UND ICH EMPFINDE NICHT WIE SIE. TUT MIR LEID.

MIR AUCH.

KURZ DARAUF IST SPIDER-MAN UNTERWEGS UND LÄSST WIDOW AUF DER GLEISSENDEN TITANHÜLLE ZURÜCK ...

... IN GEDANKEN DARAN, WAS HÄTTE SEIN KÖNNEN.

IHR GANZES LEBEN KÄMPFTE SIE FÜR IHRE FREIHEIT MIT DER WILDEN LEIDENSCHAFT UND UNBÄNDIGEN KRAFT EINES ADLERS.

SIE WÄHLTE DIESEN PFAD VOR LANGER ZEIT, UND SIE HAT IHN NIE BEREUT, NIE ZURÜCKGESCHAUT.

DOCH JEDE WAHL HAT IHREN PREIS, UND SIE WEISS, WAS JEDER ADLER VON GEBURT AN WEISS ...

... WER FREI SEIN WILL, BLEIBT ALLEIN.

ENDE

IM VISIER DER SCHWARZEN WITWE

von Christian Endres

Das sind einige der größten Feinde und Gegner, denen **Black Widow** jemals gegenübertreten musste.

IRON MAN
Als sie noch eine Spionin der UdSSR war, gehörte **Iron Man** Tony Stark zu Black Widows ärgsten Widersachern und Hauptzielen.

DIE HAND
Seit ihrer Jugend hatte Natasha immer wieder mit den Ninja vom mystischen Clan der Hand zu tun. Einmal vergifteten sie die Heldin, doch **Stone**, ein weiterer Schüler von **Daredevils** Mentor **Stick**, brachte Nat ins Leben zurück.

BULLSEYE
Der Mann, der aus allem eine Waffe machen kann und immer trifft, ist einer von Daredevils tödlichsten Feinden. Er griff Natasha mit allem an, was ihm in die Finger kam – sogar mit einem Föhn. Er benutzte Nat, um DD aus der Reserve zu locken.

YELENA BELOVA
Eine junge Russin, die nach Natashas Bruch mit der UdSSR zur nächsten Black Widow geschmiedet wurde. Bei ihrem ersten Treffen wollte die Blondine Natasha erledigen, um sich ihren Codenamen zu sichern. Später fochten die beiden allerdings einige Male auf derselben Seite.

HYDRA
Als Agentin von SHIELD hatte es Tasha oft mit der bösen Organisation **Hydra** zu tun. Mithilfe des kosmischen Würfels erschuf **Red Skull** einmal eine Version von **Steve Rogers**, die Hydras oberster Anführer war und der Terrorgruppe zur Macht über die USA verhalf. In einem Zweikampf brachte er Black Widow um.

VIPER
Die Ungarin **Ophelia Sarkissian** wurde von **Kraken** und Hydra zu **Madame Hydra** geformt, einer Schlüsselfigur der faschistischen Gruppierung. Ophelia nutzt auch den Codenamen **Viper** und arbeitet neben Hydra noch mit den Ninja der Hand zusammen.

RED GUARDIAN
Bevor sie erfuhr, dass Russlands Supersoldat und kostümierter Champion in Wirklichkeit ihr tot geglaubter Mann **Alexi** war, kämpfte Tasha in China an der Seite von **Captain America** gegen **Red Guardian**.

MANDRILL
Der Mutant **Jerome Beechman** nutzt seine Pheromone, um andere zu beeinflussen. Er brachte Natasha dazu, auf ihn abzufahren und **Daredevil** zu verraten. Mit seiner kultartigen Armee **Black Spectre** aus ihm verfallenen Frauen eroberte **Mandrill**, der die Gestalt eines Affen hat, einmal fast Amerika.

IRON MAIDEN
Wie Natasha war auch **Melina Vostokoff** eine KGB-Geheimagentin, die sich von Mütterchen Russland abwandte. Dass sie auch danach stets in Black Widows Schatten stand, machte sie rasend. In ihrer Rüstung, die sie superstark und unverletzbar machte, versuchte sie, Natasha zu töten.

IVAN PETROVICH
Lange Natashas Beschützer und Freund. Doch er hegte romantische Gefühle für sie, die Tasha nie erwiderte, weshalb **Ivan** als Cyborg beinahe die Welt vernichtete.

VINDIKTOR
Bis heute ist nicht geklärt, ob sich hinter dem entstellten Gesicht dieses russischen Schurken in Rüstung wirklich Natashas Bruder verbarg, den sie seit dem Feuer in Stalingrad für tot hielt.

ANYA
Die Tochter der Schulleiterin, die Natashas Ausbildung an der **Red Room**-Akademie überwachte und sie wie eine Lieblingsschülerin behandelte, wurde von Eifersucht auf Tasha zerfressen. Sie zwang ihre Mutter, sie ebenfalls zu trainieren, und wollte das Black Widow-Programm als **Dark Room** reaktivieren.

BIS DAS MAGAZIN LEER IST

von Christian Endres

In seinem Buch *Seduction of the Innocent* über die „Verführung der Unschuldigen" wiegelte der in Nürnberg geborene, seit 1922 in den USA lebende Psychiater **Fredric Wertham** 1954 ein ganzes Land gegen Comic-Hefte auf. Er beschuldigte die Bildergeschichten, Jugendliche krank zu machen, sie zu verderben und zum Verfall der Moral beizutragen – und fand damit in der amerikanischen Öffentlichkeit und der Politik Gehör. Um zu überleben, unterwarfen sich die gebrandmarkten US-Comic-Verlage der freiwilligen Selbstzensur. Fortan zeigte das Comics Code-Logo der Comics Code Authority auf einem Cover, dass die Ausgabe bestimmte Auflagen erfüllte: vertretbare Gewalt, keine Drogen, keine Erotik und keine Horror-Gestalten.

Underground-Comic-Macher wie **Robert Crumb** scherten sich nicht um diese Vorgaben. 1964 fand Comic-Verleger **James Warren** seinerseits einen Weg, den Code zu umgehen und den Horror sowie die Monster in die amerikanischen Comics zurückzubringen. Indem er seine Anthologien als schwarz-weiße Magazine veröffentlichte, brauchte er das Siegel für seine Hefte nicht. *Creepy*, *Eerie*, *Vampirella* und andere Warren-Magazine, die von einigen der besten Künstler aller Zeiten bestückt wurden, waren ein Erfolg. Ab 1971 erschienen auch bei Marvel Schwarz-Weiß-Magazine für Horror, Fantasy und andere Genres, darunter *Savage Tales*, *Dracula Lives!*, *Vampire Tales*, *The Deadly Hands of Kung Fu*, *Planet of the Apes* und *The Savage Sword of Conan*.

Zwischen 1975 und 1980 gab es außerdem das fantastische Comic-Magazin *Marvel Preview*, auf dessen Seiten u. a. **Blade**, **Star-Lord**, **Rocket Raccoon** und **Dominic Fortune** debütierten. Anfang 1981 wurde *Marvel Preview* für die finalen zehn Ausgaben bis 1983 in *Bizarre Adventures* umbenannt. *Bizarre Adventures* 25, die erste Nummer unter dem neuen Titel, begann mit einer **Black Widow**-Story. Das Titelbild erinnerte stark an die beliebte Agentinnen-Fernsehserie *Drei Engel für Charlie*, und die Figur **Langely** in der Geschichte scheint **Humphrey Bogart** aus dem Spionage-Filmklassiker *Casablanca* wie aus dem Gesicht geschnitten. Autor **Ralph Macchio** und Zeichner **Paul Gulacy** nutzten die Freiheiten der Magazin-Publikation für eine harte, auf ein erwachsenes Publikum zugeschnittene Story über **Natasha** als SHIELD-Agentin, ihre Mentorin, Krieg und Spionage.

Ralph Macchio (nicht zu verwechseln mit dem gleichnamigen Hauptdarsteller von *Karate Kid*) war zwischen den 1980ern und 2000ern ein einflussreicher Redakteur im Haus der Ideen. Als Autor verwirklichte er selbst Geschichten mit allen möglichen Helden von **Thor** bis **Solomon Kane**. Zeichner Paul Gulacy wurde massiv von Comic-Neuerer **Jim Steranko** beeinflusst, der bahnbrechende Storys über **Nick Fury** zu Papier gebracht hatte. Bei Marvel prägte Gulacy in erster Linie **Shang-Chi**, daneben zeichnete er Storys über **Batman**, **Catwoman**, **James Bond**, die **Predators** und zu *Star Wars*. Der erste Comic um ihren eigenen Helden **Sabre**, den Gulacy und Autor **Don McGregor** 1978 veröffentlichten, gilt als die erste originäre Graphic Novel auf dem US-Markt.

ICH HAB DAS JO-JO ... DU HAST DIE SCHNUR

Autor: Ralph Macchio
Zeichner & Tusche: Paul Gulacy
Übersetzung: Marc-Oliver Frisch
Lettering: Astarte Design

IN EINEM SCHWÜLEN URWALD IN KENIA ...

... TROTZT EINE FESTUNG DEM ZAHN DER ZEIT.

DOCH WIE SO OFT TRÜGT DER SCHEIN.

DENN HINTER DER ALTEN FASSADE AUS STEIN ...

... IST LÄNGST DER FORTSCHRITT EINGEZOGEN.

DAS IST NICHT ALLES, STERILE ENTE. BLAUER ERPEL MELDET ENDE DER INFILTRIERUNG.

DER SPATZ IST GEFANGEN. WIEDERHOLE: DER SPATZ IST GEFANGEN.

DIE ÜBERTRAGUNG BRICHT AB. IRGENDEIN SENDER KOMMT MIR INS GEHEGE. MUSS MICH BEEILEN.

BLAUER ERPEL BESTÄTIGT, DASS DER BISCHOF SINGT. ICH SAGTE--

SNAPT!

Verflucht noch mal!

PFOTEN HOCH, DU MIESES STINKTIER! KEINE BEWEGUNG!

BUDDA

BUDDA BUDDA

UGH!

AAGHH!

FAHRT ZUR HÖLLE, IHR ELENDEN DRECKSKERLE!

ZWEI VON DEN STROLCHEN SCHIESSEN NOCH. KANN NICHT EWIG HIER SITZEN. MUSS IHRE POSITION UNGEFÄHR SCHÄTZEN UND ...
SHRAK! SPAK! SPAK!
... DAS BESTE HOFFEN.
SORRY, STEHT NICHT IM LEHRBUCH, KUMPEL.
BRRAPPT!
ABER ICH GLAUBE, DU WEISST TROTZDEM, WAS GEMEINT IST.
NNGH!
NÄCHSTES MAL HALT DICH ANS LEHRBUCH ...
... KLAR?
BAARRUPPT!
BAARRUPPT!
OHH!
ES WAREN FÜNF VON UNS NÖTIG. MUSS ICH DEM PENNER LASSEN.
BLAUER ERPEL, HIER STERILE ENTE. WAS ZUR HÖLLE IST DA LOS?
DA KRIEGT MAN JA KOPFSCHMERZEN VON DEM GEPLÄRRE.
BLAUER ERPEL! BLAUER ERPEL! WAS IST PASSIERT?
RUHE! HABT IHR KEINEN RESPEKT VOR DEN TOTEN?
BLAUER ERPEL? ÜBERTRAGUNG BITTE WIEDERHOLEN. DER EMPFANG IST--
KLIK!

BLACK WIDOW in
ICH HAB DAS JO-JO ... DU HAST DIE SCHNUR

SÄULEN AUS SONNENLICHT FALLEN DURCH DIE FENSTER IN DAS PENTHOUSE ...

... DOCH DIE EINZIGE BEWOHNERIN DES APARTMENTS SCHLÄFT SELIG DURCH DIE GOLDENE DÄMMERUNG ...

... BIS EIN HEKTISCHES, UNERBITTLICHES SUMMEN ...

... NATASHA ROMANOFFS WIDERWILLIGE AUFMERKSAMKEIT WECKT.

AUTOR: RALPH MACCHIO ZEICHNER: PAUL GULACY LETTERING: ASTARTE DESIGN-ROMA ÜBERSETZUNG: MARC-OLIVER FRISCH LEKTORAT: HARALD GANTZBERG

Panel 1	Panel 2

Panel 1: MMM ... DIESER KRACH ... ... WER BRAUCHT SO WAS AM MORGEN DANACH?!

Panel 2: EIN ZETTEL? — NA ... DU WARST AUCH NICHT SCHLECHT HEUT NACHT, MR. LANGELY. WENN WIR WIEDER GERADEAUS GEHEN KÖNNEN, WIEDERHOLEN WIR DAS. FÜR EINEN LACHER BIST DU IMMER GUT.

Panel 3: WAS EIN CHAOS. DAS AUFZURÄUMEN, DAUERT BIS INS NEUE JAHR. ABER DARUM KÜMMERE ICH MICH SPÄTER, SONST PLATZT MIR WIRKLICH GLEICH DER KOPF.

Panel 4: EIN PAAR FLINKE SCHRITTE, UND SIE STEHT VOR EINER WANDKONSOLE. LANGE, SCHLANKE FINGER HUSCHEN ÜBER BUNTE KNÖPFE ...

Panel 5: ... UND DIE EINGABE EINES CODES LÄSST EINEN RIESIGEN BILDSCHIRM AUFFLACKERN.

Panel 6: SHIELD*-AGENTIN NATASHA ROMANOFF, CODENAME BLACK WIDOW. VERBINDUNG MIT KOMMANDOZENTRALE NEW YORK AUFGEBAUT. EINZELHEITEN ZUM AUFTRAG FOLGEN.

* STRATEGIC HOMELAND INTERVENTION, ENFORCEMENT AND LOGISTICS DIVISION. EINE WELTUMSPANNENDE SPIONAGE-ORGANISATION AN DER SPITZE DER WESTLICHEN GEHEIMDIENSTE.

MI6 MELDET TOD DES BRITISCHEN GEHEIMAGENTEN PRESCOTT IN KENIA. STANDORT EINES SOWJETISCHEN WAFFENDEPOTS KONNTE NOCH ÜBERMITTELT WERDEN. WAFFEN AN KOMMUNISTISCHE REBELLEN VOR ORT VERTEILT.	DAS DEPOT UNTERSTEHT DER SOWJET-AGENTIN **IRMA KLAUSVICHNOVA**.

IRMA! BEVOR ICH VOR JAHREN ÜBERLIEF, WAR SIE MEINE KONTAKTPERSON BEI EINER REIHE VON BRENZLIGEN EINSÄTZEN.

SIE WAR DIE BESTE. UND SIE HAT AUS MIR DIE BESTE GEMACHT. DAS HAT MIR UNZÄHLIGE MALE DAS LEBEN GERETTET.

WIR STANDEN UNS NAH, UND ICH VERDANKE DIESER FRAU UNENDLICH VIEL.

DER ERFOLG DER KENIANISCHEN OPERATIONEN DER SOWJETS HÄNGT MASSGEBLICH VON IHR AB.

HIER EIN BILD DER ZIELPERSON.

DER AUFTRAG LAUTET INFILTRIERUNG DES WAFFENDEPOTS UND ELIMINIERUNG KLAUSVICHNOVAS MIT ALLEN MITTELN.

HAUPTDIREKTIVE: KLAUSVICHNOVA ELIMINIEREN.

INFORMATIONEN ÜBER KONTAKT UND TREFFPUNKT FOLGEN.

SCHÜLERIN GEGEN LEHRERIN ALSO. DAS MACHT MIR KEINE FREUDE, IRMA. ABER GESCHÄFT IST GESCHÄFT.

AB-977-0085

ZWÖLF STUNDEN SPÄTER: EINE ENTLEGENE FESTUNG IN DEN AUSLÄUFERN DES MOUNT KENIA ...

DIE NÄCHSTE LIEFERUNG SOLL IN KNAPP SECHS STUNDEN MIT DEM ZUG AUS NAIROBI EINTREFFEN, GENOSSIN KOMMANDANT.

AUSGEZEICHNET. DAS MELDE ICH SOFORT DEM KREML. TREFFEN SIE HIER DIE NÖTIGEN VORKEHRUNGEN.

UNVERZÜGLICH. DIE VERLADESTATIONEN WERDEN BEREIT SEIN, GENOSSIN KOMMANDANT KLAUSVICHNOVA.

OBERST.

LÄUFT WIE AM SCHNÜRCHEN. NIEMAND SCHÖPFT VERDACHT, DASS DIE ECHTE IRMA KLAUSVICHNOVA VON PRESCOTT GETÖTET UND DURCH EINE SHIELD-DOPPELAGENTIN ERSETZT WURDE.

JETZT KANN ICH ALLE WAFFENLIEFERUNGEN DIREKT AN DIE ZENTRALE MELDEN, WÄHREND ICH DAS DEPOT LEITE.

ABER WORAUF WARTEN DIE? DAS ÜBLICHE VORGEHEN WÄRE HIER, DAS DEPOT SO SCHNELL WIE MÖGLICH AUSZUSCHALTEN. SELTSAM.

DIE MÜSSEN IHRE GRÜNDE HABEN. NICHT MEIN JOB, SIE ZU HINTERFRAGEN. ICH MUSS EINFACH NUR ...

... IRMA SEIN.

DER NÄCHSTE MORGEN:
EIN BAHNHOF IN NAIROBI ...
WENN WIR'S NICHT TUN, DANN TUN'S ANDERE. DU BRAUCHST DIE KOHLE DOCH AUCH.
SCHON, ABER--
WENN EUCH LANGWEILIG IST, PACKT DIE KISTEN MIT AN.
PÜNKTLICH WIE DIE MAURER ...
... DA IST ER. UND ER HAT SIE ENTDECKT.
KEINE ÜBLE TARNUNG. FÜR DIE MEISTEN REICHT SIE VERMUTLICH.
ABER NICHT FÜR MICH. DIESE AUGEN ERKENN ICH ÜBERALL, AUCH UNTER EINEM NIQAB.

OKAY, ALLES VERLADEN. WIR SIND HIER FERTIG ZUR ABFAHRT, SAGT DEN ANDEREN BESCHEID.

ALL IHRE PAPIERE SIND IN BESTER ORDNUNG. ES WIRD KEINE WEITEREN VERZÖGERUNGEN GEBEN. STEIGEN SIE EIN, MR. BISHOP.

VIELEN DANK. ICH NEHME EIN PASSAGIERABTEIL, WENN ES SIE NICHT STÖRT. EINS MIT TOILETTE ... ICH WERDE GERN REISEKRANK, SIE WISSEN SCHON.

CHAANK

SSHHHH
SSHHHH
SSHHHH

PTSSSSSS

DIE STEPPE KENIAS, EINE STUNDE SPÄTER ...

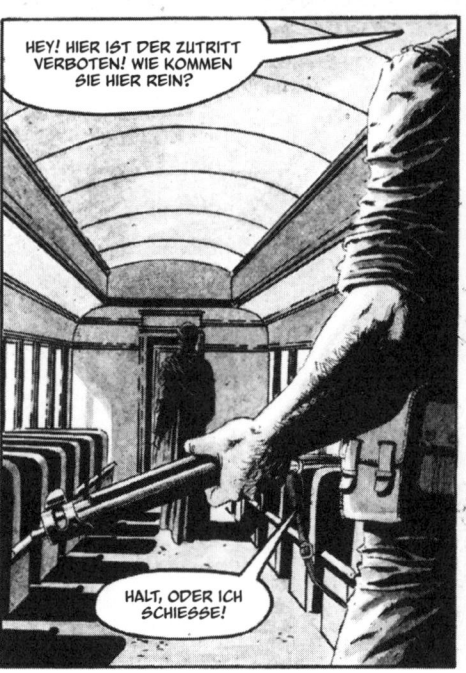

CHECKPOINT VIER ERREICHT, ALLES NACH PLAN. MELDEN SIE'S DER ZENTRALE.

HEY! HIER IST DER ZUTRITT VERBOTEN! WIE KOMMEN SIE HIER REIN?

HALT, ODER ICH SCHIESSE!

WER SIND SIE?

MAN NENNT MICH ...

- UGGHT!
- ... BLACK WIDOW.
- NICHT DASS DU ES JEMANDEM VERRATEN KÖNNTEST MIT DEINEM GEBROCHENEN KIEFER.
- WAS SOLL DER KRACH? WAS IST PASSIERT?
- SIEH MAL! KABURN IST VERLETZT!

- DER ANGREIFER MUSS DURCH DIE TÜR GEFLOHEN SEIN!
- DEN SCHNAPPEN WIR UNS! ICH RUFE VERSTÄRKUNG!
- NNNH-- HALLLT-- HNTR CHHH--
- ER MUSS NOCH IN EINEM DER WAGEN SEIN. ZUM ABSPRINGEN SIND WIR ZU SCHNELL.
- IDIOTEN.

- SETZ ICH MEINEN KLEINEN RUNDGANG EBEN HIER OBEN FORT. EIN PAAR FOTOS VON DER LADUNG SCHADEN NICHT.
- WENN WAS SCHIEFGEHT, HAB ICH WENIGSTENS MEHR GESEHEN ALS NUR DIE LANDSCHAFT.
- ABER BEVOR WIR IN SICHTWEITE DER FESTUNG KOMMEN, DIE IHNEN ALS DEPOT DIENT, MUSS ICH MICH IN EINEM DER WAGEN VERSTECKEN. ICH HOFFE, DER IST ...
- ... LEER.

IM GLEICHEN AUGENBLICK, VIER KILOMETER HINTER DEM ZUG ...

JESSES ... DIESE TOLLKÜHNEN FLIEGERASSE VERDERBEN UNS NOCH ALLES. DIE SIND VIEL ZU FRÜH DRAN.

FÜR SO 'NEN QUATSCH IST DIE SACHE ZU ERNST.

KOMISCH. MEIN KONTAKT MIT DEN FALSCHEN PAPIEREN WAR NICHT AM BAHNHOF.

ICH WAR GEKLEIDET WIE VEREINBART ... UND PÜNKTLICH. WAS IST MIT IHM PASSIERT?

JEDENFALLS BIN ICH AUF MICH GESTELLT. ICH MUSS-- WAS?!

DAS GELÄNDE ÄNDERT SICH, WIR SIND IM GEBIRGE. DIE FESTUNG IST NICHT MEHR WEIT.

UFF!

MEIN ARM! WAS ZUR HÖLLE?!

VERZEIHEN SIE, ABER DAS WAR LEIDER NOTWENDIG, SONST HÄTTE SIE DIE WACHE ENTDECKT.

ICH WUNDERE MICH, DASS SIE'S SO WEIT GESCHAFFT HABEN, EHRLICH GESAGT.

ICH KOMME ZURECHT. WER SIND SIE?

MEIN NAME IST RAYMOND BISHOP. IHR KONTAKT.

WIESO HALTEN SIE SICH NICHT AN DEN PLAN?

ICH WOLLTE SEHEN, OB DIE BERÜHMTE SCHWARZE WITWE IHREM RUF GERECHT WIRD.

WIESO SOLLTE ICH DAS AKZEPTIEREN?

DIE ANTWORT IST IMMER DIE GLEICHE IN UNSERER BRANCHE.

WEIL ICH MUSS.

EXAKT. VERRATEN SIE MIR, WAS SIE ÜBER DIE MISSION WISSEN.

WIR SOLLEN DIE FESTUNG INFILTRIEREN, AUS DER SIE DIE FREIHEITSKÄMPFER MIT WAFFEN VERSORGEN.

UND DIE KOMMANDANTIN DES DEPOTS ELIMINIEREN, IRMA KLAUSVICHNOVA.

"FREIHEITSKÄMPFER". MAN KÖNNTE MEINEN, SIE GLAUBEN DIESEN RUSSKI-QUATSCH.

ICH BIN SHIELD-AGENTIN, MR. BISHOP. IHRE UNVERSCHÄMTEN ANDEUTUNGEN VERBITTE ICH MIR.

VERSTÄNDLICH. ABER SIE SIND DOCH RUSSIN. UND WURDEN VON DENEN AUSGEBILDET. VON EINER GEWISSEN IRMA KLAUSVICHNOVA, IHRER SHIELD-AKTE ZUFOLGE.

DANN WISSEN SIE SICHER AUCH, DASS ICH ÜBERGELAUFEN BIN. DASS ICH DIE ZIELE DER SOWJETUNION VERACHTE UND ALLES TUN WERDE, UM IRMA KLAUSVICHNOVA UND IHRESGLEICHEN AUFZUHALTEN.

SONST NOCH FRAGEN, MR. BISHOP?

ICH HABE ES MIR ZUR GEWOHNHEIT GEMACHT, ALLES ZU WISSEN ÜBER DIE MENSCHEN, MIT DENEN ICH ARBEITE.

ALLES.

AUS IHREM EIGENEN MUND.

DRAUSSEN ...

SIE HALTEN VOR DER FESTUNG, MÄNNER. INZWISCHEN WISSEN DIE DA UNTEN, DASS WIR DA SIND. ALLES KLAR?

AUF MEIN KOMMANDO DAS FEUER ERÖFFNEN.

WIR SIND DA. ABER IRGENDWAS STIMMT NICHT. DRAUSSEN IST HEKTIK AUSGEBROCHEN.

DIE HABEN WOHL--

NEIN, TEUERSTE. TUT MIR LEID FÜR IHR EGO, ABER MIT IHNEN HAT DAS NICHTS ZU TUN.

ZERBRECHEN SIE SICH NICHT IHREN HÜBSCHEN KOPF. FÜR SIE IST ES GLEICH VORBEI.

ICH BEDAURE DAS, ABER BEFEHL IST BEFEHL. ADIEU.

SCHNELL, BISHOP! RAUS HIER!

DIE HABEN GRANATEN! RAUS MIT EUCH!

SKRAASH!

KREESH!

VERDAMMT, DER ZUG KIPPT! WAS IST HIER--

SKRA-BOOM!

CHWEE! CHWEE!... CHWEE! CHWEE!

AAGGH!

RUNTER MIT EUCH, LEUTE! DIE MISTKERLE ZIEHEN SICH ZURÜCK!

BISHOP SETZT SICH AB. VIELLEICHT NUTZT ER DAS CHAOS UND MACHT JAGD AUF IRMA.

VON EINER BRITISCHEN KOMMANDO-EINHEIT WAR NIE DIE REDE. OFFENBAR IST DIE AKTION NICHT MIT SHIELD ABGESPROCHEN.

DAS TIMING IST ECHT MIES.

ICH MUSS SO SCHNELL WIE MÖGLICH ZU IRMA. SOFERN SIE NICHT LÄNGST IN SICHERHEIT GEBRACHT WURDE.

DIE FESTUNG IST GEBAUT WIE EIN BIENENSTOCK. ALLEIN FINDE ICH SIE NIE.

ICH BRAUCH HILFE...

...DIESER NACHZÜGLER KOMMT GERADE RECHT.

REIN DA!

DIE LIEFERUNG IST VERNICHTET! MACHT ALLES DEM ERDBODEN GLEICH!

BUK-WHOOM!

Comic page — speech bubbles only

Panel 1: REDE! WO IST IRMA? REDE! — UNGH ... KORRIDOR ... GANZ AM ENDE ... DER SCHMALE DURCHGANG UFFF—

Panel 2: WIR WURDEN ÜBERRANNT! BEEILT EUCH!

Panel 3: WAS MACHEN SIE DA, LADY? — ICH STRANGULIERE IHN.

Panel 4: KLUGSCHEISSERIN! GLEICH VERGEHT DIR DER HUMOR! — WENN ICH DIR DAS DING IN DEN--

Panel 5: KLINGT SPANNEND, ABER ICH BRAUCH DEIN SPIELZEUG FÜR WAS ANDERES. — WUUGGH! — ICH PASS GUT DRAUF AUF, EHRENWORT.

Panel 6: DIE TYPEN SIND ZEITVERSCHWENDUNG. — ICH KOMME IRMA KEIN STÜCK NÄHER.

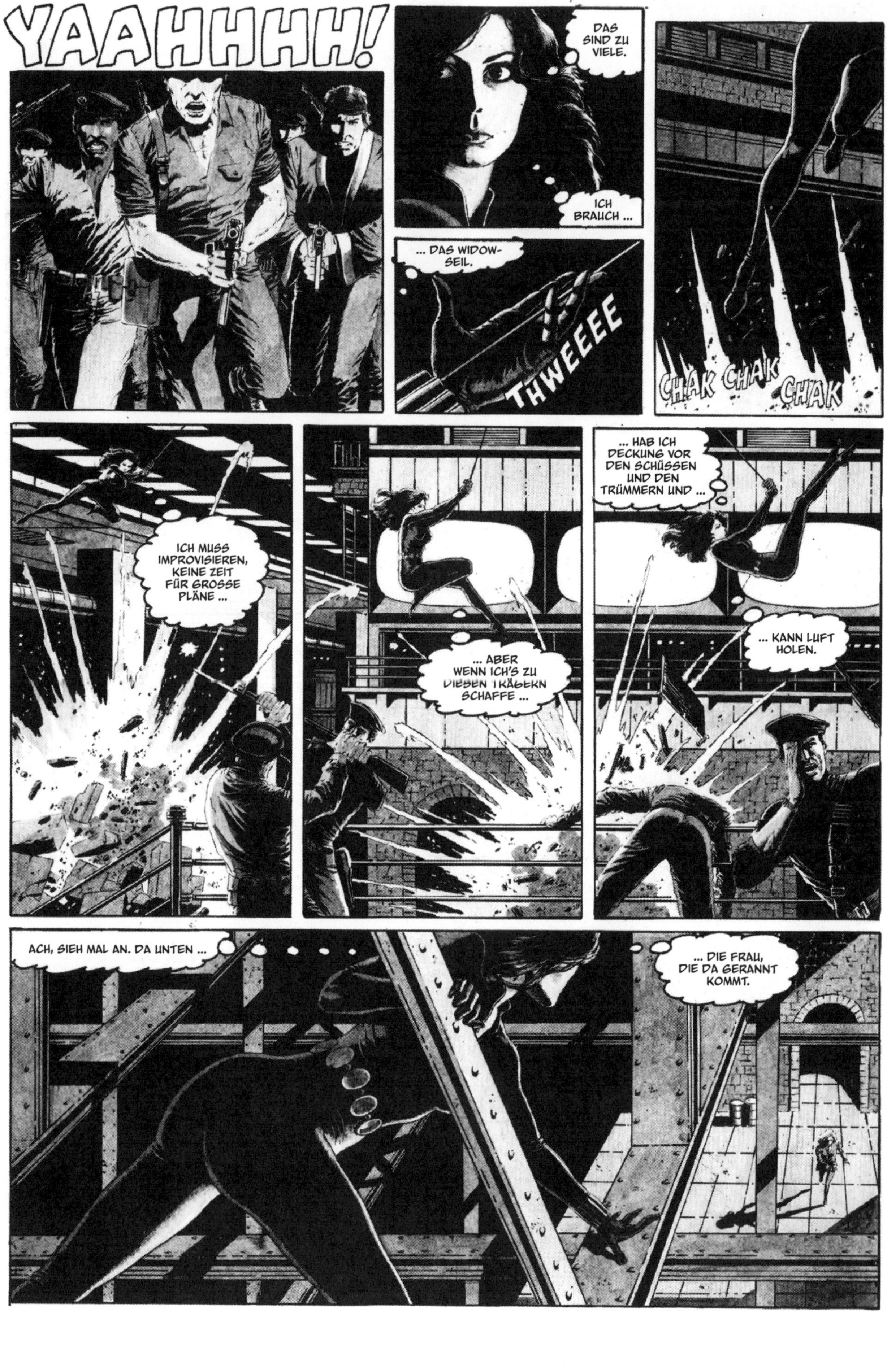
YAAHHHH!
DAS SIND ZU VIELE.
ICH BRAUCH ...
... DAS WIDOW-SEIL.
THWEEEE
CHAK CHAK CHAK
ICH MUSS IMPROVISIEREN, KEINE ZEIT FÜR GROSSE PLÄNE ...
... ABER WENN ICH'S ZU DIESEN TRÄGERN SCHAFFE ...
... HAB ICH DECKUNG VOR DEN SCHÜSSEN UND DEN TRÜMMERN UND ...
... KANN LUFT HOLEN.
ACH, SIEH MAL AN. DA UNTEN ...
... DIE FRAU, DIE DA GERANNT KOMMT.

IRMA.

WER?

NATALIA ROMANOVA.

ICH SOLL DICH TÖTEN.

MICH TÖTEN?! MIR IST NICHT NACH SCHERZEN ZUMUTE. DER LADEN FLIEGT JEDEN MOMENT IN DIE LUFT.

KOMM, WIDOW. DURCH DEN GANG HIER GEHT'S RAUS.

WIR DÜRFEN KEINE ZEIT VERLIEREN.

DU BLEIBST.

FRÜHER STANDEN WIR AUF DERSELBEN SEITE. HATTEN DIESELBEN ZIELE. DAS IST NUN ANDERS, ABER ICH VERGESSE NICHT, WAS DU--

DANN ... DANN HAST DU DIE SEITEN GEWECHSELT. DU GEHÖRST ZU DENEN.

SEIT EINIGER ZEIT SCHON. UND ICH HÄTTE GEDACHT, DASS DU DAS LÄNGST WEISST.

NEIN. ABER JETZT WIRD MIR ALLES GLASKLAR.

DU BIST EINE VERRÄTERIN. DU FÄLLST UNS IN DEN RÜCKEN.

DU KENNST DIE STRAFE.

ES IST DER TOD, NICHT WAHR?

AHH!

BLAM

IRMA!

ES TUT MIR SO LEID.

MUSS ES NICHT. SIE HAT SOGAR SIE GETÄUSCHT, WAS? NICHT ÜBEL, AGENTIN STACY CROMWELL. EIN WUNDER DER PLASTISCHEN CHIRURGIE.

JETZT BLEIBT NUR NOCH EIN KLITZEKLEINES DETAIL, DAS ICH FÜR MEINE AUFTRAGGEBER ERLEDIGEN MUSS.

DO SVIDANJA, BLACK WIDOW.
DO SVIDANJA, HURE.
BLAM!!
UHHH!
WIE DU SAGTEST, VERRÄTER. DIE STRAFE IST DER TOD.
DU?!
SKRITCH
WER SONST, SÜSSE.
MR. LANGELY.
DEN ZETTEL GEKRIEGT?
EIN WENIG BETTGEFLÜSTER.
IST JA 'NE INTERESSANTE NUMMER HIER, BABY.
VON WEGEN „BLONDINEN BEVORZUGT", WAS?
VERZEIH DEN SCHLECHTEN SCHERZ, PUPPE. ICH WEISS, DU BIST NICHT IN STIMMUNG.
DU FRAGST DICH SICHER, WAS ZUR HÖLLE HIER LÄUFT.
ICH SAG'S DIR. SETZ DICH.

DU WARST GUT IN DER KISTE VORGESTERN, RICHTIG GUT. ABER DESWEGEN BIN ICH NICHT GEBLIEBEN NACH DER PARTY. ICH BRAUCHTE EINE AUSREDE, UM DEINEN COMPUTER UMPROGRAMMIEREN ZU KÖNNEN.

DU BIST IM AUSSENDIENST. AN MEINEM COMPUTER HAST DU NICHTS VERLOREN. SHIELD WIRD DICH--

LADY, MEINE ANWEISUNGEN KOMMEN VON GANZ OBEN IN DER FIRMA. OFFIZIELL, NICHT UNTER DER HAND.

DIESE WAFFENSCHIEBEREIEN HIER SCHEREN UNS EINEN DRECK. WIR HÄTTEN HIER JEDERZEIT KLAR SCHIFF MACHEN KÖNNEN. DAS EINZIGE, WAS UNS SORGE BEREITETE, WAR DIE FRAGE, OB RAYMOND BISHOP ZU DEN RUSSEN ÜBERGELAUFEN WAR. PUNKT.

ALS BISHOP IN DEN 1940ERN UND 1950ERN SÖLDNER WAR, STANDEN WIR UNS NAH. ER WAR VERDAMMT GUT.

ER VERKAUFTE SEINE LOYALITÄT AN DEN HÖCHSTBIETENDEN.

ALS ICH HÖRTE, DASS ER FÜR UNS ALS SPION ARBEITET, DACHTE ICH MIR SCHON, DASS ER EIN DOPPELAGENT IST.

DASS ER GEGEN BARES MIT DER ANDEREN SEITE KOOPERIERT.

ALSO ÜBERZEUGTE ICH DIE HOHEN TIERE BEI SHIELD, IHM EINE FALLE ZU STELLEN ... NUR FÜR ALLE FÄLLE.

EIN BRITISCHER GEHEIMAGENT, PRESCOTT, LEGTE DIE ECHTE IRMA UM, ALS ER BISHOP NACHSPÜRTE. WIR GLAUBEN, DASS ES PRESCOTT GELANG, BISHOP ZU ENTTARNEN, ABER WIR KONNTEN NICHT SICHER SEIN.

AHA. UND DANN?

DIE ÜBERTRAGUNG PRESCOTTS WURDE GESTÖRT. PRESCOTT WURDE GETÖTET, WEIL ER ZU LEICHTSINNIG WAR. ABER WORIN SEINE MISSION BESTAND, HABEN SIE NIE ERFAHREN.

PHASE ZWEI: WIR ERSETZTEN IRMA DURCH EINE DOPPELGÄNGERIN, STACY CROMWELL. BISHOP WURDE IN IRMAS TOD EINGEWEIHT. ER ERHIELT DEN AUFTRAG, EINIGE GEFÄLSCHTE DOKUMENTE VON UNSERER IRMA HIER ZU KLAUEN.

WIR WUSSTEN, DASS ER DIE GELEGENHEIT ERGREIFEN KÖNNTE, CROMWELL AUSZUSCHALTEN, WENN ER WIRKLICH SELBST EIN DOPPELAGENT WAR.

WIR INSZENIERTEN SOGAR DEN BRITISCHEN ÜBERFALL AUF DIE FESTUNG, UM ES BISHOP MÖGLICHST LEICHT ZU MACHEN. UND ER DACHTE TATSÄCHLICH, ER KÖNNTE ES SO AUSSEHEN LASSEN, ALS SEI CROMWELL EIN OPFER DES ÜBERFALLS.

ABER DIE HELI-PILOTEN WURDEN NERVÖS UND GRIFFEN ZU FRÜH AN. DADURCH KONNTEST DU IRMA ZUERST ERREICHEN. DAS WAR DER EINZIGE FEHLER.

UND WAS SOLLTE MEINE MISSION? WARUM LAUTETE MEIN AUFTRAG, IRMA ZU TÖTEN?

ER HÄTTE SICH DIR AUCH ANVERTRAUEN KÖNNEN IN DEM GLAUBEN, DASS DU AUCH EINE VERRÄTERIN SEIST.

MACH DIR NICHT INS HEMD, KLEINE, DAZU KOMM ICH JETZT. WIR SAGTEN BISHOP, WIR HÄTTEN DICH IN VERDACHT, EINE DOPPELAGENTIN ZU SEIN. DU BIST RUSSIN UND HAST FRÜHER FÜR DIE SOWJETS SPIONIERT. ICH WUSSTE, DAS WÜRDE IHN ABLENKEN.

BISHOP HAT SONST NIEMANDEM GETRAUT. WEDER SEINEN KUMPELS AUS DEM KREML, DIE IHN MIT INFORMATIONEN ÜBER DICH FÜTTERTEN, NOCH UNS. DU WARST DER PERFEKTE KÖDER FÜR IHN.

ER MUSSTE ES SELBST HERAUSFINDEN. DESWEGEN HAT ER DICH AM BAHNHOF VERSETZT. ER WOLLTE SEHEN, OB DIE DICH AN BORD LASSEN. OB DU ZU DENEN GEHÖRST.

ALS SIE JAGD AUF DICH MACHTEN, WUSSTE ER, DASS DU SAUBER WARST, IM GEGENSATZ ZU UNS. ABER ICH WETTE, ER HAT TROTZDEM SEINE SPIELCHEN MIT DIR GESPIELT UND DEINE LOYALITÄT INFRAGE GESTELLT ...

... ODER, PRINZESSIN?

JA, HAT ER.

HA, DACHTE ICH'S MIR. ICH KONNTE IHN LESEN WIE EIN BUCH. UND DICH AUCH, PUPPE.

ICH KANNTE ALL DEINE SCHRITTE IM VORAUS, HATTE JEDE DEINER BEWEGUNGEN GEPLANT. DARAUF KANNST DU WETTEN.

UND WIESO WURDE ICH NICHT IN ALLES EINGEWEIHT?

DU WUSSTEST, WAS DU WISSEN MUSSTEST, UND KEINEN DEUT MEHR ODER WENIGER. GENAU WIE ALLE ANDEREN AUCH.

IN DIESEM GESCHÄFT WÄHLST DU EINE SEITE, GEHST RISIKEN EIN UND TUST, WOZU DU AUSGEBILDET WURDEST. DAS WEISST DU GENAU.

DU WARST GUT, KLEINE. NIMM'S NICHT SO SCHWER. DAS HIER IST KEIN FILM, IN DEM DU DIE STRAHLENDE HELDIN SPIELST.

LANGELY, WARUM SOLLTE ICH IRMA TÖTEN, WENN SIE EINE SHIELD-AGENTIN WAR?

WÄREN WIR VOM STANDARD-PROTOKOLL ABGEWICHEN, HÄTTEST DU VERDACHT GESCHÖPFT. UND DANN HÄTTE SICHER AUCH BISHOP LUNTE GEROCHEN.

UND WIE LANGE WARTEST DU SCHON HIER? HÄTTEST DU CROMWELL RETTEN KÖNNEN? MUSSTE SIE STERBEN FÜR DEINE SPIELCHEN, DU ELENDER DRECKSACK?

GANZ RUHIG. DU WEISST SO GUT WIE ICH, DASS WIR ALLE ENTBEHRLICH SIND.

UND DIESE GANZE GESCHICHTE SOLL ICH DIR EINFACH GLAUBEN, PFADFINDEREHRENWORT?

WER SAGT MIR DENN, DASS IRMA WIRKLICH EINE DOPPELGÄNGERIN WAR? ODER DASS DU NICHT MIT BISHOP GEMEINSAME SACHE GEMACHT UND IHN DANN VERRATEN HAST?

WOHER WEISS ICH, DASS ES MIR NICHT AUCH SO ERGEHT WIE DIESER FRAU? VIELLEICHT MACHT'S DIR SPASS, MENSCHEN ZU MANIPULIEREN.

BEI ALL DEINEN SPIELCHEN, ALL DEM LUG UND TRUG, WIE KANN ICH SICHER SEIN ...

... DASS *DU* ...

... KEIN DOPPELAGENT BIST?

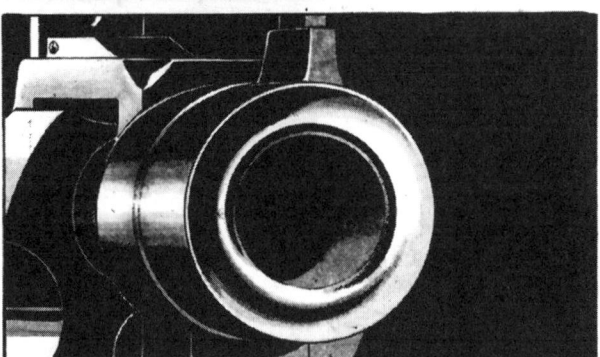

SKIK

GAR NICHT.

HAH HAH HAAA HAA HAA HA

WIE GESAGT, SCHÄTZCHEN. WIE EIN BUCH.

HEY, NICHT BÖSE SEIN. WARTE, LASS MICH DIR NOCH EIN PAAR SACHEN ERKLÄREN. HA HA HA HA HA HA ...

DU SAGST DOCH, ICH BIN IMMER FÜR 'NEN LACHER GUT. PFEIF, WENN DU WIEDER MAL 'NE PARTY SCHMEISST ...

... DANN KOMM ICH SOFORT, PUPPE. HA HA HA ...

ENDE

SPIONIN IM SCHAUFENSTER

von Christian Endres

Wie man **Black Widows** Herkunftsgeschichte wirksam und ansprechend auf unter 20 Seiten zusammenfassen und parallel zu einer neuen Handlung aufbereiten kann, zeigt dieses Kapitel. **Natasha** stößt darin einmal mehr zum US-Geheimdienst SHIELD, wobei die Kontaktaufnahme durch den Haudegen **Nick Fury Sr.** und dessen langjährigen Vorgesetzten „Happy Sam" **Samuel Sawyer** recht unkonventionell und barsch ausfällt. Als Leser beschwert man sich über die Action freilich nicht …

Die Story war im Sommer 1983 der Auftakt zu einem Vierteiler, der ursprünglich für die Reihe *Marvel Premiere* geplant war, sollten da mal Geschichten nicht rechtzeitig fertig werden oder aus sonst welchen Gründen nicht wie geplant erscheinen können. Letztlich kam die Storyline jedoch in der Reihe *Marvel Fanfare* heraus. Deren 60 US-Ausgaben erschienen von März 1982 bis Dezember 1991 im Zweimonatsrhythmus und wurden alle vom angesehenen Autor, Zeichner und Tuscher **Al Milgrom** als Redakteur koordiniert. *Marvel Premiere* war Marvels erste Serie, die nicht an Kiosken und anderen Verkaufsstellen, sondern exklusiv im Fachhandel durch die damals neuen Comic-Shops vertrieben wurde.

Neben der Black Widow-Fortsetzungsstory erschienen Geschichten mit **Spider-Man**, dem **Hulk**, **Dr. Strange**, **Cloak** & **Dagger**, den **Tapferen Drei** aus Asgard, dem Sub-Mariner **Namor**, **Moon Knight**, dem kosmischen **Silver Surfer** und anderen. Dazu gab es z. B. noch eine Panel-Adaption von *Die Dschungelbücher* nach **Rudyard Kipling**. Die Reihe, die auf dickem Magazin-Papier gedruckt wurde und eine Ecke teurer daherkam als normale Hefte, war als Marvels „Schaufenster"-Titel konzipiert, in dem vielversprechende Talente und angesagte Top-Künstler herausragende Geschichten veröffentlichen sollten. Anfangs durften sich die Künstler auch über bessere Bezahlung als üblich freuen, wenngleich das Konzept nicht aufging (obwohl die für andere Reihen entstandenen Storys weiterhin stets von namhaften Künstlern stammten).

Zeichner **George Pérez**, der den gelungenen Rückblick auf Natashas Werdegang und ihr SHIELD-Comeback illustrierte, ist eine Comic-Legende. Der 1954 geborene Amerikaner war erstmals in den 70ern Stammzeichner der *Avengers*-Serie, in den 90ern legten er und Autor **Kurt Busiek** einen bis heute gefeierten Run – also eine längere Periode eines Titels – mit den Rächern hin. Für Marvel brachte Pérez noch Geschichten über **Man-Wolf** oder die **Fantastic Four**, die ersten Auftritte von **Taskmaster** und **White Tiger** und natürlich **Jim Starlins** kosmischen **Thanos**-Klassiker INFINITY GAUNTLET zu Papier. Für DC gestaltete Pérez die revolutionären Abenteuer der **New Titans** inklusive der Debüts von **Nightwing**, **Cyborg** und **Starfire**, eine einflussreiche lange *Wonder Woman*-Saga und den Event-Klassiker *Crisis on Infinite Earths*, der das DC-Universum und das multimediale Superhelden-Sujet bis heute prägt. Pérez' Seitensprache und Erzählweise erkennt man sofort an der charakteristisch interessanten Seitenaufteilung mit vielen schmalen, relativ kleinen Panels und den aufregenden Perspektiven.

WIDOW

Autoren: Ralph Macchio & George Pérez
Zeichner: George Pérez
Tusche: Brett Breeding
Farben: Petra Scotese
Übersetzung: Marc-Oliver Frisch
Lettering: Astarte Design

WIDOW

> IM *SHIELD*-HAUPTQUARTIER IN MANHATTAN, EINER HOCHMODERNEN FESTUNG DER INTERNATIONALEN STRAFVERFOLGUNG ...

> ... BAHNT SICH *NICK FURY*, DER DYNAMISCHE DIREKTOR DIESER FORTSCHRITTLICHSTEN SPIONAGEBEHÖRDE DER WELT, WIDERWILLIG SEINEN WEG.

"ICH WEISS NICHT, WAS ICH BEI DIESEN SCHLIPSTRÄGERN SOLL. ICH DACHTE IMMER, DIESER JOB ERFORDERT TATEN, KEINE HEISSE LUFT."

"TJA, ICH WERD WOHL WEICH AUF MEINE ALTEN TAGE. ODER ICH WERD KLUG."

DER ERSTE TEIL EINER ATEMBERAUBENDEN NEUEN REIHE VON AGENTEN-THRILLERN, KONSPIRATIV KONZIPIERT VON:

RALPH MACCHIO	**GEORGE PÉREZ**	**BRETT BREEDING**	**PETRA SCOTESE**	**ASTARTE DESIGN-ROMA**	**MARC-OLIVER FRISCH**	**HARALD GANTZBERG**
ACHTSAMER AUTOR	ZEICHNENDER SZENARIST	TÜCHTIGER TUSCHER	FANTASTISCHE FARBEN	LEGERES LETTERING	UMSICHTIGE ÜBERSETZUNG	LEBHAFTES LEKTORAT

Panel 1: WILL NICHTS SAGEN, ABER SEIT MEIN ALTER KAMERAD GENERAL SAM SAWYER DIESEN NEUEN *FALL* BEARBEITET ...

... SETZT KAFFEEKRÄNZCHEN AN UND KOMMANDIERT MEINE LEUTE RUM.

IM KRIEG WAREN WIR WIE BRÜDER, SONST HÄTT ICH IHN LÄNGST ABGESÄGT.

... TUT ER SO, ALS WÄR *ER* HIER DER CHEF ...

FILE TAPE — PRIORITY 1-A

Panel 2: NA SCHÖN, SAM, HIER IST DIE AKTE, DIE DU WOLLTEST. ABER DENK DRAN, ICH GEB HIER DIE BEFEHLE. ICH BIN NICHT DEIN LAUFBURSCHE.

SPAR'S DIR, NICK. HIER GEHT'S UM DIE NATIONALE SICHERHEIT, DAS WEISST DU GENAU.

Panel 3: SAWYER HAT RECHT, SIR. ER MAG UNTER IHREM KOMMANDO STEHEN, ABER DER PRÄSIDENT HAT IHN SELBST EINGESETZT FÜR DIESE OPERATION.

GENAU WIE UNS BEIDE VON DER CIA AUCH.

Panel 4: WUNDERBAR, FANGEN WIR AN. MIR GEFÄLLT'S NICHT, DASS IHR NATASHA ROMANOFF HABEN WOLLT. PUNKT.

SEI NICHT ALBERN, NICK. SIE IST UNSERE BESTE AGENTIN ...

... UND WOHL DIE BESTE SPIONIN DER WELT.

Panel 5: ICH HAB EINEN KLEINEN TEST FÜR DIE TALENTE DER GUTEN MS. ROMANOFF VORBEREITET.

SOLANGE WIR AUF DIE ERGEBNISSE WARTEN, HIER IHR DOSSIER.

Panel 6: SHIELD-AKTE NR. 27684-R
ROMANOFF, NATASHA
CODENAME **BLACK WIDOW**

GEBURTSORT:
GEBURTSDATUM
SHIELD-EINTRITT
GRÖSSE: 1,77 M
HAARFARBE: KASTANIENBRAUN
AUGENFARBE: G
MUTTERMA
ANDER

ICH HOFFE, DU BAUST KEINEN MIST, SAM.

DIE LUXURIÖSEN WALDORF TOWERS IN MIDTOWN MANHATTAN ...
PPSSSSSSS
SSSSSSS
SSSSS
LANDUNG ERFOLGREICH. PHASE ZWEI EINGELEITET.
VERSCHAFFEN UNS NUN ZUTRITT ZUM PENTHOUSE.
LEISE. SIE DARF NICHTS MERKEN.
CREE!
HIER OBEN FÜHL ICH MICH SICHER VOR DEN LEUTEN, DIE MEIN LEBEN IN STÜCKE REISSEN WOLLEN.
WIE EIN KLEINER FLECKEN PARADIES, 50 ETAGEN ÜB--
SHLIKT!
SHLIKT!
SHLIKT!
WAS?

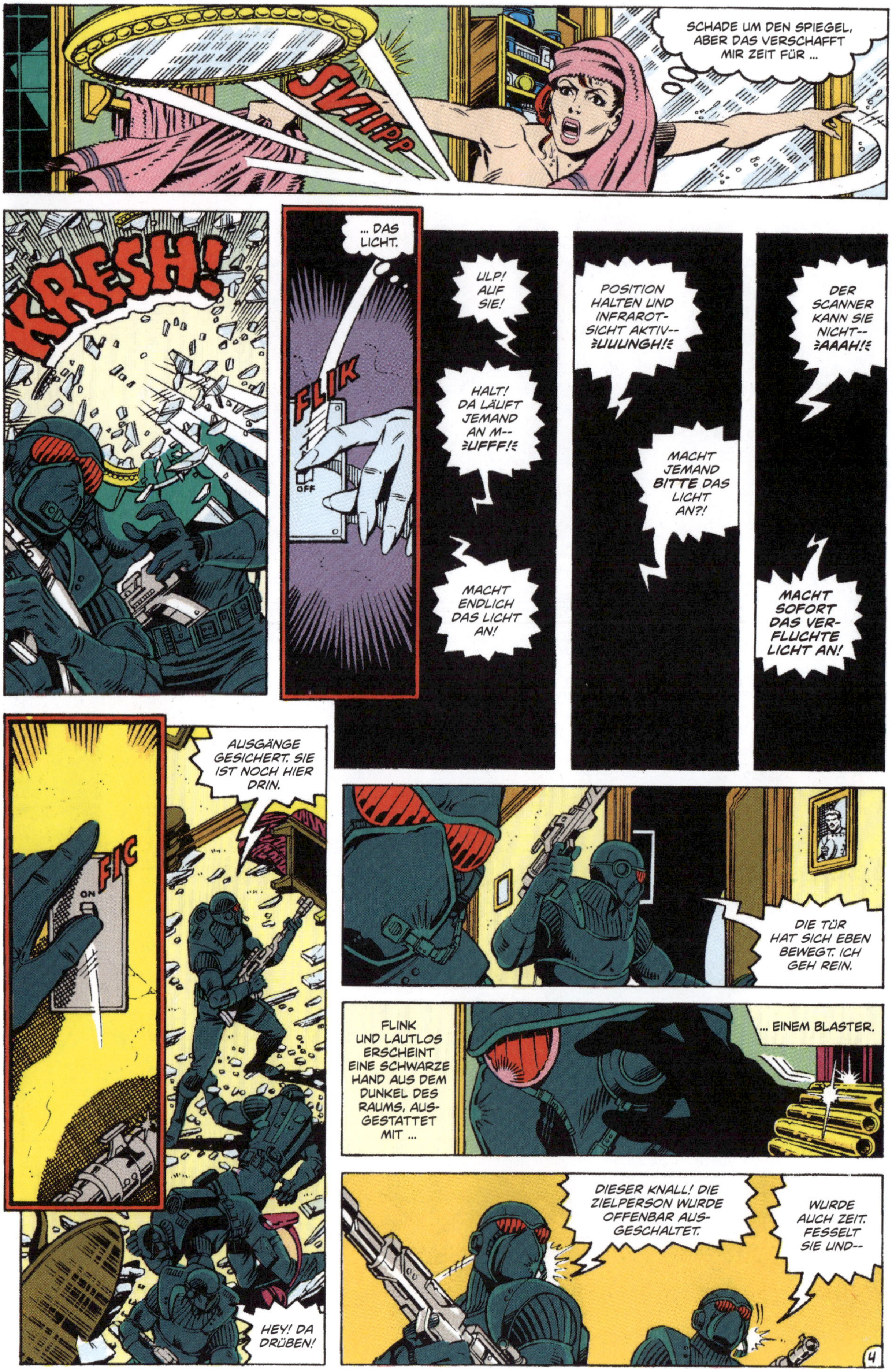
SCHADE UM DEN SPIEGEL, ABER DAS VERSCHAFFT MIR ZEIT FÜR ...
SVIIIPP
KRESH!
... DAS LICHT.
FLIK
ULP! AUF SIE!
HALT! DA LÄUFT JEMAND AN M-- UFFF!
MACHT ENDLICH DAS LICHT AN!
POSITION HALTEN UND INFRAROT-SICHT AKTIV-- UUUNGH!
MACHT JEMAND BITTE DAS LICHT AN?!
DER SCANNER KANN SIE NICHT-- AAAH!
MACHT SOFORT DAS VERFLUCHTE LICHT AN!
FIC
ON
AUSGÄNGE GESICHERT. SIE IST NOCH HIER DRIN.
HEY! DA DRÜBEN!
DIE TÜR HAT SICH EBEN BEWEGT. ICH GEH REIN.
FLINK UND LAUTLOS ERSCHEINT EINE SCHWARZE HAND AUS DEM DUNKEL DES RAUMS, AUSGESTATTET MIT ...
... EINEM BLASTER.
DIESER KNALL! DIE ZIELPERSON WURDE OFFENBAR AUSGESCHALTET.
WURDE AUCH ZEIT. FESSELT SIE UND--

"MEIN UNGESTÖRTES *BAD* IST MIR ÄUSSERST WICHTIG, GENTLEMEN."

"WENN IHR MIR NICHT AUF DER STELLE ERKLÄRT, WAS DAS SOLL ..."

"... DANN WERDET IHR EUCH WÜNSCHEN, SO ZU ENDEN WIE DER DA."

WARUM HABEN SIE EINWÄNDE GEGEN MS. ROMANOFF, COLONEL?

WEIL SIE PERSÖNLICH IN DIE SACHE VERSTRICKT IST.

FÜR MICH HEISST DAS, SIE IST RAUS AUS DEM FALL ALS AGENTIN.

WAS HEISST DAS, NICK?

„NA SCHÖN, HÖRT ZU. DIE SACHE FING AN MIT DER BELAGERUNG VON STALINGRAD IM ZWEITEN WELTKRIEG. EINER DER ÜBERLEBENDEN, *IVAN PETROVICH*, SUCHTE VERGEBLICH SEINE SCHWESTER."

„DIE GANZE VERDAMMTE STADT LAG IN TRÜMMERN. WER IRGENDWIE KONNTE, WAR LÄNGST GEFLOHEN. ABER BESAGTER IVAN WOLLTE UNBEDINGT BLEIBEN. EIN GANZ STURER HUND."

„IRGENDWANN HÖRTE ER EINE FRAU AUF EINEM BALKON SCHREIEN, DIE EIN KIND IN DEN ARMEN TRUG."

„DAS HAUS BRANNTE SCHON LICHTERLOH. KAUM FING IVAN DIE KLEINE AUF, STÜRZTE ES AUCH SCHON EIN."

„DASS DIESES MÄDCHEN *NATASHA ROMANOFF* WAR, HEUTE BEKANNT ALS *BLACK WIDOW*, KÖNNT IHR EUCH WOHL DENKEN. DAMALS WAR SIE VÖLLIG HILFLOS UND MUSSTE MIT ANSEHEN, WIE IHR LEBEN IN FLAMMEN AUFGING."

SO ETWAS HINTERLÄSST *NARBEN*. FÜR BEIDE.

NARBEN, DIE EIN GANZES LEBEN BLEIBEN.

„IVAN KÜMMERTE SICH UM SIE, ALS WÄRE SIE SEINE VERSCHOLLENE SCHWESTER. NACH DEM KRIEG, ALS DIE SOWJETS SIE ZUR SCHULE SCHICKTEN, WAR SIE IMMER KLASSENBESTE."

„UND IN ATHLETISCHEN DISZIPLINEN-- GYMNASTIK, TANZ, KAMPFSPORT-- WAR DIE KLEINE SOGAR NOCH BESSER, WAS DEM STAAT NICHT VERBORGEN BLIEB."

„JAHRE SPÄTER, ALS SIE AUF EINER AKADEMIE TRAINIERTE, LERNTE SIE ALEXI KENNEN. SIE VERLIEBTEN SICH SOFORT UND HEIRATETEN BALD."

„ER WURDE EINER VON RUSSLANDS BESTEN TEST- PILOTEN, ABER DIE HATTEN GRÖSSERE PLÄNE FÜR IHN."

„SIE FINGIERTEN SEINEN TOD BEI EINEM FLUGZEUGABSTURZ UND BRACHTEN IHN IN EINE GEHEIMBASIS, WO SIE IHN ZUR RUSSISCHEN VERSION VON CAPTAIN AMERICA MACHEN WOLLTEN, CODENAME *RED GUARDIAN*."

„NATASHA BLIEB DERWEIL IN DEM GLAUBEN, ALEXI SEI IM DIENST FÜR SEIN LAND GE- STORBEN. WAS SIE DAZU VER- ANLASSTE, SELBST ETWAS ZU SEINEM ANDENKEN TUN ZU WOLLEN."

„GENAU *DARAUF* HATTEN DIESE MIESEN ROTEN GEWARTET."

„SIE BILDETEN SIE ZUR MEISTERSPIONIN AUS UND VERPASSTEN IHR DEN CODENAMEN *BLACK WIDOW*. DIE SOWJETS WOLLTEN DIE BESTE AGENTIN DER WELT ... UND SIE KRIEGTEN EINE FANATIKERIN OBENDREIN. NACH DEM TOD IHRES MANNES HÄTTE SIE ALLES GETAN FÜR MÜTTERCHEN RUSSLAND."

„UND OBWOHL ES LANGE HER IST, DASS SIE ZU UNS ÜBERLIEF, IST SIE IMMER NOCH VOLLER HASS UND VERACHTUNG. GLAUBT MIR, MIT DER LEGT MAN SICH LIEBER NICHT AN ..."

"...DIE KANN JEDERZEIT DIE KONTROLLE VERLIEREN UND EXPLODIEREN."

SPA-KAASH!

AGENT ELF, ZIELPERSON VERLÄSST APARTMENT. FEUERN AUF MEIN KOMMANDO.

BZZAP!

AARRGHH!

AUF DEM DACH WARTEN NOCH ZWEI WEITERE, DEN SCHRITTEN NACH ZU URTEILEN.

SIE IST WILD ENTSCHLOSSEN UND ZU ALLEM BEREIT.

DIE BEIDEN GESTALTEN KRÜMMEN SICH VOR SCHMERZ, ALS IHRE NERVEN ZU KRAMPFEN BEGINNEN.

Panel 1: ICH WEISS IMMER NOCH NICHT, WAS DIE-- ANGRIFF AUS DER LUFT!

Panel 2: EINE ART HELIKOPTER.

Panel 3: SIE SCHNEIDEN MIR DEN WEG ZURÜCK IN MEINE WOHNUNG AB.

Panel 4: MAL SEHEN, WIE IHNEN EINE VOLLE BREITSEITE MEINES WITWENBISSES SCHMECKT.

Panel 5: UFFF! VOLLTREFFER-- VERLIERE BEWUSSTSEIN-- ICH MUSS--

Panel 6: HILFLOS STÜRZT BLACK WIDOW INMITTEN DER TRÜMMER DES DACHS IN DIE HÄUSERSCHLUCHT HINAB.

KAPITEL II

WITH FRIENDS LIKE THESE...*

DOCH DANN, ALS ES BEINAHE SCHON ZU SPÄT IST, ERWACHT WIDOWS AKRIBISCH GESCHÄRFTER ÜBERLEBENSINSTINKT. EIN ADRENALINSTOSS, UND DIE EBEN NOCH BENOMMENE ERFASST DEN ERNST DER LAGE.

MIR ... BLEIBEN NUR SEKUNDEN, MICH ZU RETTEN ... NUR EINE CHANCE ...

KAPITEL II GEZEICHNET VON *BOB LAYTON* UND *LUKE McDONNELL*.

* MIT FREUNDEN WIE DIESEN ...

MUSS MICH AUF DIESEN WASSERTURM DORT DRÜBEN ZUBEWEGEN, UND ZWAR ...

... SO!

BRATCH!

NA ALSO!

UND JETZT RAUS HIER ...

... UND ZURÜCK ZUM PENTHOUSE.

TWINNGG!

BRAUCH EIN PAAR ANTWORTEN!

UND DER GLÜCKSPILZ, DER SIE MIR GEBEN WIRD, KOMMT GERADE ZU SICH.

UHHH ...

HEY!! WAS WOLLT IHR VON MIR? WIE LAUTET EURE MISSION?

REDE!

NICK, HAT BLACK WIDOW NICHT ZUNÄCHST IN ZIVIL INDUSTRIESPIONAGE UND DERGLEICHEN FÜR DIE RUSSEN BETRIEBEN?

HAST DEINE HAUSAUFGABEN GEMACHT, WAS, SAM?

„ANFANGS SCHLEUSTE SIE SICH BEI STARK INDUSTRIES EIN UND WAR AUF TONY STARKS ERFINDUNGEN AUS."

MEIN POLARISATOR LÄSST SCHWERSTE METALL-OBJEKTE ABHEBEN.

DANN LIEF SIE DEM BOGENSCHÜTZEN *HAWKEYE* ÜBER DEN WEG. ER HATTE SOFORT EINE SCHWÄCHE FÜR SIE ...

... UND SIE BENUTZTE IHN, UM STARK ZU BESTEHLEN.

ABER DANN VERLIEBTE SIE SICH DOCH NOCH IN DIESEN PFADFINDER, STIEG AUS DER BRANCHE AUS UND WOLLTE ES BEI DIESEM HAPPY END BELASSEN.

WAS DEN ROTEN NICHT PASSTE.

SIE VERSCHLEPPTEN SIE NACH RUSSLAND UND NAHMEN IHRE ELTERN* ALS GEISELN, UM SIE IN DEN DIENST ZURÜCK ZU ZWINGEN.

* NATASHAS ELTERN HATTEN DIE BELAGERUNG STALINGRADS ÜBERLEBT, ABER NICHT ZU IHRER TOCHTER GEDURFT.

IHR BLIEB KEINE WAHL.

UND DIESMAL SOLLTE SIE FÜR DIE KOMMUNISTEN AUFS GANZE GEHEN. SIE GABEN IHR EIN KOSTÜM UND SCHICKTEN SIE ZURÜCK IN DIE STAATEN.

SIE TAT SICH WIEDER MIT HAWKEYE ZUSAMMEN UND HATTE ES AUF STARK ABGESEHEN, GAB DEN JOB DANN ABER ERNEUT AUF.

DIE RUSSEN UNTERZOGEN SIE DANN KURZERHAND EINER GEHIRNWÄSCHE.

IN DIESEM ZUSTAND HETZTE SIE ZWEI SUPERSCHURKEN GEGEN DIE RÄCHER, ZU DENEN INZWISCHEN AUCH IHRE ALTE FLAMME HAWKEYE GEHÖRTE.

13

"ALS SIE HAWKEYE LEIDEN SAH, SCHÜTTELTE SIE DIE GEHIRNWÄSCHE AB ...

"... BEGEGNETE SIE DEM BEREITS ERWÄHNTEN *RED GUARDIAN* ...

"... DER RUSSISCHEN ANTWORT AUF CAPTAIN AMERICA, UND ERFUHR ...

"... DASS ER IHR TOTGE- GLAUBTER EHEMANN ALEXI WAR.

"SIE HOLTE MEHR ALS EINMAL DIE KASTANIEN AUS DEM FEUER FÜR UNS, ABER DANN, AUS HEITEREM HIMMEL ...

"... UND ZWAR KOMPLETT.

"... WOLLTE SIE AUS- STEIGEN ...

... UND HALF DEN RÄCHERN GEGEN DIE STROLCHE.

DANACH KREUZTEN SICH IHRE WEGE MIT *UNSEREN*, UND SIE WURDE SHIELD-AGENTIN.

AUF EINER MISSION FÜR UNS ...

"ER LIEBTE SIE NOCH IMMER ... UND OPFERTE SEIN LEBEN FÜR IHRE FLUCHT."

"MIT ALEXI STARBEN JEGLICHE SYMPATHIEN FÜR DIE KOMMUNISTEN."

"WAS WIR HIER GERNE HÖRTEN."

"SIE GAB SOGAR HAWKEYE-- DER SICH DAMALS ‚GOLIATH' NANNTE ODER SO-- DEN LAUFPASS."

"STATTDESSEN ENTSCHIED SIE SICH FÜR EIN LEBEN IM JETSET, UM DIE VERGANGENHEIT HINTER SICH ZU LASSEN."

"BLACK WIDOW WAR GESCHICHTE, DAS GLAMOURGIRL NATASHA ROMANOFF WAR GEBOREN."

„ABER DER JETSET WURDE IHR DANN DOCH ZU LANGWEILIG. SIE WOLLTE WIEDER AUF DIE BÜHNE ZURÜCK.

„SIE ENTWARF EIN NEUES OUTFIT, KONSTRUIERTE NEUE GADGETS, LERNTE NEUE TRICKS.

„DANN LEGTE SIE SICH MIT SPIDER-MAN AN, NUR ZUM SPASS, UND MACHTE 'NE GUTE FIGUR DABEI.

„MIT SHIELD HATTE SIE ALLERDINGS SEIT MONATEN KEINEN KONTAKT MEHR GEHABT.

„KURZ DARAUF BEGEGNETE SIE DEM GEHÖRNTEN HELDEN DAREDEVIL. EINE WEILE LANG WAREN DIE ZWEI WIE PECH UND SCHWEFEL, UND ES WAR KLAR, DASS SIE VIEL MEHR VERBAND ALS NUR IHR KAMPF GEGEN DAS VERBRECHEN."

„ABER ES WAR NICHT VON DAUER. WIDOW UND DAREDEVIL SIND BEIDE FREIGEISTER UND NICHT GERADE MAUERBLÜMCHEN."

„ES GAB PROBLEME, SIE STRITTEN OFT. SIE GABEN SICH MÜHE ...

„... ABER AM ENDE MUSSTEN SIE EINSEHEN, DASS ES NICHT FUNKTIONIERTE."

„NACH DER TRENNUNG GING WIDOW NACH LOS ANGELES ...

„... UND GRÜNDETE DORT EINE NEUE GRUPPE VON SUPERHELDEN, DIE **CHAMPIONS**, UM AUF ANDERE GEDANKEN ZU KOMMEN. SIE BLIEBEN NICHT LANGE ZUSAMMEN, ABER SO LERNTE WIDOW MR. MUSKELMANN PERSÖNLICH KENNEN ...

„... HERCULES."

NACH DIESEM KLEINEN TECHTELMECHTEL WAR DIE ZEIT REIF FÜR IHRE RÜCKKEHR ZU **SHIELD**. IHR SEHT ALSO, MEINE HERREN, DASS MS. ROMANOFFS HERZ OFT GENUG GEBROCHEN WURDE. SIE MUSS NICHT AUCH NOCH DIESEN AUFTR--

FURY!

WER?!

TU NICHT SO ÜBERRASCHT.

IHR HABT DIESE SCHERGEN ZU MEINEM PENTHOUSE GESCHICKT. DAS WAREN *SHIELD*-AGENTEN. ICH WILL WISSEN, WAS DAS *SOLL*.

WORUM GENAU GEHT'S HIER, FURY? WELCHE MISSION? UND WIESO „BEFANGEN"?

ZEIG IHR DAS FOTO, NICK.

GLAUB MIR, ICH HAB NICHTS DAMIT ZU--

SAM, HÖR MIR DOCH ZU!

ZEIG IHR DAS FOTO, NICK!

SCHÖN.

ABER *ICH*, NICK. MEIN KLEINER TEST, WEISST DU NOCH? AGENTIN ROMANOFF HAT IHRE EIGNUNG BEWIESEN, DENKE ICH.

DENK DRAN, NATASHA, DAS WAR NICHT MEINE IDEE. JEDENFALLS GLAUBEN WIR, DIESER MANN HIER WURDE WOMÖGLICH ENTFÜHRT VON DEN SOWJETS ... ODER IST ÜBERGELAUFEN.

SEIN NAME IST ... IVAN PETROVICH.

VERDAMMT, SAM! ICH *WEISS*, DASS SIE DIE BESTE IST! ABER SIE IST PERSÖNLICH BEFANGEN, UND DESHALB WILL ICH SIE AUS DER MISSION RAUSHALTEN!

UND IM NÄCHSTEN KAPITEL:

KRIEG DER WITWEN!

AUFSCHWUNG
von Christian Endres

In der ersten Hälfte der 90er boomten Helden-Comics in den USA – nicht umsonst verkaufte sich **Jim Lees** Heft *X-Men* 1 von 1991 über sieben Millionen Mal (bis heute Weltrekord). Der Boom und die schwindelerregenden Auflagen und Sammlerpreise hatten damit zu tun, dass Comics zu dieser Zeit ein Spekulationsgeschäft geworden waren, allen voran die teuren, limitierten Variant-Cover (alternative Titelbilder), für die Händler große Mengen der Standardausführung eines Heftes bestellen mussten. Die Blase wuchs und wuchs, und als sie in der zweiten Hälfte der 90er platzte, riss sie beinahe den gesamten US-Markt ins Verderben. Sogar Marvel geriet ins Straucheln, wobei fallende Aktienkurse und ein Krieg zwischen Investoren ihr übriges dazu taten. Ein Weg aus der Krise führte über die von Lesern und Kritikern bejubelten Comics des 1998 neu gegründeten Imprints **Marvel Knights**.

Unter diesem Label und Banner, ja dieser eigenen verlegerischen Unterabteilung, sorgten die Comic-Kumpels, -Kenner und -Könner **Joe Quesada** und **Jimmy Palmiotti** für viel frischen Wind und setzten spürbar neue kreative Energie frei. Als Zeichner und Tuscher waren sie direkt in aufsehenerregende Titel wie DAREDEVIL von **Kevin „Silent Bob" Smith** (gezeichnet von Quesada und getuscht von Palmiotti) oder PUNISHER von **Garth Ennis** und **Steve Dillon** (mit Tusche von Palmiotti) involviert, während sie als verantwortliche Redakteure und Impulsgeber auch allen anderen Marvel Knights-Comics den Takt vorgaben. Wichtig war ihnen, dass die Serien sich an ein erwachsenes Publikum richteten und ohne Anbindung an die jahrzehntelange Marvel-Kontinuität funktionierten. Gleichzeitig erhielten Figuren Zeit im Rampenlicht, die auf dem absteigenden Ast waren oder seit Längerem keine größere Rolle mehr gespielt hatten. Aus heutiger Sicht und mit dem Wissen um ihre späteren multimedialen Erfolge ist es fast kurios, dass Ende der 90er **Daredevil**, der **Punisher**, **Black Panther** und **Black Widow** nicht einmal als Marvel-Helden aus der zweiten Reihe gesehen wurden.

Um die BLACK WIDOW-Miniserien unter dem MK-Banner, die immer nur ein paar US-Hefte umfassten, kümmerten sich verschiedene Kreativteams. Den Anfang machten Autorin **Devin Grayson**, die sich in der Welt von **Batman** hervorgetan hatte, und Zeichner **J. G. Jones**, der eines fernen Tages **Mark Millars** WANTED illustrieren sollte. Nachdem in der preisgekrönten INHUMANS-Maxiserie von **Paul Jenkins** und **Jae Lee** bereits kurz die neue Black Widow **Yelena Belova** zu sehen gewesen war, stellten Grayson und Jones die neue ehrgeizige Witwe in der ersten Serie mit BLACK WIDOW im Titel offiziell vor. **Natasha** lebte damals wieder in **San Francisco**, hielt ihren ersten Mann **Alexi** für tot und war nicht mehr mit Daredevil **Matt Murdock** liiert.

Nach der originären Marvel Knights-Miniserie tat sich Grayson 2001 mit Autorenkollege **Greg Rucka** und Comic-Maler **Scott Hampton** zusammen, ehe Rucka und der kroatische Zeichner **Igor Kordey** 2002 Yelenas Herkunftsgeschichte unter Marvels neuem MAX-Banner für noch härtere und freizügigere Comics inszenierten.

TÖDLICHER WAHNSINN, TEIL 1: UNERWÜNSCHT

Autorin: Devin Grayson
Zeichner & Tusche: J. G. Jones
Farben: Dave Kemp
Übersetzung: Reinhard Schweizer
Lettering: Studio RAM

RHAPASTAN

GESTERN

BLACK WIDOW IN: THE ITSY-BITSY SPIDER

UNINVITED PART 1 OF 3*

Bericht erstellt von
DEVIN GRAYSON

Bilddokumentation von
J.G. JONES

Infrarot-Farbanalyse von
DAVE KEMP

Top Secret-Codierung von
STUDIO RAM [Lettering]

Weisungsbefugte Offiziere:
JIMMY PALMIOTTI und **JOE QUESADA**

Strategischer Berater:
NANCI DAKESIAN

Wehrdienstverweigerer:
REINHARD SCHWEIZER

EXZELLENT. DAS SERUM WIRKT BESSER ALS ERWARTET.

ICH KAUFE ES. ALLES.

GUT. DIE DETAILS KLÄREN WIR--

--ANDERSWO.

* TÖDLICHER WAHNSINN, TEIL 1: UNERWÜNSCHT

** SAN FRANCISCOS VERBRECHERJÄGER ZERSTRITTEN? NAHT DAS ENDE FÜR DAS BLACK WIDOW/DAREDEVIL-TEAM?
*** ICH KANN IMMER NOCH NICHT GLAUBEN, DASS DU „JA" GESAGT HAST, MEINE NATALIA! IN EWIGER LIEBE, ALEXI!

NEW YORK
HEUTE

HALLO? OH... ZDRASTVOOYTYE. DA... HARASHO. YA PANEEMAYO.

JA, ICH BIN DRAN... EINE NEUE BIO-WAFFE? DR. DIDIER INES? NEIN, HAB DEN NAMEN NIE GEHÖRT...

RHAPASTAN. GUT. VERSTANDEN.

SHUFF

KNOCK KNOCK

EIN FEIND?

FEINDE KLOPFEN NICHT AN DER TÜR, ODER?

HMM, DU SIEHST BEZAUBERND AUS HEUTE.
DENKE ICH.
HÖR AUF, MATT. SONST KÖNNTE ES SEIN, ICH MUSS NOCH LACHEN.
DIR IST NICHT ZUM LACHEN ZUMUTE. DU BIST AUFGEREGT.
WAS IST DENN?
NICHTS BESONDERES. NUR DER TÄGLICHE KLEINKRAM.
From the Office of Dr. Sullivan
2040 Circle Plaza, Suite 30
New York, NY 10011
Natasha Romanoff
1313 Ave b Apt. 13
New York, NY
UND DU? DU KOMMST ZUM TEE TRINKEN, MATT?
OH, WIR KÖNNEN UNS AUCH VASEN AN DEN KOPF WERFEN. ABER DU BIST-- OH?
EIN ALTES FOTO VON ALEXI?
ICH--
-- HAB'S ZUFÄLLIG IRGENDWO GEFUNDEN.
HEH, VOR EINEM BLINDEN NUSCHELT MAN NICHT.
DEIN PULS RAST, UND DU STELLST BILDER AUF VON DEINEM TOTEN MANN. WAS IST LOS?
NICHTS. ICH MUSSTE NUR ... AN WAS DENKEN.
ICH WERDE DIE STADT FÜR EINIGE TAGE VERLASSEN.
MIT DEN AVENGERS?
ALLEIN.

HÖR MAL, NATASHA. ICH KAM NUR VORBEI, UM--
LASS MICH. ICH MUSS ZUM FLUGHAFEN.
CLCKT
ICH KANN DICH HINBRINGEN. ODER IST DIR AUCH DAS ZU VIEL?
MATT! ES REICHT. ICH HABE ... NACHBARN.
NATASHA-- HÖRST DU D--?
9C
BESSER, WIR GEHEN JETZT.

DER JOHN F.
KENNEDY-FLUGHAFEN

WILL-KOMMEN AN BORD.
TRÄUM SCHÖN ...
WOMEN
OUT OF ORDER
OUT OF ORDER
TRAINEE
HABEN WIR GENUG VISUM-FORMULARE AN BORD?
ICH SEH MAL NACH ...

RHAPASTAN

<HEH! HELFT MIR MAL HIER!>

<ÄRGER?>

TCHK

<HMM. SÜSSES MÄDEL.>
PADAZHDERTYE MEENOOTACHKOO!
<UH ... DIE SPRICHT RUSSISCH, ODER?>
<JA. ICH VERSTEH ES EINIGERMASSEN. SIE SAGT, WIR SOLLEN WARTEN ...>
HEH!
ENGH!
<PASS AUF!>
OUFF!
TCHK
TCHK
OH!

KAK DYELA?
A! NEECHYEVO ...
<WAS SAGEN SIE?>
<UH ... DIE DA OBEN FRAGT DIE ANDERE, WAS MIT IHR LOS IST UND ...>
DAS BERUHIGT MICH. FAST SCHIEN ES, DU HAST PROBLEME.
PROBLEME? ERST SEITDEM DU HIER BIST.
WIRKLICH?
CHUK
TWUP

UND ICH DACHTE, DU WEISST GENAU, WO ICH BIN.

THUKK

DU-- WEISST ES?

DASS DU MICH BESCHATTET HAST? JA.

NATÜRLICH GIBT ES EINIGES, DAS MICH, HM ... EBENFALLS INTERESSIERT.

DU MEINST ZUM BEISPIEL ... WER ICH BIN?

NGH!

ZUM BEISPIEL.

ICH BIN YELENA BELOVA, AUSGEBILDET IM RED ROOM IN MOSKAU.

DU ERINNERST DICH DARAN. HM, JA, SICHER.

UND ES GIBT IHN NOCH.

DU BIST SEINE GRÖSSTE LEGENDE, NATALIA ROMANOVA. OBWOHL DU KEINE RUSSIN MEHR BIST.

HIER NENNST DU MICH BLACK WIDOW.

IRRTUM, NATALIA. DU WIRST MICH BLACK WIDOW NENNEN.

ICH WAR DIE ERSTE IM RED ROOM, DIE BESSERE NOTEN BEKAM ALS DU.

IN JEDER HINSICHT BIN ICH DIR EBENBÜRTIG. ODER DIR ÜBERLEGEN.

TJA, GLÜCKWUNSCH.

DU WURDEST AMERIKANERIN-- UND HAST RUSSLAND IM STICH GELASSEN!

ICH ABER HABE NICHT VERGESSEN, WAS BLACK WIDOW EIGENTLICH IST ... EINE SPIONIN!

ODER? SO WAS INTERESSIERT MICH JETZT NICHT, OKAY?

ICH HAB HIER EINIGES ZU TUN.

ICH AUCH.

WASHINGTON

WAS HEISST DAS, DIE RUSSEN VERFOLGEN DAS?!

DER KALTE KRIEG IST *VORBEI*! WIESO MISCHEN DIE SICH NUN EIN?

ABER SIR. EBENSO WIE WIR HABEN SIE VON DER *BIOWAFFE* GEHÖRT. UND NUN, ALS VORSICHTSMASSNAHME--

WAS HÖRE ICH? IHR LAND HAT AGENTEN ENTSANDT?

WAS UNSER *GUTES RECHT* IST. BESITZT RHAPASTAN DIESE BIOWAFFE, IST ES EINE GEFAHR FÜR UNS ALLE.

UND HÄTTEN *WIR* BLACK WIDOW NICHT BEAUFTRAGT, DANN IHR.

ABER ... WIR *HABEN* BLACK WIDOW BEAUFTRAGT!

SIE STAMMT AUS RUSSLAND. SIE DIENT UNS.

HAH! SCHON MAL WAS VON DEN *AVENGERS* GEHÖRT?

WENN ES DARUM GEHT, DIE WAFFE RHAPASTAN WEGZUNEHMEN--

-- WARUM STREITEN SIE SICH DANN, FÜR *WELCHES* LAND DIE WIDOW DAS TUT?

NICHT UNWICHTIG IST, IN WELCHES LAND SIE DIE WAFFE ZURÜCKBRINGT ...

ICH WUSSTE, DASS DU MICH NICHT TÖTEN WIRST--
-- BEVOR DU NICHT MEHR ÜBER MEINE MISSION WEISST.
HMM ... DU SOLLST DAS BIO-GIFT BESORGEN IN DIESER KISTE?
IN DIESER BASIS WIMMELT ES VON SOLDATEN. WIE ENTKOMMST DU, WENN ICH TOT BIN?
KEINE SORGE.
UND OBWOHL ICH NICHT WEISS, FÜR WELCHES LAND DU ARBEITEST--
FSHT-
13
-- WEISS DIESE BLACK WIDOW GENAU, FÜR WEN SIE ALLES RISKIERT.
ICH BEWUNDERE DICH, ROMANOVA. ABER AUCH DU WIRST--
TALK
FFSSHT...
<STIMMEN AUF UNSEREM KANAL?>
-- ÄLTER.
-- ÄLTER.

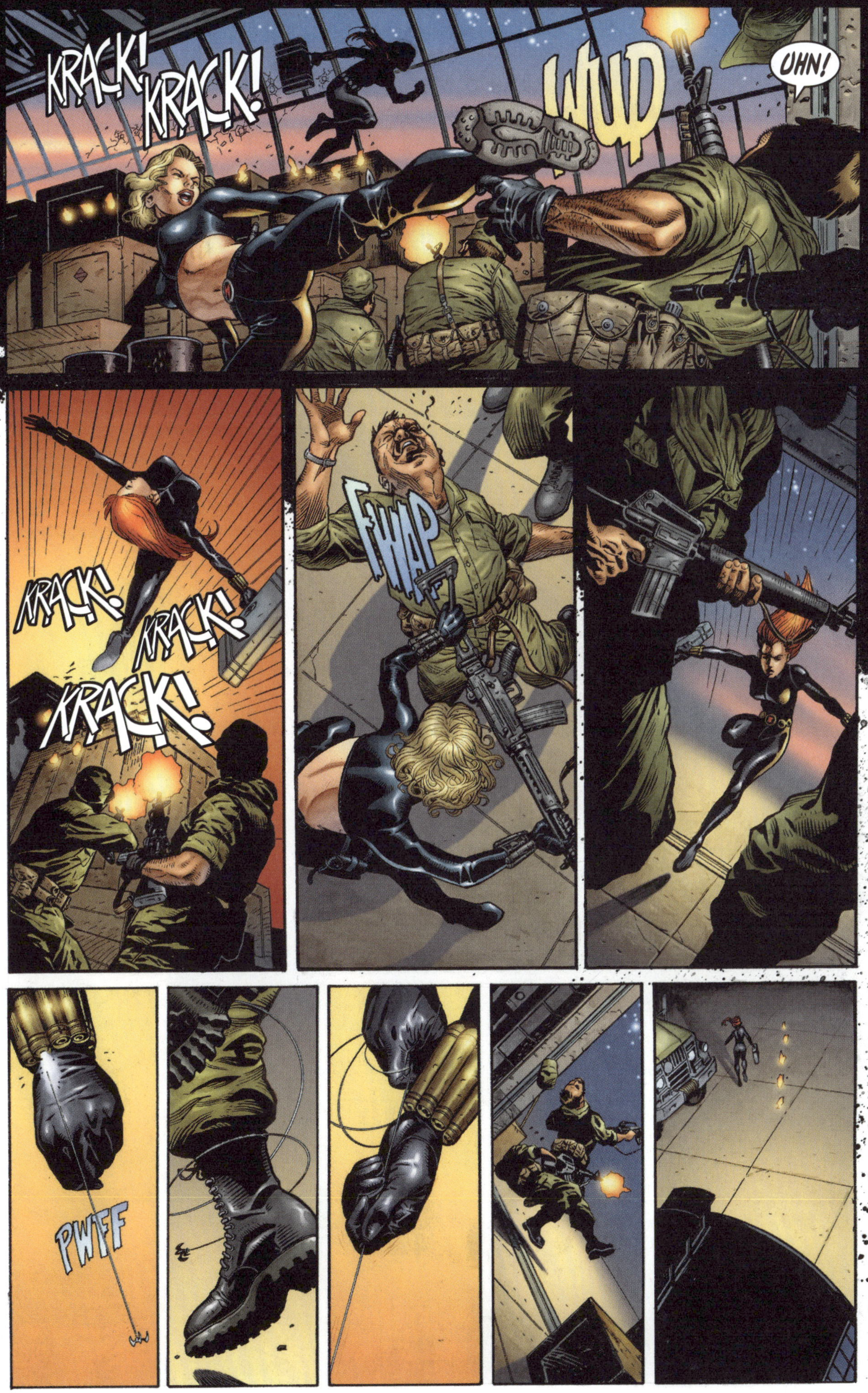
KRACK! KRACK!
WUD
UHN!
KRACK!
KRACK!
KRACK!
FWAP
PWFF

<SIE SIND--->
<-- HIER!>

THAK

KRACK! KRACK! KRACK! KRACK!

VREEEEE

VUP VUP VUP

<ANLEGEN UND--->

<-- FEUER!>

WAM

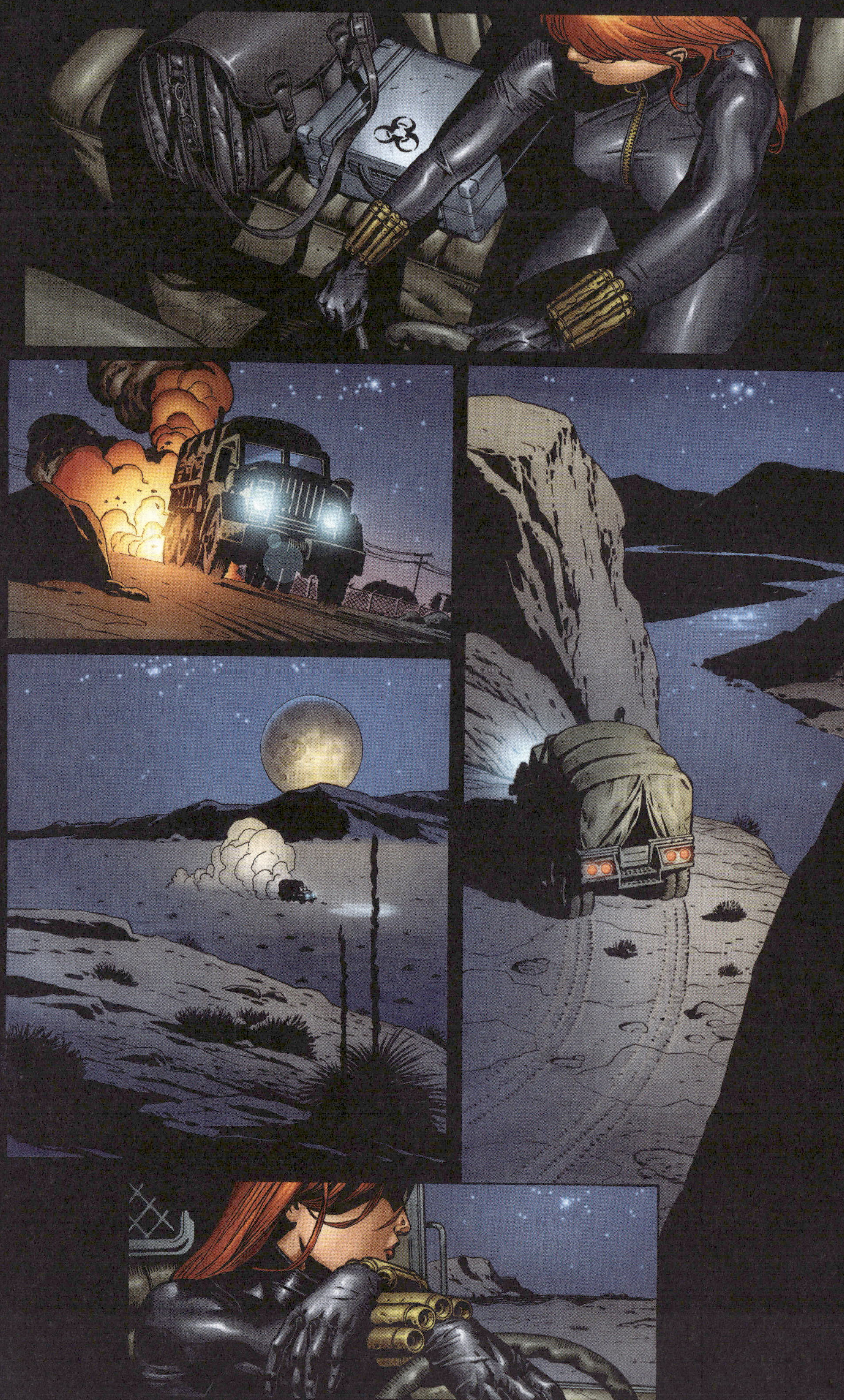

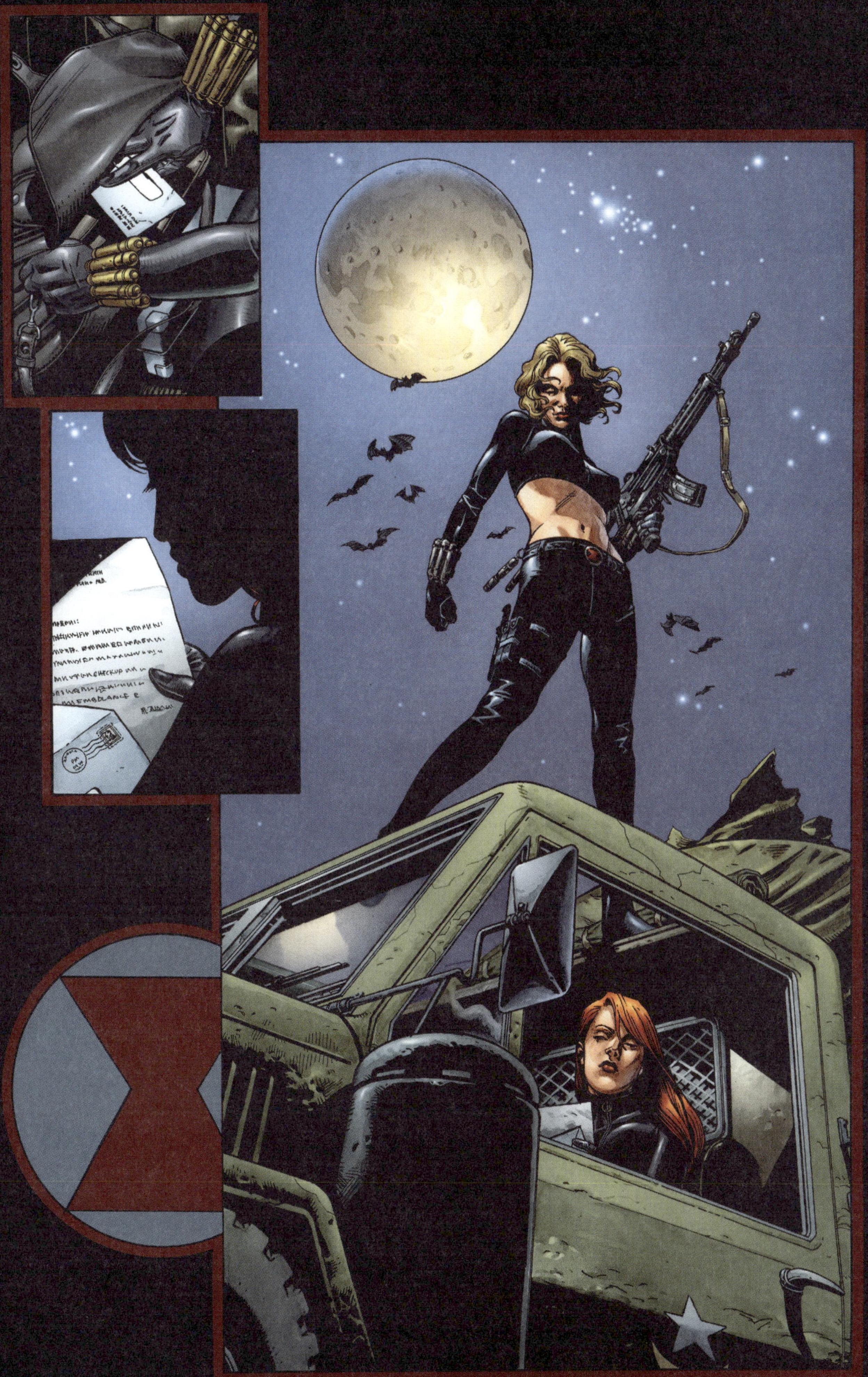

SPIONE GEHEN NIE IN RUHESTAND

von Christian Endres

Zwischen 2004 und 2005 kam eine weitere **Marvel Knights**-Miniserie über die schwarze Witwe heraus, die sich zu diesem Zeitpunkt aus dem Spionage-Geschäft zurückgezogen hatte und eigentlich in Ruhe und Frieden in der Wüste von Arizona leben wollte. Doch dann wurden **Natasha** und andere **Red Room**-Absolventen wegen der Biotech in ihren Körpern von einer fiesen Firma ins Visier genommen, die diese russische Technologie in jüngerer Vergangenheit erworben hatte und alle vorherigen Nutzer tot sehen wollte.

Diese Miniserie stammte aus der Feder des englischen Autors **Richard Morgan**, der heute noch ein ganzes Stück bekannter ist als 2004. Im Jahr zuvor hatte der englische Schriftsteller für seinen Science-Fiction-Roman *Altered Carbon – Das Unsterblichkeitsprogramm* zwar den **Philip K. Dick Award** erhalten, doch inzwischen wurde sein Buch als aufwendige Netflix-Serie adaptiert. Darüber hinaus wirkte der 1965 geborene Morgan am Videogame *Crysis* mit, zu dem er gleich noch den Comic verfasste, und schrieb weitere Bücher wie die Fantasy-Serie *Das Zeitalter der Helden* und den Cyberpunk-Roman *Mars Override*.

In einem Interview zum Erscheinen von *Black Widow: Homecoming* sagte Morgan, dass Natasha für ihn durch Entfremdung, Isolation und Verlust definiert werde, und dass ihre emotionale Instabilität und ihre brutalen Geheimagenten-Fähigkeiten ein unberechenbares, explosives Gemisch ergäben. Morgan „befreite" Natasha in seinen Augen im Verlauf der Miniserie außerdem von ihren Armbändern, die Morgans Auffassung nach immer nach Pseudo-Weiblichkeit und Bond-Kitsch ausgesehen hätten – bei Morgan setzte Natasha auf Messer. Solche Veränderungen, die nicht in Stein gemeißelt sein müssen und immer vom Autor, den Redakteuren und heute den aktuellen Multimedia-Inkarnationen abhängig sind, kommen in der Welt der Comics immer wieder mal vor (**Spider-Man** Peter Parker hatte einst eine Weile sogar in den Comics organische Netzdüsen statt der mechanischen Netzdüsen). Den Namen von Privatdetektiv **Phil Dexter**, der gleich erstmals in Widows Panel-Abenteuern vorkommt, lieh sich Morgan von **Bob Shaws** 1976 veröffentlichter SF-Kurzgeschichte *Das Lächeln der Gioconda*.

Als Zeichner stand Morgan **Bill Sienkiewicz** zur Seite, und bei ihm muss man unbedingt von *Künstler* reden. Der 1958 geborene Amerikaner verbindet seit Jahrzehnten auf revolutionäre, spektakuläre Weise traditionelle *Kunst* und Comic-Kunst, und das unter Berücksichtigung verschiedenster Malmedien und -techniken. Er inszenierte seinen eigenen Comic *Stray Toasters*, arbeitete mit **Frank Miller** an mehreren denkwürdigen Geschichten über **Daredevil** sowie **Elektra** und setzte als Zeichner oder Tuscher Storys mit **Moon Knight**, den **New Mutants**, **Spidey**, **Batman**, dem **Shadow** und den **Ewigen** aus **Neil Gaimans** SANDMAN um. Seine Designs für die Trickserie *Wo steckt Carmen San Diego?* brachten ihm mehrere Emmy-Nominierungen ein.

2006 lieferten Autor Morgan und Tuscher Sienkiewicz, unterstützt von Zeichner **Sean Phillips** (MARVEL ZOMBIES, *Criminal*), eine Sequel-Miniserie.

HEIMKEHR, TEIL 1

Autor: Richard K. Morgan
Zeichner & Tusche: Bill Sienkiewicz
Farben: Dan Brown
Übersetzung: Uwe Anton
Lettering: Studio RAM

LONDON

DU SIEHST TOLL AUS, ANNA, BEEIL DICH, WIR KOMMEN ZU SPÄT.

WILLST DU FAHREN, SCHATZ?

MIT DIESEN ABSÄTZEN? MACHST DU WITZE?

WHOOOM

--BIS EINE FRAU DAS RECHT HAT, ÜBER IHREN KÖRPER ZU BESTIMMEN, WIRD ES KEINE--

ALABAMA

BLAM

STACY! ICH GLAUBE, SIE IST--

-- TOT. ICH BIN BE-EINDRUCKT.
OSAKA
JA. SCHMERZLOS. SCHNELL. UND ES BAUT SICH IN KAUM EINER STUNDE AB.
WENN MAN SIE FINDET, WIRD ES WIE EIN HERZAN-FALL AUS-SEHEN.
WAS WAR DAS DENN FÜR EIN ZEUG?
ACH, SPINNEN-GIFT.
SYDNEY
SHANGHAI
ARIZONA

> DREI SCHLIMME NÄCHTE HINTEREINANDER. ICH DACHTE, ICH HÄTTE DIE SCHULDGEFÜHLE SCHON LÄNGST ÜBERWUNDEN.

> ABGESEHEN VON MEDIKAMENTEN GIBT ES NUR EIN MITTEL GEGEN SCHLECHTE TRÄUME UND SCHLAFLOSIGKEIT.

> ZUM GLÜCK HABE ICH ES GREIFBAR.

EXTREM-KLETTERN.

IST BESSER, ALS ZUM LEBENS-UNTERHALT AUF HOHE GEBÄUDE ZU STEIGEN UND STAATSGEHEIMNISSE ZU STEHLEN, UND DA ICH IM RUHESTAND BIN, KANN ICH KLETTERN...

... WANN IMMER ICH WILL.

NICHT DIE EINZIGE MIT PROBLEMEN HEUTE. HAH.

HE, KENNEN SIE SICH MIT MOTOREN AUS?

WENN MAN HIER LEBT, MUSS MAN DAS. LASSEN SIE MAL SEHEN.

ER GRINST. UND ICH WEISS...

... ICH HABE EIN PROBLEM.

ER IST JUNG. ZUMINDEST JÜNGER ALS ICH.

UND SCHNELL.

UND KANN MIT DEM MESSER UMGEHEN.

ABER WIE DIE MEISTEN MÄNNER...

... UNTERSCHÄTZT ER MICH.

WER HAT SIE GESCHICKT?

WENN ICH SIE NICHT INS KRANKENHAUS BRINGE, WERDEN SIE HIER VERBLUTEN. WER HAT SIE GESCHICKT?

WIE SIE WOLLEN. DIE SONNE GEHT AUF. ICH KANN WARTEN.

ER ABER AUCH.

SEIN BLUT STRÖMT IN DIE WÜSTE.

DER SAND SAUGT ES AUF.

UND ER SAGT KEIN WORT.

NACH EINER STUNDE STIRBT ER.

UND HAT KEIN VERDAMMTES WORT GESAGT.

ALTE SCHULE. ICH HABE PROBLEME.

"MIKE, ICH BIN'S, NATASHA. ICH WERDE MICH VERSPÄTEN. SAG MAL, HAT SICH JEMAND IM CLUB NACH MIR ERKUNDIGT?"

"GLAUB NICHT... MOMENT MAL. JA, GESTERN. GROSSER, BLONDER BURSCHE. JOURNALIST. WOLLTE EINEN ARTIKEL ÜBER CLIMBER AUS DER GEGEND SCHREIBEN."

"WAR ER SCHON DA?"

"JA, ICH GLAUBE SCHON."

ES GIBT FREUNDE, UND ES GIBT FREUNDE. MIKE UND DIE ANDEREN WÜRDEN ALLES FÜR MICH TUN... ABER IM MOMENT KÖNNEN SIE NICHTS TUN.
ICH KANN SIE NUR AUS DER SCHUSSLINIE HALTEN, DAMIT IHNEN NICHTS PASSIERT.
ANDERE FREUNDE SIND VIELLEICHT NICHT ZUVERLÄSSIG... ODER NICHT MAL NETT... KÖNNEN MANCHMAL ABER NÜTZLICH SEIN.
JENNY
GABRIEL
MATT MURDOCK
YELENA (MOSKAU)
YELENA (HAVANNA)
VOR ALLEM, WENN SIE EINEM...
... WAS SCHULDIG SIND.
GOUVERNEUR JAMES STANTON
LACEY STANTON (DETOX)
PHIL DEXTER
DEXTER SICHERHEITSDIENST UND DETEKTEI.
HI, PHIL. DU GEHST SELBST ANS TELEFON? WAS IST MIT DER BLONDINE PASSIERT? EIN SILIKONLECK?
UMWERFEND KOMISCH. WAS WILLST DU, NAT?
LUST AUF EINEN DRINK?
ALS WIR DAS LETZTE MAL WAS GETRUNKEN HABEN, HAB ICH MIR EINEN MONAT LANG SCHROT AUS DEM ARSCH GEPULT. ICH KOMME NICHT NACH TOT-ECHSENHAUSEN IN ARIZONA, UM DAS ZU WIEDERHOLEN.
ICH BIN NICHT IN ARIZONA.
Albuquerque
248 Mi.

ÖSTLICHE KARIBIK

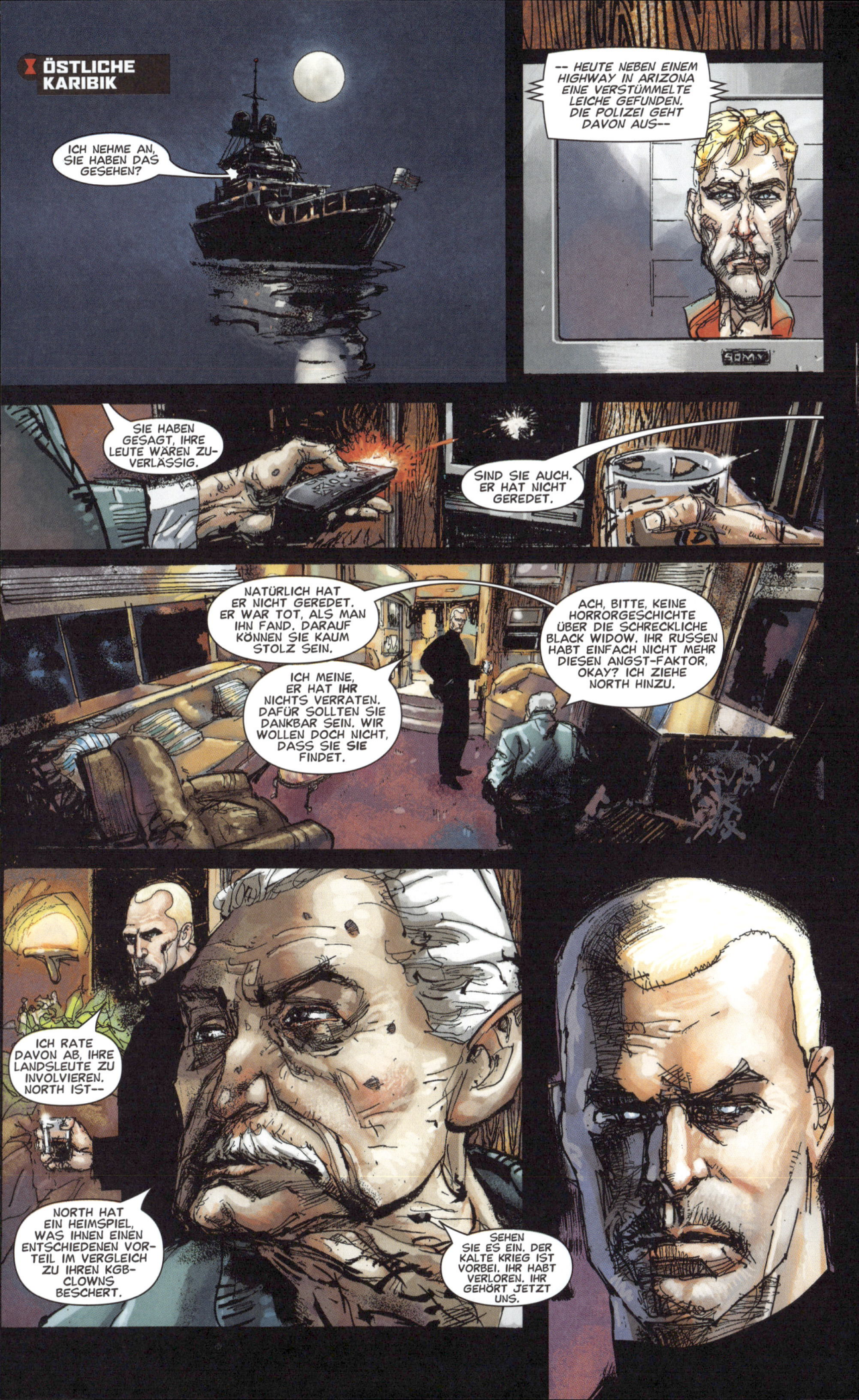

ICH NEHME AN, SIE HABEN DAS GESEHEN?

-- HEUTE NEBEN EINEM HIGHWAY IN ARIZONA EINE VERSTÜMMELTE LEICHE GEFUNDEN. DIE POLIZEI GEHT DAVON AUS--

SIE HABEN GESAGT, IHRE LEUTE WÄREN ZUVERLÄSSIG.

SIND SIE AUCH. ER HAT NICHT GEREDET.

NATÜRLICH HAT ER NICHT GEREDET. ER WAR TOT, ALS MAN IHN FAND. DARAUF KÖNNEN SIE KAUM STOLZ SEIN.

ICH MEINE, ER HAT IHR NICHTS VERRATEN. DAFÜR SOLLTEN SIE DANKBAR SEIN. WIR WOLLEN DOCH NICHT, DASS SIE SIE FINDET.

ACH, BITTE, KEINE HORRORGESCHICHTE ÜBER DIE SCHRECKLICHE BLACK WIDOW. IHR RUSSEN HABT EINFACH NICHT MEHR DIESEN ANGST-FAKTOR, OKAY? ICH ZIEHE NORTH HINZU.

ICH RATE DAVON AB, IHRE LANDSLEUTE ZU INVOLVIEREN. NORTH IST--

NORTH HAT EIN HEIMSPIEL, WAS IHNEN EINEN ENTSCHIEDENEN VORTEIL IM VERGLEICH ZU IHREN KGB-CLOWNS BESCHERT.

SEHEN SIE ES EIN. DER KALTE KRIEG IST VORBEI. IHR HABT VERLOREN. IHR GEHÖRT JETZT UNS.

-- EINE VERSTÜMMELTE LEICHE GEFUNDEN. DIE POLIZEI GEHT--

"VERSTÜMMELT"?

ALBUQUERQUE, NEW MEXIKO

ER HATTE EIN MESSER, PHIL. ICH HABE ES BENUTZT. HAST DU EIN PROBLEM DAMIT?

ALS DU DAS LETZTE MAL AUFGEKREUZT BIST, NAT--

-- HAST DU MEINE HILFE GEBRAUCHT, DIE ICH DIR GAB. JETZT KANNST DU DEN GEFALLEN ERWIDERN. ODER KNEIFST DU... WIE ALLE MÄNNER?

OKAY, OKAY. WAS HAST DU?

MEIN GOTT, MUSSTEST DU SEINEN FINGER ABSCHNEIDEN?

DER RING GING NICHT AB. AUSSERDEM SIND VIELLEICHT IRGENDWO SEINE FINGERABDRÜCKE GESPEICHERT.

JA. ABER ZÄHL NICHT DARAUF. WENN DAS EIN PROFI IST, HAT SEIN AUFTRAGGEBER DAFÜR GESORGT, DASS ES KEINE SPUREN GIBT.

HAST DU IRGENDWO SPIELSCHULDEN, NAT? DENN WENN NICHT, FÄLLT MIR NUR EINE ERKLÄRUNG DAFÜR EIN.

DEINE VERGANGENHEIT HOLT DICH EIN.

EIN PAAR FREUNDE WERDEN SICH DAS ZEUG MONTAG ANSEHEN. DOCH JETZT WILL ICH DIR ERST MAL WAS ZEIGEN.
NEWS UPDATE: BIRMINGHAM, ALABAMA
STACY MATHESON, 36, AKTIVISTIN FÜR FRAUENRECHTE. WURDE HEUTE NACHMITTAG VOR DER NORTON-FAMILIEN-PLANUNGS-KLINIK ERSCHOSSEN...
NA UND? NICHT UNÜBLICH IN ALABAMA, ODER?
CIA
JA. ABER STACY MATHESON HIESS EIGENTLICH STEFANJA MELNIKOWA. BIS VOR IHREM AUSSTIEG VOR ZEHN JAHREN WAR SIE EINE KGB-SCHLÄFERIN. KOMMT DIR DAS BEKANNT VOR?
NEIN. VIELLEICHT, WENN WIR DORT SIND.
WIR?

NICHT SCHMOLLEN, PHIL. DU BIST DOCH SONST IMMER SO COOL.
ICH SCHMOL-LE NICHT. ICH BEGREI-FE NUR NICHT, WARUM ICH MITKOMMEN MUSS UND WARUM WIR MEINEN WAGEN NEHMEN MÜSSEN.
TJA, DESHALB WARST DU WOHL IN DER EINSATZLEITUNG VON SHIELD UND ICH IM AUSSEN-EINSATZ.
WIR MÜSSEN DEINEN WAGEN NEHMEN, WEIL SIE NACH MEINEM WOHL SCHON SUCHEN, UND WIR MÜSSEN ZUSAMMEN FAH-REN, WEIL DIE BEERDIGUNG SCHON IN DREI TAGEN IST. WIR MÜSSEN RUND UM DIE UHR FAHREN, UM ES ZU SCHAFFEN.
UND DAS GEHT NICHT ALLEIN.
HE... DAS KLINGT FAST SO, ALS WÜRDEST DU JEMANDEN BRAUCHEN, NAT.
ABER... WIR HÄTTEN DOCH VON IRGENDEINEM FLUGHAFEN EINE MASCHINE NEHMEN KÖNNEN, UM DIE SPUR ZU VERWISCHEN, BEVOR WIR NACH BIRMINGHAM FAHREN.
JA, WIE IM LEHRBUCH. GENAU DANACH WERDEN SIE SUCHEN. SIE KOMMEN BUNDESWEIT AN ALLE FLUGUNTERLAGEN RAN. VERTRAU MIR, PHIL...
... DIE STRASSE IST DIE BESTE MÖGLICHKEIT. HIER DRAUSSEN FINDEN SIE UNS NICHT.

TEXAS
-- KEINE WAHL, PHIL. DAMIT HABEN ES DIE MEISTEN FRAUEN ZU TUN.
"WILL MAN ERFOLG HABEN, MUSS MAN EINE WAHL HABEN.
"STRIPPERIN ODER KARRIEREFRAU."
HA, DAS IST BESSER ALS HEILIGE ODER HURE...
NEIN, ES IST HEILIGE ODER HURE. ABER DIE HEILIGE WIRD BEFÖRDERT... FALLS SIE DOPPELT SO HART UND KLUG WIE JEDER MANN IST, MIT DEM SIE ZU TUN HAT.
"WENN NICHT, MACHEN SIE SIE FERTIG."
UND DAS BIST DU, NAT? DOPPELT SO HART UND KLUG?
HOFFEN WIR'S.
HE, SÜSSE...
... WOHIN SOLL'S GEHEN?

TRUCK
24-7
Roy's HOUSE OF ASPS 2 Mi
KAFFEE?
ICH HOL WELCHEN. DU TANKST AUF.
HE, SEHEN WIR UNS NICHT DIE SCHLANGEN-FARM AN?
SEHR WITZIG. ÜBERPRÜF BITTE DAS ÖL. DEIN SCHROTTHAUFEN IST SCHON VOR 'NER GANZEN WEILE HEISS-GELAUFEN.
VIELLEICHT WEIL DIESER SCHROTTHAUFEN NORMALERWEISE NICHT ZWÖLF STUNDEN UN-UNTERBROCHEN QUER DURCHS LAND FÄHRT. DAFÜR IST ER ET-WAS ZU ALT.
UND ER IST NICHT DER EINZIGE.
OHA. SÜSSE, WOHIN WILLST DU?
DU HAST NOCH NICHT BEZAHLT.
ICH FAHR NICHT MEHR MIT.
MAG SEIN, SALLY ANNE, ABER DU BIST GERADE ZWEIHUNDERT MEILEN MIT MIR UND JAY GEFAHREN. DAFÜR KANNST DU UNS WENIGSTENS ETWAS AUFMERKSAM-KEIT SCHENKEN.

UND ES IST DOCH NICHT DAS ERSTE MAL FÜR DICH. HAB ICH RECHT ODER RECHT?

DU WIRST NICHTS UNTERNEHMEN, ODER?

MACHST DU WITZE? WILLST DU IN ALLEN NACHRICHTEN AUFTAUCHEN? DAS IST KAUM DIE ZEIT, UM DEN HELDEN ZU SPIELEN.

ALSO SIEHST DU EINFACH ZU?

TJA, ICH NICHT.

NATASHA...

ICH HABE SCHLIMMERES GESEHEN. ICH HABE FÜNF JAHRE LANG BEI DEN GEHEIMEN CIA-OPERATIONEN IN GUATEMALA MITGEMACHT UND FÜR NICK FURY MIT DEN AFGHANISCHEN KRIEGSFÜRSTEN GEARBEITET. MIT DIESER KLEINEN TRAGÖDIE KANN ICH LEBEN.

DAS REICHT. LASST SIE GEHEN.

DAS GEHT DICH NICHTS AN, SÜSSE. ZISCH AB.

ICH VERSPRECHE EUCH, WENN IHR SIE NICHT SOFORT LOSLASST, WIRD KEINER VON EUCH JE WIEDER LAUFEN.
ICH SAGTE, ZIEH LEINE, BLÖDE KUH...
BLAM
HA!

JETZT NIMM DEINEN KAFFEE UND--

TOLL. DAS HABEN WIR GEBRAUCHT.
GEH REIN UND VERTEIL AUTOGRAMME.
ALLES KLAR?
ICH... GLAUB SCHON.
DIE SEITE TUT MIR WEH. ER HAT MICH VOR EIN PAAR MEILEN IN DIE RIPPEN GESCHLAGEN, ALS ICH MICH WEIGERTE...
PHIL...
ICH GLAUB'S NICHT...
PHIL! HOL DEN WAGEN! SOFORT!
HE, WAS MACHST DU DA?
DRAGONS
RIGHT SIDE
SUI-CIDE
MOMENT NOCH...
NAT, DAS IST DOCH NICHT DEIN ERNST...
KKRAK!
ICH HALTE MEINE VERSPRECHEN, PHIL!

OKLAHOMA

— WÜRDEST DU IN ZUKUNFT BITTE AUF SO WAS VERZICHTEN?

— WORAUF?

— DU WEISST, WAS ICH MEINE.

— ACH DAS. ABER ICH DACHTE, DU HÄTTEST DAMALS IN GUATEMALA UND AFGHANISTAN VIEL SCHLIMMERES GESEHEN.

— WOLLTEST DU ETWA ZUSEHEN, WAS MIT DIESEM MÄDCHEN PASSIERT?

— ABER DAS HEISST NICHT, DASS ICH ZUSEHEN WILL, WIE DU--

— NAT, WIR BEIDE WISSEN, DASS MAN BEI AUSSENEINSÄTZEN ANDERS VORGEHT.

— UND WIESO?

— WEIL ICH MICH JETZT DER BEIHILFE ZU MORD UND KÖRPERVERLETZUNG SCHULDIG GEMACHT HABE.

— WEIL DIE POLIZEI JETZT ÜBERALL IM STAAT NACH MEINEM WAGEN SUCHT UND ICH MIR IM AUGENBLICK NICHT ERLAUBEN KANN, EINEN NEUEN ZU KAUFEN. WEIL--

— SIE WERDEN IHN NIE FINDEN, PHIL.

— UND DAS MÄDCHEN? WANN WIRD DER KLEINEN TRAMPERIN IN IHREM SCHUTZVERSTECK WOHL LANGWEILIG? WANN GEHT SIE IN DIE NÄCHSTE BAR UND ERZÄHLT VOM RACHEENGEL MIT DEM FLAMMENDROTEN HAAR?

DIE KLEINE TRAMPT MIT NICHTS ALS DEN KLEIDERN AM LEIB UND EINEM NETTEN LÄCHELN DURCHS LAND. WENN SIE SO DUMM IST, IN EINEN LASTWAGEN MIT ZWEI FREMDEN MÄNNERN ZU STEIGEN--
VIELLEICHT HÄTTE SIE EINFACH BEI IHREM ÜBERMÄSSIG FREUNDLICHEN STIEFVATER BLEIBEN SOLLEN, WAS?
ACH, HÖR AUF. DAS KANN SIE SICH AUS DEN FINGERN GESOGEN HABEN!
WAS IST AUS DIR GEWORDEN, PHIL? ICH MEINE, DU WARST SCHON IMMER EIN LOCKERER TYP, DAS GEHÖRTE ZU DEINEM CHARME. ABER FRÜHER HAST DU DICH UM PRINZIPIEN GEKÜMMERT. WAS HAT NICK FURY AUS DIR GEMACHT?
MIKHAIL BULGAKOV
BEVOR ODER NACHDEM ER MICH GEFEUERT HAT?
WÄHREND DER ARBEIT BETRUNKEN UND BEFEHLSVERWEIGERUNG. MACHST DU IHM VORWÜRFE?
ICH MACHE JEDEM VORWÜRFE. DAS VORRECHT DES VERLIERERS. UND BEHALTE DEIN MORALISCHES URTEIL FÜR DICH, BIS DU WEISST, WELCHE BEFEHLE ICH VERWEIGERT HABE.
OKAY.
GLEICHES RECHT FÜR ALLE. ICH VERKRÜPPLE, WEN ICH WILL.
ICH BIN NICHT SO BETRUNKEN, DASS ICH DIR SAGE, WELCHEN BEFEHL FURY ERTEILT HAT. BLEIBEN WIR BEIM THEMA. WAS IST MIT DEM MÄDCHEN?
NA SCHÖN. DAS MÄDCHEN. NACH ALABAMA HOLEN WIR ES AB UND... UND...
... ICH LASS MIR WAS EINFALLEN. OKAY?
JA, KLAR.
HE, BEI AUSSENEINSÄTZEN LÄUFT DAS SO, PHIL. MANCHMAL MUSS MAN IMPROVISIEREN.
TOLL. ICH FREUE MICH WIRKLICH AUF ALABAMA.

NÖRDLICH VON ALBUQUERQUE

KEINE ANDEREN REIFENSPUREN. SIE IST GEGANGEN. ZUMINDEST BIS ZUR STRASSE DAHINTEN.

JA, DORT HAT WAHRSCHEINLICH EIN ANDERES FAHRZEUG GEWARTET. SIE IST NICHT SO DUMM, OHNE TRANSPORTMITTEL HIER HINAUSZUKOMMEN, ODER?

SCHWER ZU SAGEN. SIE HAT EIN ÜBERLEBENSTRAINING IN DER WÜSTE HINTER SICH. IN DEN AKTEN STEHT, BEI IHR KANN MAN REIN GAR NICHTS VORHERSAGEN.

JA, "IN DEN AKTEN". MEIN INSTINKT SAGT, SIE HATTE GESELLSCHAFT.

ALSO LOS, ÖFFNEN!

"WIE ICH SAGTE, MAX... BEI IHR KANN MAN NICHTS VORHERSAGEN."

"JA, ABER EINS SAGE ICH VORHER, KESTREL. SO SICHER, WIE ÄPFEL VERFAULEN, WIRD BLACK WIDOW JETZT UNTERTAUCHEN."

WITWE IN GESELLSCHAFT

von Christian Endres

Als Agentin und Heldin ist **Black Widow** oft alleine unterwegs. Trotzdem gehörte sie bereits einigen Organisationen und Teams an.

KGB
Der Geheimdienst der ehemaligen Sowjetunion finanzierte **Department X** und das **Red Room**-Programm, in dem **Natasha** zu Black Widow gemacht wurde.

SHIELD
Eine amerikanische Behörde für Spionage, Gesetzesvollstreckung, Antiterror-Operationen und zum Schutz Amerikas und der Welt vor allen Gefahren. Häufig von **Nick Fury** geleitet. Natasha agierte oft als SHIELD-Agentin.

LADY LIBERATORS
Die ersten **Lady Liberators** wurden von der Zauberin **Enchantress** manipuliert, die sich als **Valkyrie** verkleidet hatte. Darum kämpften Tasha, **Scarlet Witch**, **Wasp** und **Medusa** 1970 gegen die männlichen **Avengers**. **She-Hulk** führte 2008 die neuen Lady Liberators an. Sie, Black Widow, **Storm**, die echte Valkyrie, **Thundra**, die **Unsichtbare**, **Spider-Woman**, **Tigra** und **Hellcat** jagten **Red Hulk**.

CHAMPIONS
Das erste **Champions**-Team aus L.A. bestand Mitte der 70er aus den Mutanten **Angel** und **Iceman**, **Hercules**, **Ghost Rider** Johnny Blaze und Anführerin Nat. Sie waren das erste Superheldenteam an der US-Westküste.

AVENGERS
Nachdem Natasha die **Avengers** auf einigen Missionen unterstützt hatte, trat sie 1973 erstmals offiziell einer Team-Inkarnation bei, der auch **Black Panther**, **Vision**, **Iron Man**, **Thor**, **Cap** und **Scarlet Witch** angehörten. Seitdem war sie in mehreren Avengers-Teams.

MARVEL KNIGHTS
Spitzname für **Daredevils** namenlose Truppe, die den **Punisher** dingfest machen wollte. Mitglieder: DD, **Dagger**, **Moon Knight**, **Shang-Chi**, **Luke Cage** und Black Widow.

MIGHTY AVENGERS
Nach dem **Civil War** waren die **Mighty Avengers** Tony Starks neues Rächer-Hauptteam. **Ms. Marvel** Carol Danvers führte Iron Man, Black Widow, Kriegsgott **Ares**, **Sentry**, Wasp und **Wonder Man** an.

SECRET AVENGERS
Wie Moon Knight, **Beast**, Valkyrie, **War Machine**, **Sharon Carter**, **Nova** und **Ant-Man** gehörte Nat zu **Steve Rogers'** ersten geheimen Rächern, die auf verdeckte Missionen gingen. Aber sie war auch Teil von SHIELDs **Secret Avengers**-Programm. Nach den heiklen Missionen wurden die Erinnerungen der Agenten gelöscht.

HEROES FOR HIRE
Es gab mehrere Gruppen, die sich so nannten. Nach dem **Shadowland**-Crossover war **Heroes for Hire** ein Netzwerk, das von **Misty Knight** koordiniert wurde. Black Widow, der Punisher, Ghost Rider, **Iron Fist**, Moon Knight, **Paladin**, **Falcon**, **Silver Sable**, **Shroud** und **Elektra** arbeiteten nicht für Geld, sondern für Gefallen und Infos.

REBELLEN
Als **Hydra** im Crossover **Secret Empire** die Kontrolle über die USA erlangt hatte, schloss sich Black Widow den Heldenrebellen an und formte aus Junghelden wie **Miles Morales** eine Einsatztruppe, die sie zu mehr und mehr Brutalität aufforderte.

INFINITY WATCH
Adam Warlock brachte mehr als eine **Infinity Watch** zusammen, die über die Infinity-Steine wachte – selbst **Thanos** gehörte dazu. Die Infinity Watch von **Dr. Strange** hatte u. a. **Captain Marvel**, **Star-Lord** und Natasha in ihren Reihen.

DIE ULTIMATIVEN
Im alternativen **Ultimativen Universum** schloss sich die Geheimagentin Black Widow den ultimativen Avengers an.

DIE ZEIT DER GEHEIMEN RÄCHER

von Christian Endres

2010 starteten der amerikanische Autor **Ed Brubaker** (DER TOD VON CAPTAIN AMERICA) und der brasilianische Zeichner **Mike Deodato Jr.** (NEW AVENGERS) die erste Serieninkarnation von SECRET AVENGERS. Supersoldat **Steve Rogers**, damals gerade nicht als **Captain America** unterwegs, wurde vom Präsidenten nach der Ära **Dark Reign** zum obersten Gesetzeshüter der USA ernannt und gründete die **Secret Avengers** für spionagemäßige Geheimmissionen in den Schatten. Zum ursprünglichen Team gehörten neben Rogers noch **Sharon Carter**, **War Machine** Jim Rhodes, **Valkyrie**, **Moon Knight**, **Nova**, **Ant-Man**, Mutanten-Genie **Beast** Hank McCoy und eine gewisse **Black Widow**.

Nach Brubaker übernahm u. a. Top-Autor **Warren Ellis**. Der bärtige Brite ist nicht nur ein angesehener Futurologe, sondern auch ein brillanter Comic-Neuerer, der oftmals die Muster und Grenzen des grafischen Erzählens austestet und verändert. Zugleich haben viele seiner Storys einen gewissen Meta-Charakter, da Ellis oder selbst seine Figuren mit ihrem Wissen über die Beschaffenheit des Genres und des Mediums kokettieren. Die Highlights in seinem Portfolio umfassen THE AUTHORITY, PLANETARY, TRANSMETROPOLITAN, IRON MAN: EXTREMIS, ASTONISHING X-MEN, MOON KNIGHT, *Fell*, *Trees* und *James Bond 007*. In SECRET AVENGERS setzte Ellis auf gehaltvolle, überraschende Einzelgeschichten – ein bewusster Gegenentwurf zu den heute typischen Superhelden-Storylines mit im Schnitt sechs US-Heften pro Mehrteiler. Die Zeichner wechselten bei Ellis ebenfalls munter durch. Die folgende Geschichte, die mitten im Geschehen beginnt, wurde so etwa von **Alex Maleev** bebildert. Der gefeierte bulgarische Künstler inszenierte noch DAREDEVIL, IRON MAN, HALO, LEVIATHAN, SCARLET und andere.

Natashas abgeschlossene SECRET AVENGERS-Mission in diesem Band spielt auf pfiffige Weise mit der traditionellen Zeitreise-Geschichte der Science-Fiction. Hinzu kommt, dass sich Ellis und Maleev vor den klassischen Geheimagenten-Zeitungscomicstrips früherer Jahrzehnte verneigen und deren Optik und Ton sogar in ihr modernes buntes Superhelden-Heft von Marvel eingebaut haben. Die Schwarz-Weiß-Streifen – bis zur Signatur wirklichkeitsgetreu „nachgemacht" – stellen vor allem eine Verbeugung vor dem bekannten britischen Spionage-Comicstrip *Modesty Blaise* dar, den Autor **Peter O'Donnell** und Zeichner **Jim Holdaway** 1963 starteten. Das Franchise über die schöne, taffe Titelheldin und Agentin brachte über die Jahre viele Comics, Romane, Kurzgeschichten und Verfilmungen hervor. Solche Referenzen auf die gerne mal pulpige Genre-Vergangenheit sind ebenfalls ein Markenzeichen von Ellis' Schaffen.

Natasha sollte 2013 nach dem Relaunch von SECRET AVENGERS unter Autor **Nick Spencer** abermals Teil der geheimen Einsatztruppe sein, genauso wie **Nick Fury**, **Phil Coulson**, **Mockingbird** und **Hawkeye**. Aufgrund ihrer Missionen für diesmal SHIELD trugen die Secret Avengers jener späteren Generation Implantate, die sie alle Erinnerungen an ihre Aufträge vergessen ließen. Für unsere Story hat das natürlich noch keine Bedeutung …

EINKREISEN

Autor: Warren Ellis
Zeichner & Tusche: Alex Maleev
Farben: Nick Filardi
Übersetzung: Michael Strittmatter
Lettering: Astarte Design

STEVE!

VERDAMMT!

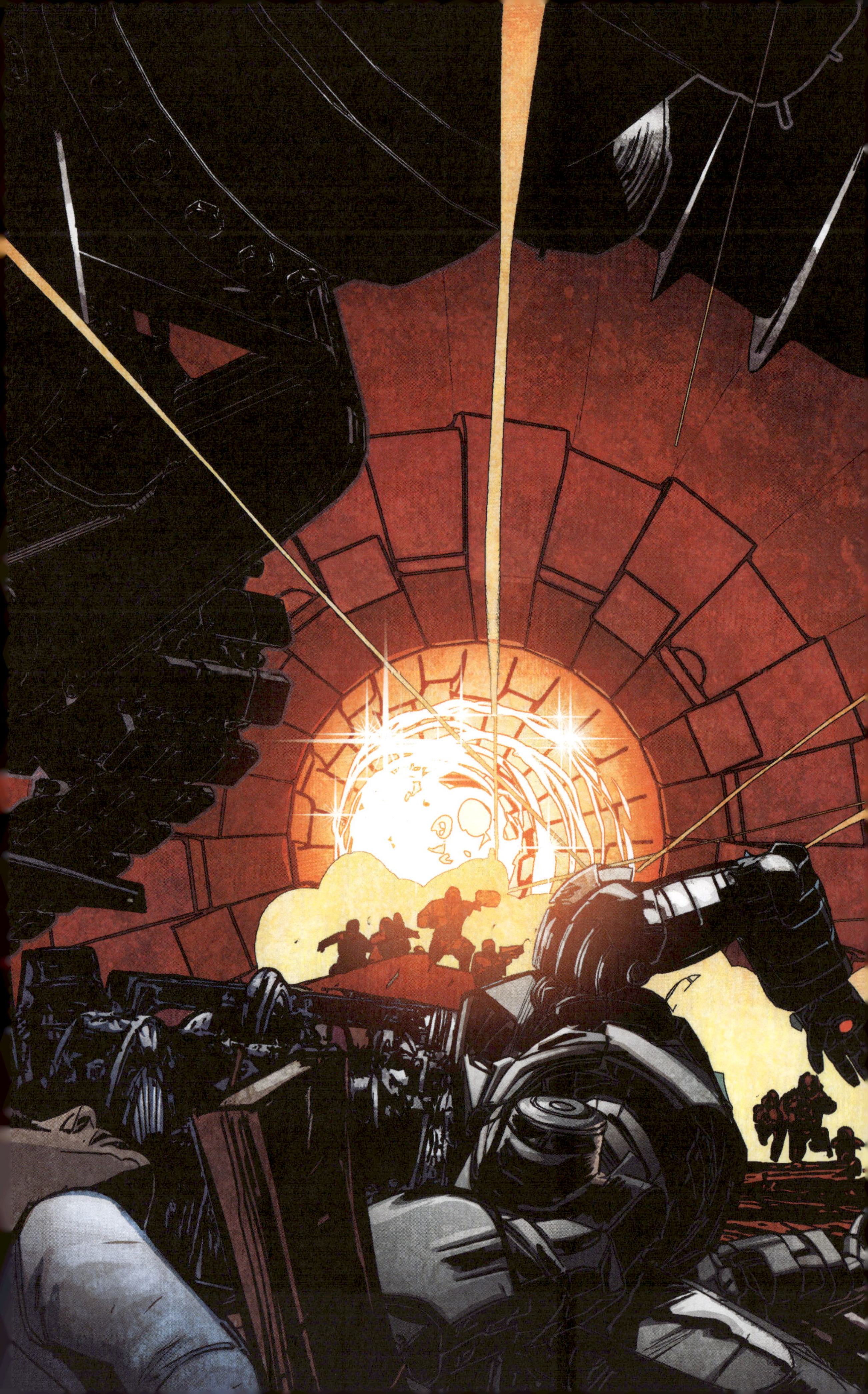

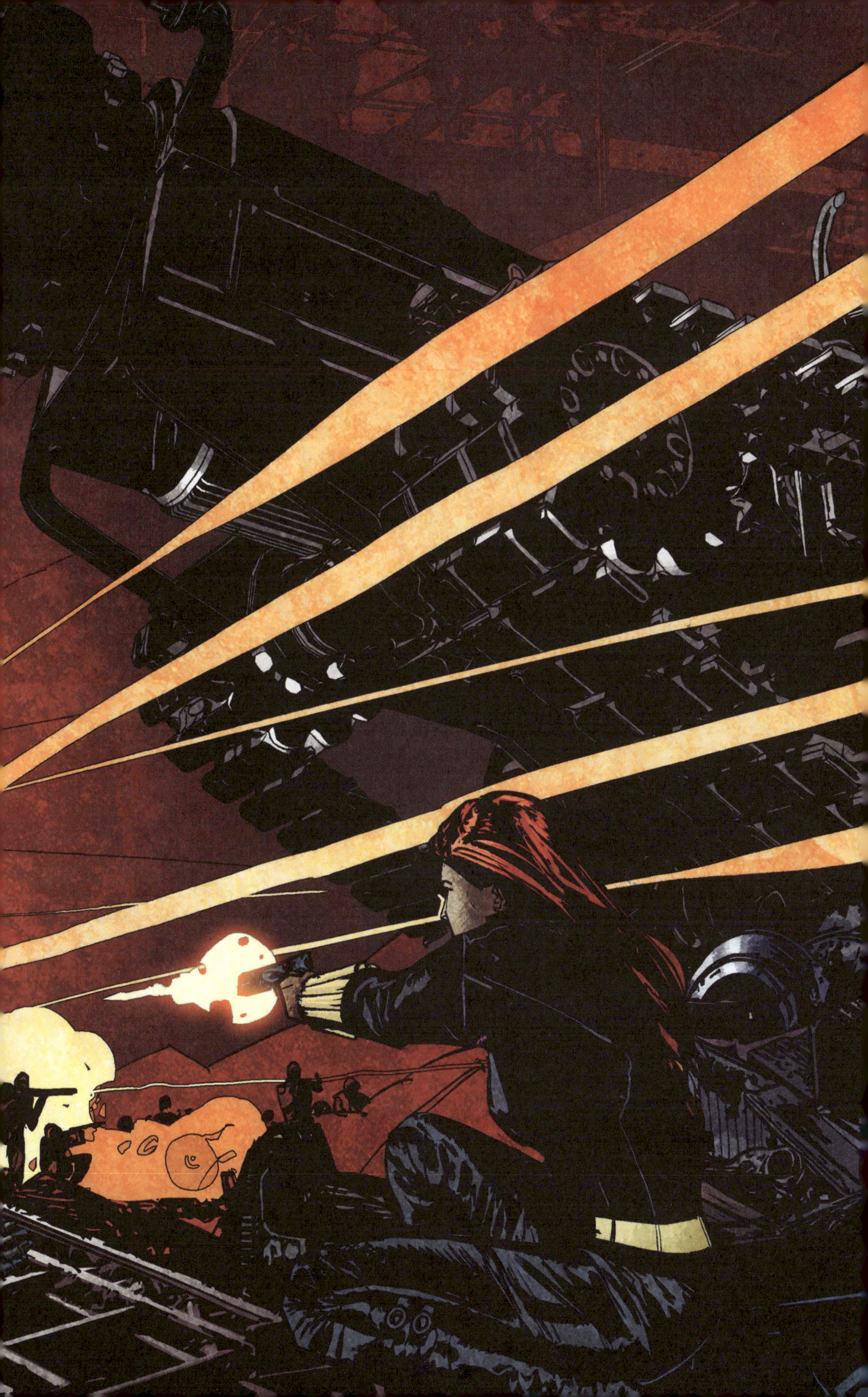

WIDOW ... DU MUSST ... FLIEHEN ...

RHODEY, GEH IN DECKUNG ...

ZU SPÄT ...

HIER. EINE FLUCHTSCHLEUSE. ROTER KNOPF.

BENUTZ SIE, RHODEY!

ZU SPÄT FÜR MICH ...

DU MUSST--

SCHON VON DER RÜSTUNG GELÖST ... FUNKTIONIERT NICHT MEHR BEI MIR ...

ICH STERBE ... TU ES ...

OKAY, OKAY ... KEINE AHNUNG, WAS ES IST, ABER ICH HOL DAMIT HILFE.

HALT DURCH!

JAMES RHODES, SHARON CARTER und STEVE ROGERS sind tot.

POINT ZERO
EVJE, NORWEGEN

WAS?!

NEIN.

FLUCHT-SCHLEUSE.

KANN MICH KAUM ERINNERN, WANN ICH ZULETZT HIER WAR. SO SCHÖN.

VERDAMMT, HENRY McCOY! WARUM ERKLÄRST DU SO LANGWEILIG, DASS ICH BEI DEM ZEITREISE-GEREDE NICHT ZUGEHÖRT HABE!

ZERO MINUS FÜNF JAHRE
TRIEST, ITALIEN

OKAY, ICH BIN ALSO FÜNF JAHRE IN DER VERGANGENHEIT UND DIE EVJE-MISSION HAT NOCH NICHT STATTGEFUNDEN. ICH HAB ALSO ZEIT, DIE NÄCHSTEN SCHRITTE ZU PLANEN.
WIE FUNKTIONIERST DU?
WILLKOMMEN BEI IHRER NEUEN FLUCHTSCHLEUSE. FÜR IHREN KOMFORT BIN ICH SPRACHGESTEUERT.
WARNUNG: ORTSÄNDERUNGEN IN PRÄ-GPS-ZEITEN KÖNNEN UNGENAU SEIN.
WARNUNG: ZEITKONTINUITÄT MUSS ERHALTEN WERDEN.
HALLO
ICH HABE VOREINGESTELLTE RAUM-ZEIT-RAHMEN IM SYSTEM. WOLLEN SIE MEHR DARÜBER ERFAHREN?
ICH WILL WISSEN, WOHER DU KOMMST.
VORPROGRAMMIERUNG 2: „GRAF" OSCAR KHRONUS, ZEITSPEZIALIST, BEGINNT DIE ARBEIT BEI ZERO MINUS 44 JAHREN.
DAS IST KEINE ANTWORT. DER VERSCHWAND VOR 40 JAHREN. WARUM BIN ICH HIER?
VORPROGRAMMIERUNG 1: VILLA VEDOVA. GROSSE MENGEN AN GELD, GOLD, WAFFEN UND DOKUMENTEN.
ICH BIN HIER VOR SECHS JAHREN FORT UND HAB DIE VILLA FERNGESTEUERT VOR DREI JAHREN GESPRENGT, UM BEWEISE ZU VERNICHTEN.
WARUM SPRINGE ICH NICHT EINFACH FÜNF MINUTEN VOR DEN ANGRIFF UND TÖTE ALLE?
WARNUNG: ZEITKONTINUITÄT MUSS ERHALTEN WERDEN.
ICH MUSS ALLE STERBEN LASSEN?
VORPROGRAMMIERUNG 3: HENRY McCOYS LABOR. ZERO MINUS EIN MONAT.
ICH SOLL MIT HENRY SPRECHEN UND IHM SAGEN, WAS GESCHEHEN IST? ODER GESCHEHEN WIRD?

WARNUNG: ZEITKONTINUITÄT MUSS ERHALTEN WERDEN.

NEIN, DAS WÄRE SCHLECHT

ICH HASSE DICH.

OKAY, OSCAR KHRONUS HAT JAHRELANG VERSUCHT, AN GELD FÜR SEINE ZEITREISEFORSCHUNGEN ZU KOMMEN UND IST DANN VERSCHWUNDEN.

VORPROGRAMMIERUNG 2: „GRAF" OSCAR KHRONUS, ZEITSPEZIALIST, BEGINNT DIE ARBEIT BEI ZERO MINUS 44 JAHREN.

HAST DU SCHON GESAGT.

VILLA VEDOVA. GROSSE MENGEN AN GELD, GOLD, WAFFEN UND DOKUMENTEN.

ICH HASSE...

...DICH.

ZERO MINUS EIN MONAT
HENRY McCOYS LABOR

HENRY?

NATASHA.

ICH HAB 'NE FRAGE ZU ZEITREISEN.

ZEITREISEN? MEIN LIEBLINGSTHEMA.

SEUFZ.

ALSO... EINE FREUNDIN HATTE EINEN ZEITREISENDEN IM TEAM. BEI EINER MISSION STARB DER ZEITREISENDE.

GENAU GENOMMEN STARB DAS GANZE TEAM-- AUSSER IHR.

FRAGE: HÄTTE DER ZEITREISENDE ÜBERLEBT, KÖNNTE ER SEIN TEAM RETTEN?

IN DER ZEIT ZURÜCKREISEN UND ALLES VERÄNDERN?

DU STELLST DIR SICHER VOR, DER ZEITREISENDE KÖNNTE ZWEI KNARREN HOLEN UND EINE MINUTE, BEVOR ES GESCHIEHT, HINTER DEN SCHURKEN AUFTAUCHEN UND BOOM!

GINGE DAS?

ETWAS BRUTAL UNGESCHEHEN MACHEN, IST WIE DYNAMIT IN EINEN TEICH WERFEN: GROSSE WELLEN, UNKONTROLLIERBARE SPRITZER.

DER ZEITFLUSS MUSS ERHALTEN WERDEN.

WAS NACH DEM SPRUNG PASSIERT, KANN VERÄNDERT WERDEN, DENN ES IST NOCH NICHT GESCHEHEN.

ABER MAN KANN NIE DAHIN REISEN, WO DANN EINE PERSON ZWEIMAL GLEICHZEITIG EXISTIERT.

ICH HASSE ZEITREISEN.

ES IST EINE KOMPLIZIERTE SACHE.

WENN ÜBERHAUPT, DANN MUSS MAN DIE ZEIT SO VERÄNDERN, DASS ES ERSCHEINT, ALS HÄTTE MAN DIE ZEIT NICHT VERÄNDERT.

RED WEITER.

ZERO MINUS EINE WOCHE
EVJE, NORWEGEN

HAST DU 'NEN WAFFENEXPERTEN PROGRAMMIERT?

HARRY GRINDELL „DEATH-RAY" EVANS.

WARUM DER? ICH HASSE DICH!

ZERO MINUS 44 JAHRE
REPUBLIK ÖSTERREICH

BLACK WIDOW
von Warren Ellis
Gezeichnet von Alex Maleev

KONGO GUT AUTO FÄHRT.

JA, MEIN FREUND, ABER LAUT NACHRICHT SOLLEN WIR HIER HALTEN ...

BLACK WIDOW
von Warren Ellis
Gezeichnet von Alex Maleev

BLACK WIDOW
von Warren Ellis
Gezeichnet von Alex Maleev

NATALIA ROMANOVA! DIE SOWJETAGENTIN! KONGO! TÖTE SIE!

JA, MEIN GRAF. KONGO GUT TÖTET.

ER IST KEIN GRAF.

BLACK WIDOW
von Warren Ellis
Gezeichnet von Alex Maleev

KONGO TROTZDEM LOSER! AAAAA!

HA! KONGO HAND HAT! KONGO GUT KÄMPFT!

AAAAA! AAAAAAAA!

BLACK WIDOW! HIER!

BLACK WIDOW
von Warren Ellis
Gezeichnet von Alex Maleev

MEINE ZEIT-KANONE SCHICKT DICH ZU DEN DINOSAURIERN!

AAAAAAA! WAS WILLST DU DENN VON MIR, WEIB??

BLACK WIDOW
von Warren Ellis
Gezeichnet von Alex Maleev

DASS DU FÜR MICH ARBEITEST.

ICH WILL, DASS DU VERSCHWINDEST. DAFÜR GEBE ICH DIR MEHR GELD, ALS DU JE GESEHEN HAST, DAMIT DU MIR EINE ZEITMASCHINE BAUST.

ABER ...

... MEHR WOLLTE ICH NIE!

ALSO ... EINVERSTANDEN?

ZERO MINUS SECHS JAHRE
GOGOGOGOCH, CYMRU

DIES IST MEIN TRAUERRAUM, WO ICH BESOFFEN BEWEINE, DASS ES NICHTS MEHR GIBT, WAS SICH ZU TÖTEN LOHNT.

NATALIA ROMANOVA, STÖR NICHT MEINE KRISE!

SAG MIR ALLES ÜBER DIESE WAFFE, HARRY.

WENN DU SIE KOPIERST ODER SIE ODER TEILE VON IHR VERKAUFST, DANN GNADE DIR GOTT!

ICH ZAHLE IN GOLD.

OH, JA. DU BRINGST MICH ZUM LÄCHELN. ABER ... KANNST DU TERRORISTEN WIE MICH FINANZIEREN?

KEINER WIRD ES JE ERFAHREN.

VON MIR JEDENFALLS NICHT. ICH KANN'S KAUM ERWARTEN, DAS DING AUSZUPROBIEREN ...

ZERO MINUS FÜNF JAHRE
NEW YORK CITY, USA
-- UND WEIL DAS ZEITFENSTER KLEIN WAR, HABEN WIR DIE MISSION OHNE GROSSE AUFKLÄRUNG IN ANGRIFF GENOMMEN. HELFEN SIE MIR, MR. LUDGATE?
SIE REDEN ÜBER DAS SHADOW COUNCIL UND DAS, WAS ES VEREHRT ...
SIE KENNEN ES?
JA. ABER SAGEN SIE MIR, WARUM GEHEN SIE DAMIT NICHT ZU IHREM FREUND, DR. STRANGE?
SIE HABEN DEN RUF, ETWAS ... PRAGMATISCHER ZU SEIN ALS ER ...
VORPROGRAMMIERUNG 4: DR. ANTHONY LUDGATE ALIAS DR. DRUID. ZEIT: 36 STUNDEN VOR SEINEM TOD.
(ZU ASCHE VERBRANNT VON DAIMON HELLSTROM.)
WIE SCHLIESSE ICH DAS PORTAL? UND ICH HABE KEINE AHNUNG VON MAGIE ...
MAGIE, MS. ROMANOVA, IST EIN PHYSIKALISCHER EFFEKT, ERZEUGT DURCH WILLE UND KUNST.
ICH KÖNNTE IHNEN EINEN ZAUBERSPRUCH UND EIN TOTES HUHN GEBEN, UM DAS PORTAL ZU SCHLIESSEN. ABER EINE ATOMBOMBE KÖNNTE ES AUCH.
WIRKLICH? ICH HABE MAGIER GESEHEN, DIE SICH-- ICH WEISS NICHT-- MIT STRAHLEN ANGRIFFEN.
JA, SIE VERSTRAHLEN SICH ... WIR BENUTZEN NUR ZUSÄTZLICH EINE GEWISSE IKONOGRAFIE UND EFFEKTE, UM DIE KRAFT ZU VERSTÄRKEN.
WAS SIE WISSEN MÜSSEN, IST, WIE MAN DAS PORTAL SO VERSTRAHLT, DASS ES SICH AUFLÖST ...

ZERO MINUS SECHS MONATE WASHINGTON, D.C.

-- IST ES GANZ EINFACH, GENERAL: SIE BEFEHLEN, DAS GERÄT IN WAR MACHINES RÜSTUNG EINZUBAUEN ODER ICH VERÖFFENTLICHE DAS VIDEO, WIE SIE--

NEIN, NEIN ... WAS IMMER SIE WOLLEN.

WIE LANGE MACHE ICH DAS NUN?

ICH WURDE AKTIVIERT VOR SIEBEN WOCHEN, VIER TAGEN, SECHZEHN STUNDEN UND--

ICH HASSE DICH.

ZERO MINUS ACHTUNDDREISSIG JAHRE CICADE KANG, BRASILIEN

HIER! VERSION ZWÖLF MEINES PERSÖNLICHEN ZEITREISEGERÄTS!

ES IST SO GROSS WIE EIN BUS!

DU HÄTTEST VERSION NEUN SEHEN SOLLEN. KANNST DU NOCH ... ICH KRIEG SIE NICHT AUS DEM KELLER RAUS.

ICH BRAUCH'S AM HANDGELENK, KHRONUS.

DAS WIRD NOCH. ABENDESSEN?

KONGO GUT KOCHT.

ZERO MINUS FÜNF JAHRE

DIE WAFFE IST KOMPLIZIERTER, ALS SIE AUSSIEHT ... GAB ES IRGENDWELCHE EINTRITTSWUNDEN?

ICH GLAUBE NICHT.

KEIN WUNDER. DER STRAHL IST NICHT DIE WAFFE, NUR DIE LEITLINIE ... WIE EINE RÖHRE.

"DER STRAHL MISST EINFACH NUR DIE ENTFERNUNG ZUM ZIEL."

"DIE WAFFE SCHIESST EINE WINZIGE KUGEL AUS PHASENVERSCHOBENER MATERIE IN DAS ZIEL, WO SIE EXPLODIERT."

"OKAY, DANN IST KLAR, WAS ICH BRAUCHE ..."

ZERO MINUS DREISSIG JAHRE

"VIEL ZU GROSS."

"ABER ICH BRAUCHE DEN COMPUTER, UM DIE BEWEGUNG DES PLANETEN IN DER RAUMZEIT ZU BERECHNEN, SONST--"

"-- SPRINGE ICH INS VAKUUM, ICH WEISS. GOTT BEWAHRE UNS VOR MÄNNERN, DIE GERN TECHNIK ERKLÄREN."

ZERO MINUS VIER JAHRE

"MAL WAS NEUES ... EINE ART, HMMM ... EINE ART VERDÜNNER?"

"DU WIRST DEINEN SPASS HABEN. HIER SIND DIE WERTE ..."

"DAS IST WIRKLICH EINE FREUDE. ETWAS VON OKKULTER DIMENSION AUFZULÖSEN, MACHT SPASS."

ZERO MINUS VIERUNDZWANZIG JAHRE

"VERSION ZWEIHUNDERTNEUNUNDVIERZIG."

"BESSER. SPRECHEN WIR ÜBER SPRACHSTEUERUNG UND AUFZEICHNUNG. ABER ZUERST: WEIN."

"KONGO WEIN MAG. KONGO HÄLT 'TALIA FEST."

"DIESMAL KEINE RIPPE BRECHEN, JA?"

ZERO MINUS DREI JAHRE

"NETTE HÜTTE IST DAS HIER."

"IST ES FERTIG?"

"JA. AKTIVIERE DAS GERÄT, DANN ZEIGT DER BILDSCHIRM DREI BUTTONS."

"NUMMER EINS VERSTELLT ALL DIESE WAFFEN IN REICHWEITE IN BETÄUBUNGSMODUS."

"ES TUT IMMER NOCH HÖLLISCH WEH UND MAN WIRD BEWUSSTLOS. MEHR KANN ICH NICHT TUN."

"NUMMER ZWEI: ÜBERLADUNG. DANN DRÜCK NUMMER DREI UND WIRF DAS GERÄT SO WEIT WEG WIE MÖGLICH."

"SEHR GUT. WEISST DU, WARUM DU'S HIERHERBRINGEN SOLLTEST?"

"ICH DACHTE, DU WILLST HIER EINFACH MAL URLAUB MACHEN..."

"NEIN. ICH BIN GERADE IN AMERIKA UND MIR WURDE KLAR, ICH MUSS EINE MENGE DOKUMENTE UND MATERIAL VERNICHTEN."

"DU BIST GERADE IN AMERIKA?"

"EHRLICH. UND ICH SPRENGE DIESES ANWESEN JETZT FERNGESTEUERT."

"DENN DU HATTEST RECHT, HARRY: ICH KANN TERRORISTEN NICHT FINANZIEREN. AUSSERDEM HAB ICH ENTDECKT, DASS DU DIE WAFFE ANS COUNCIL VERKAUFT HAST."

"LEB WOHL."

ZERO MINUS VIER JAHRE

COUNT OSCAR KHRONUS

TUT MIR LEID.

KONGO OKAY IST.

DER GRAF GLÜCKLICH WAR. VIERZIG JAHRE.

HATTE ARBEIT, HAUS, GELD, ZEIT.

GRAF IMMER SAGTE: 'TALIA GAB UNS BESTES LEBEN.

ALLES FERTIG IST. IM HAUS LIEGT.

KONGO GIFT GENOMMEN HAT. SCHLÄFT HIER MIT GRAF.

LEB WOHL, 'TALIA. UND DANKE.

...

LEB WOHL, KONGO.

UND DANKE.

ZERO MINUS DREISSIG SEKUNDEN
EVJE, NORWEGEN

POINT ZERO

ZERO PLUS EINE SEKUNDE

HA. WAR DAS WARTEN WERT.

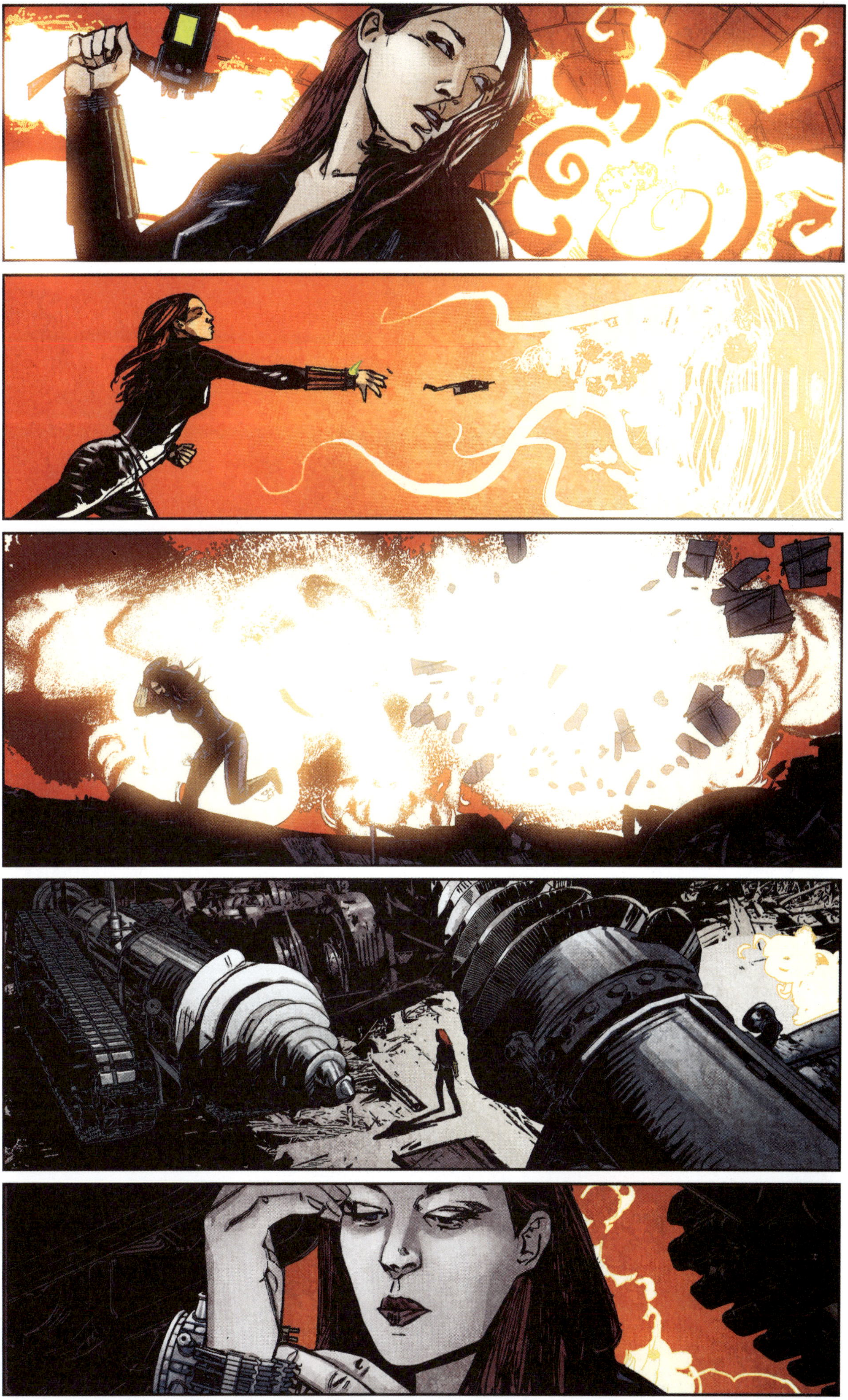

MISSION ERFÜLLT.
ICH WAR AKTIVIERT FÜR 18 WOCHEN, ZWEI TAGE, NEUN STUNDEN UND DREI MINUTEN. LEB WOHL.
UUUHHH ...
'TASHA ... BIST DU DAS?
WAS IST PASSIERT?
IHRE WAFFEN SIND EXPLODIERT. WAHRSCHEINLICH UNGETESTETE GEWEHRE. WIR HATTEN GLÜCK.
JA, MANCHMAL KÖNNEN WIR NUR MIT GLÜCK DIESE MISSIONEN SCHAFFEN.
UND DAS?
RÜCKSTOSS, ALS IHRE WAFFEN HOCHGINGEN.
TJA, SO KANN MAN EINEN TUNNEL ZUR HÖLLE AUCH VERSCHLIESSEN.
UND WAS IST MIT--?
FING BEI DER AKTIVIERUNG FEUER. AUCH UNGETESTET.
TJA, WIR HABEN'S JA WOHL NICHT GEBRAUCHT.
JA ...
ENDE

VORSPIEL IM SCHNEE

von Christian Endres

2011 stellte Marvel das Konzept **Point One** (sprich: „Punkt Eins") vor. Im Zuge dieser Initiative erschienen im Sommer jenes Jahres in den Staaten zu vielen Marvel-Serien erstmals zusätzliche Sonderausgaben, die an die parallel anstehende Heftnummer des jeweiligen Monats ein .1-Suffix dranhingen, also z. B. *Avengers* 12.1 oder *Amazing Spider-Man* 654.1. Doch es gab selbst *Ghost Rider* 0.1, das noch vor der ersten US-Ausgabe der neuen Rider-Serie einsetzte. In den Extraheften wurden gute Einstiegspunkte für Neuleser generiert und künftige Storylines oder sogar neue Titel vorbereitet, initiiert und angerissen. Ende 2011 erschien schließlich ein erster *Marvel Point One*-Heft-Sampler mit einem halben Dutzend Kurzgeschichten, der verschiedene Storylines und Serien in die Wege leitete, die 2012 Marvel-Fans in Atem halten sollten. Sogar das Crossover-Event **Avengers vs. X-Men** wurde durch eine Kurzgeschichte mit dem neuen **Nova** Sam Alexander angestoßen.

Auch 2014 gab es eine solche Point One-Publikation, diesmal unter dem Titel *All-New Marvel NOW! Point One*. Damit stieß man die nächste Welle neuer Serien der Ära **Marvel NOW!** an, die 2012 begonnen hatte. **Natasha** war bis dahin hauptsächlich in Autor **Jonathan Hickmans** viel beachteter AVENGERS-Serie und dem dazugehörigen kosmischen Event INFINITY, aber auch in der Rächer-Schwesterserie AVENGERS – DIE RÄCHER von Kreativen wie **Brian Michael Bendis**, **Kelly Sue DeConnick**, **Mark Bagley** und **Stefano Caselli** aufgetreten. 2014 sollte **Black Widow** endlich wieder eine eigene fortlaufende Serie bekommen, und auf die wurde mit einer Kurzgeschichte bzw. einem Serien-Prolog in *All-New Marvel NOW! Point One* eingestimmt.

Als Autor der neuen BLACK WIDOW-Serie, die es bis 2015 auf 20 US-Hefte bringen sollte, fungierte **Nathan Edmondson**. Er hatte sich damals mit den von ihm ersonnenen, unabhängigen Spionage-Comic-Serien *Who Is Jake Ellis?* und *Where Is Jake Ellis?* einen Namen gemacht, daneben schrieb er noch PUNISHER, ULTIMATE COMICS: IRON MAN, ULTIMATE COMICS: X-MEN und *Tom Clancy's Splinter Cell: Echoes*. Zudem war der Amerikaner in der internationalen Politik tätig, bevor er Comics schrieb, und später Mitbegründer der Sicherheitsfirma *ALLIED Special Operations*. Edmondson weiß also durchaus, wie es im Geschäft der Söldner und Agenten zugeht. Heute ist er übrigens eine zentrale Figur der Non-Profit-Organisation *EDGE – Ecological Defense Group*, die sich dem Schutz der afrikanischen Wildnis verschrieben hat.

Zeichner **Phil Noto** war über ein Jahrzehnt lang als Animationszeichner für Disney tätig gewesen, wo er an den Zeichentrickfilm-Klassikern *Der König der Löwen*, *Pocahontas*, *Der Glöckner von Notre Dame*, *Mulan*, *Tarzan* und *Lilo & Stitch* mitwirkte. Danach zog es ihn in die Werbung, und von dort aus zum Comic. Hier visualisierte Noto in seinem unverkennbaren Stil, für den er analoge und digitale Techniken mischt, Comics zur Spy-Comedy-Fernsehserie *Chuck*, AVENGERS, INHUMANS: ERBEN DER MACHT, DAREDEVIL: DER TOD VON DAREDEVIL, allerhand STAR WARS-Comics und viele Titelbilder.

JÄGER

Autor: Nathan Edmondson
Künstler: Phil Noto
Übersetzung: Carolin Hidalgo
Lettering: Gianluca Pini

NÖRDLICH VON MOSKAU

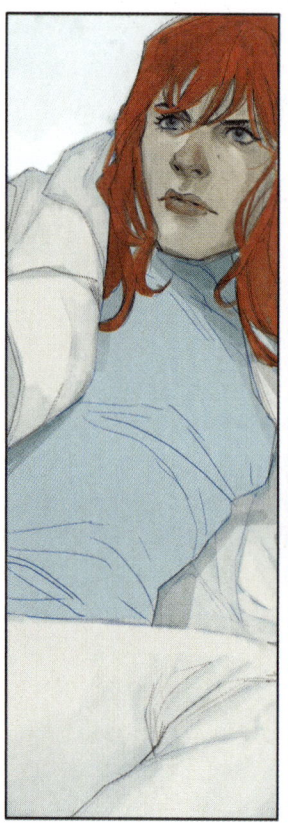

WAS FÜR EIN RAUBTIER ICH BIN?

LEB WOHL, BLACK WIDOW.

UND IST MAN NOCH EIN RAUBTIER...

...WENN MAN ZUR BEUTE WIRD?

LASST MICH ERKLÄREN, WAS VOR DREI STUNDEN PASSIERT IST...

VOR DREI STUNDEN, MOSKAU

ALSO, WAS FÜR EIN RAUBTIER BIN ICH?

EINSAM WIE EIN WOLF... ABER ICH BIN KEIN WOLF.

ICH ERSPÄHE MEINE BEUTE...

... VON WEITEM.

WIE EINE SCHLANGE...

... FOLGE ICH MEINER BEUTE--

OH, TOLL.

ABER NICHT SO KALTBLÜTIG.

EHER WIE...

... EIN RAUB-
VOGEL.

ABER ICH STÜRZE
MICH NICHT BLIND-
LINGS DRAUF.

ICH PLANE VORAUS.

WAS FÜR EIN RAUBTIER BIN ICH?

ZIEMLICH WEITER WEG ZU EINEM POLIZEIREVIER.

ES GIBT ANDERE, DIE DICH SPRECHEN WOLLEN.

ACH JA? MEHR *KORRUPTE* AGENTEN WIE DU, ODER...?

HAB MAL GELESEN, DASS EIN LEOPARD BEUTE, DIE SECHSMAL MEHR WIEGT ALS ER, 20 METER AUF EINEN BAUM ZIEHEN KANN.

ACH JA?

SO EINE ANIMALISCHE KRAFT HABE ICH NICHT.

HEY!

JETZT BIN ICH DIE...

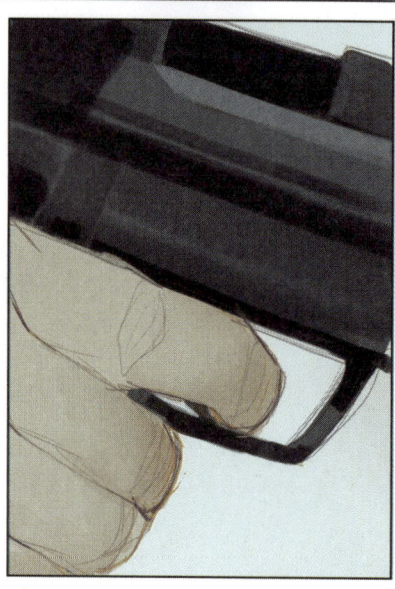

... BEUTE.

LEB WOHL, BLACK WIDOW.

ODER SOLLTE ES NUR...

VOR WENIGER ALS DREI STUNDEN

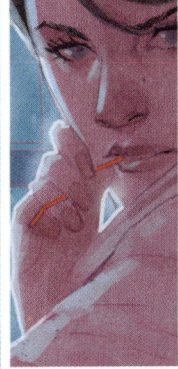

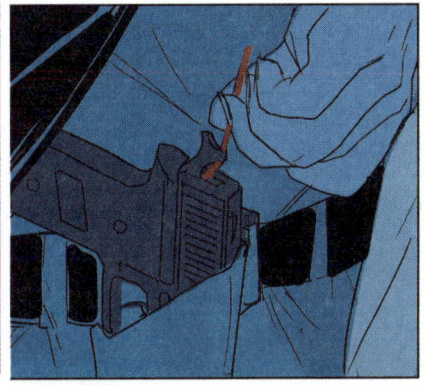

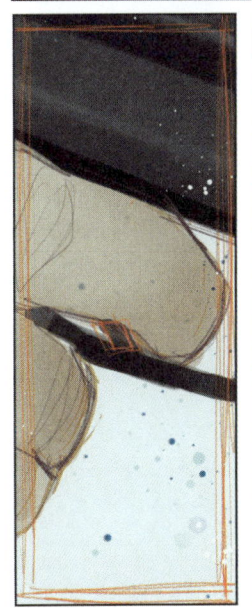

... SO AUSSEHEN?

ch.POW!

NEIN! NEIN!

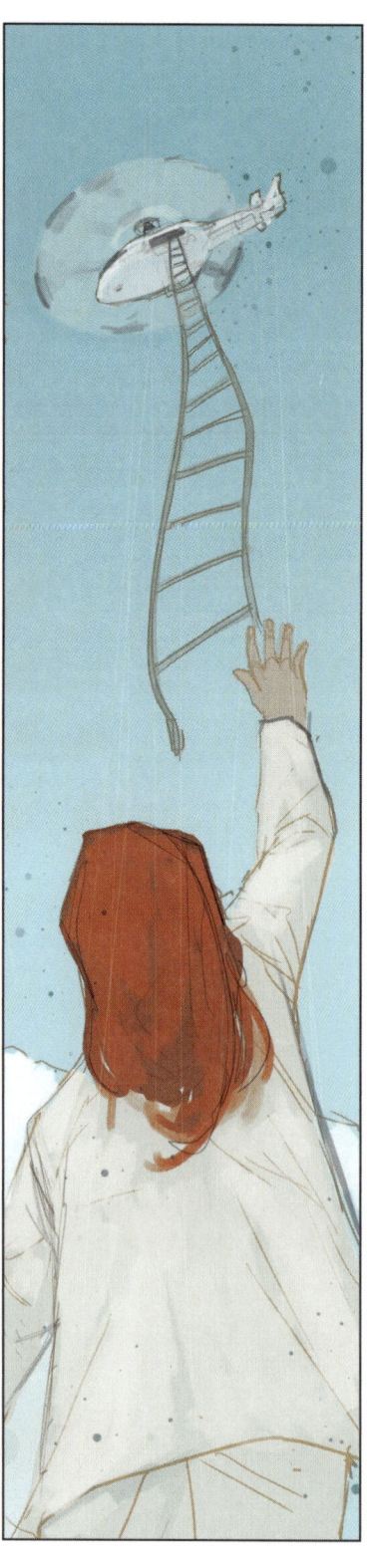

HIER IST DIE ROTE KÖNIGIN. DER WEISSE LÄUFER IST BEREIT ZUM ABTRANSPORT.

MEINE HAND!

HÖR AUF ZU WINSELN. STIRBST SCHON NICHT.

Panel 1:

— DAS GELD IST GUT, NATASHA, ABER NIMM MAL JOBS IN DEN TROPEN AN, OKAY?

— DIE RUSSISCHEN BEHÖRDEN GLAUBEN, ICH HÄTTE EINEN IHRER AGENTEN GETÖTET, ISAIAH. DAS WETTER IST MIR GERADE EGAL...

DEINE SUPERKRAFT IST ES, DINGE IM GEHEIMEN ZU ERLEDIGEN.

Panel 2:

— ABER NEW YORK ZU VERLASSEN, UM DEN LOHN PERSÖNLICH ABZUHOLEN, MISSFÄLLT MIR.

— ICH WÄHLE JOBS NICHT DANACH AUS, WAS FÜR DICH ANGENEHM IST. DAS GELD HILFT DEN LEUTEN AUS MEINER VERGANGENHEIT. DER AGENT BEKAM, WAS ER VERDIENT HAT.

— VIELLEICHT SOLLTEST DU WIEDER HIERHERZIEHEN.

— ICH ARBEITE NICHT FÜR EINE PERSON, AGENTUR ODER INITIATIVE.

Panel 3:

— ICH TU NUR BUSSE.

UND DIE ART RAUBTIER BIN ICH.

Panel 4:

KONFLIKTBELADEN, TÖDLICH, ALLEIN... FÜR IMMER.

DAS IST MEINE NATUR.

SCHULD UND SÜHNE

von Christian Endres

Nach der Kurzgeschichte, die den Ton und den Look festgesetzt hatte, legten **Nathan Edmondson** und **Phil Noto** mit ihrer BLACK WIDOW-Serie los. 2014 und 2015 schufen sie einen exzellenten und nicht allein grafisch herausragenden Spionage-Thriller im Kosmos der Marvel-Superhelden. Als Aufhänger der ebenso spannenden wie actionreichen, auf vielen Ebenen intensiven Handlung, diente eine **Natasha**, die für die Taten ihrer Vergangenheit und für ihre Sünden als Agentin und Killerin des KGB Buße tun will. Denn nur so kann sie irgendwie wieder mit sich selbst ins Reine kommen, sich wieder problemlos im Spiegel betrachten. Auf der Suche nach Wiedergutmachung und Erlösung geht Natasha abseits der **Avengers** auf Solomissionen als SHIELD-Agentin sowie als freischaffende Söldnerin. Ihr Bestreben, Gutes zu tun, führt sie um die ganze Welt – nach Dubai, Tschechien, Argentinien, Südafrika, Shanghai, Frankreich, Costa Rica und Deutschland.

Unterwegs trifft Nat ihre ehemaligen Lover **Daredevil**, **Hawkeye** und **Winter Soldier**, den damaligen Captain America **Sam Wilson**, **Wolverines** Klon X-23 **Laura Kinney**, SHIELD-Chefin **Maria Hill**, **Tony Stark** und den Verbrecherjäger **Punisher** Frank Castle, der in jenen Tagen nach Kalifornien umgezogen war. Durch ihre Missionen macht sich die auf Verkleidungen, Nahkampftechniken, Spionage und alle möglichen Waffentypen spezialisierte Natasha außerdem einen mächtigen neuen Feind, der vor nichts zurückschreckt und ihre Vergangenheit voller Sünden (sozusagen die Leichen in ihrem Keller) gewissenlos gegen unsere Heldin verwendet. Am Ende war die Serie, die 2020 auf Deutsch in einem überformatigen Komplettsammelband neu aufgelegt wurde, sogar in das aus der AVENGERS-Serie von Autor **Jonathan Hickman** entstandene Mega-Crossover **Secret Wars** eingebunden. In dem kollidierten die Realitäten des Marvel-Multiverse eine nach der anderen und wurden vorübergehend zerstört, weshalb kurz vor dem Ende aller Dinge möglichst viele Menschen auf Hightech-Archen verfrachtet wurden.

Edmondsons und Notos Inkarnation war – Stand 2020 – die am längsten fortlaufende BLACK WIDOW-Soloserie, und das hat seinen Grund. Trotz der Gastauftritte bekannter Marvel-Charaktere, alter Feinde aus lange zurückliegenden Geschichten der Widow-Mythologie oder eben dem Crossover-Rahmen des Serienfinales, waren Tashas Abenteuer als Agentin und Söldnerin auf eigene Rechnung immer ohne Spezialwissen für jeden Leser zugänglich. Edmondson ging es in erster Linie um seine Hauptfigur – um das, was sie antreibt, und um einen erstklassigen, harten Spionage-Thriller vor der Kulisse des Marvel-Universums. Und Notos Linien und Farben sind sowieso etwas ganz Besonderes. Es überrascht einen manchmal geradezu, dass er mit seinem vermeintlich leichten, sanften Artwork problemlos Gewalt und Schmerz abzubilden vermag. Womöglich ist es aber auch gerade der Warm-Kalt-Kontrast in Schrift und Bild, der Phil Notos und Nathan Edmondsons Interpretation der Spionin so gut machte und macht ...

RAISON D'ÊTRE

Autor: Nathan Edmondson
Künstler: Phil Noto
Übersetzung: Carolin Hidalgo
Lettering: Gianluca Pini

BERLIN

ICH WEISS GAR NICHTS ÜBER DICH. DICH KÖNNTE DIE POLIZEI GESCHICKT HABEN.

DU KÖNNTEST EINER VON DEN "GUTEN" DA UNTEN SEIN UND MICH VERHAFTEN WOLLEN.

ICH BIN ALLES ANDERE ALS "GUT". ICH BIN KEINE VON DENEN. HÖRST DU'S NICHT? ICH BIN WIE DU AUS RUSSLAND.

ABER DU KANNST NICHT BEWEISEN, DASS DU NICHT ZU DENEN GEHÖRST. ICH SOLL DIR GLAUBEN, DASS DU MICH HIER RAUSHOLEN WILLST, ABER ICH *KENN* DICH NICHT.

ICH SAG DIR, WER ICH BIN, YURI.

"MIT ZWÖLF HABE ICH IN RUSSLAND MEINE EIGENEN ELTERN GETÖTET."

"WARUM HAST DU DAS GETAN?"

"WEIL ICH SCHON IN DEM ALTER KEIN GUTER, SONDERN EIN SCHLECHTER MENSCH WAR."

"ICH WURDE KRIMINELL."

BANG

"ICH WURDE TEIL DER UNTERWELT.

"DAS WAR KEIN ZUCKERSCHLECKEN. NUR WER KNALLHART WAR, HAT ÜBERLEBT.

"ICH HABE EINEN DER DAMALS MÄCHTIGSTEN DROGENDEALER GEHEIRATET.

"HIELT NICHT LANGE.

"HAB IHN MIT 'NER ANDEREN FRAU ERWISCHT UND SIE BEIDE ENTSORGT.

"DANN MACHTE ICH MICH SELBSTSTÄNDIG UND TAT, WAS ICH KONNTE. SEI ES FÜR SICHERHEIT...

"... ODER GELD."

UND GENAU DAS TUE ICH GERADE.

FÜR GELD ARBEITEN.

WEDER DU NOCH IRGENDWER DA DRAUSSEN INTERESSIERT MICH.

ABER DEINE ARBEITGEBER WOLLEN NICHT, DASS DIESE SITUATION PEINLICH WIRD, ALSO SOLL ICH DICH RAUSHOLEN.

BIST DU SO GUT?

OH JA, BIN ICH.

DU HILFST MIR RAUS?

JA, DU HAST MEIN WORT ALS LANDSMÄNNIN DARAUF.

OKAY...

CLICK

UND WER BIST DU?

ZÜNDER.

SICHER, DASS DAS--

BIN ICH.

BBRRRRRRRAAAAATTT

HALT, WIR SOLLEN DA RAUS-- ETWA DURCHS FENSTER--?

DA SIND ÜBERALL BULLEN.

HEY, HEY, WAS *MACHST* DU DA?

ICH LIEFER DICH DEN "GUTEN" AUS.

VERDAMMTE LÜGNERIN!

DU MACHST EINEN RIESENFEHLER. WEISST DU, FÜR WEN ICH ARBEITE? ICH VERRATE IHNEN, WER DU BIST. *CHAOS* WIRD DICH KRIEGEN. ICH SAG IHNEN, WIE SIE DICH *FINDEN* KÖNNEN UND DANN--

ACH JA? UND WIE?

DURCH DEINE LEBENSGESCHICHTE.

DA DIE FREI ERFUNDEN WAR...

...HILFT SIE DIR KEIN STÜCK.

ÜBRIGENS...

"*NIEMAND* KENNT MEINE WAHRE GESCHICHTE."

"DER KLIENT HAT PÜNKTLICH BEZAHLT."

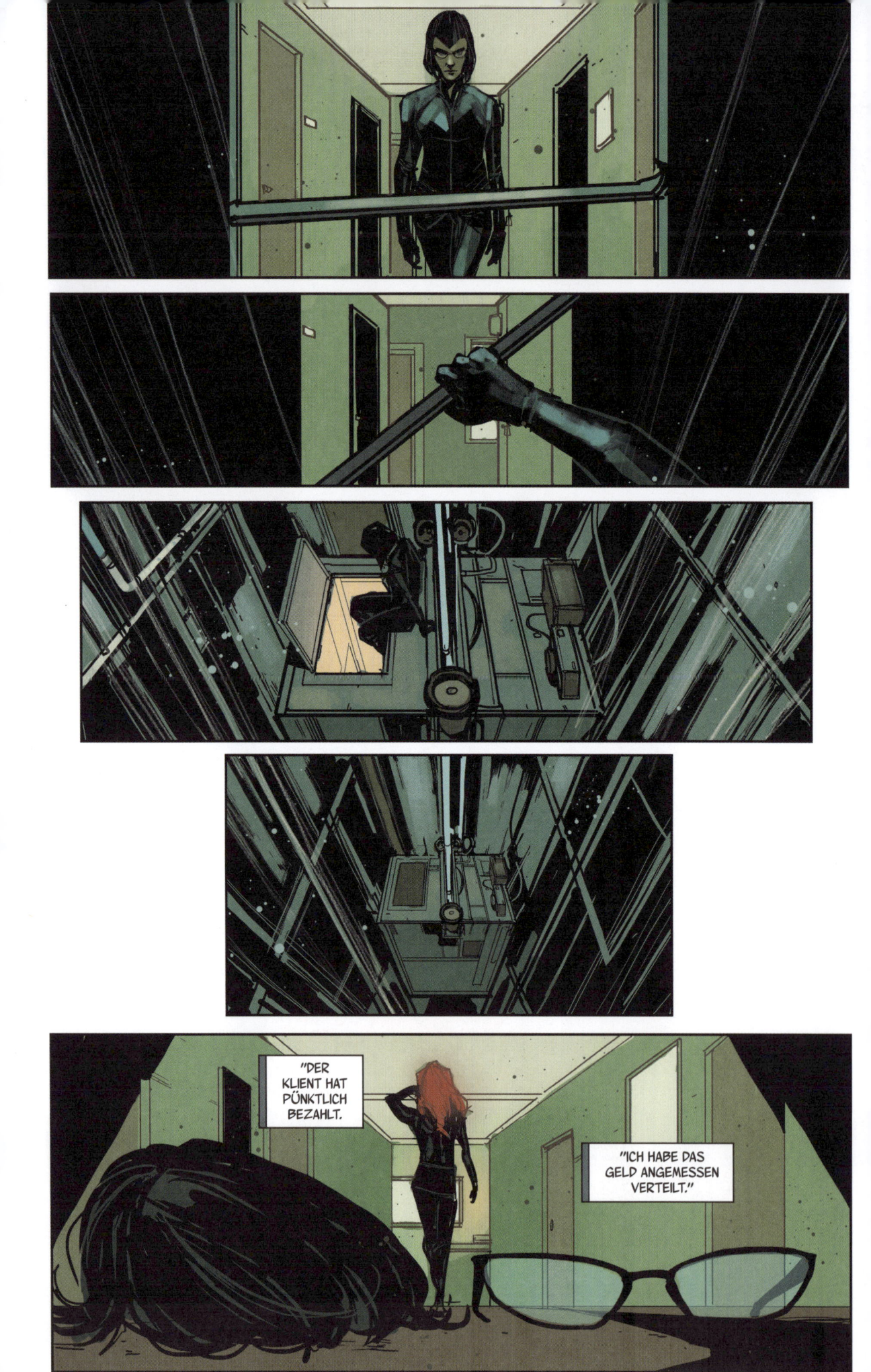

"ICH HABE DAS GELD ANGEMESSEN VERTEILT."

CENTRAL PARK, 20 STUNDEN SPÄTER
... DU SOLLTEST WIRKLICH MEHR FÜR DIESE SPONTANJOBS VERLANGEN, NATASHA. DU HÄTTEST DAS DOPPELTE VERDIENEN KÖNNEN.
ISAIAH, DU BIST MEIN ANWALT, NICHT MEIN LIFE-COACH.
ICH BIN DEIN ANWALT UND DEIN MANAGER. UND DA DU DIE FINANZIELLEN KOSTEN BEI DEINER BESITZVERTEILUNG NICHT BEDENKST, MUSS ICH DAS TUN. UND DAS KOSTET EBEN.
DANN ARBEITE ICH MAL LIEBER. DU HAST EINEN NEUEN JOB FÜR MICH?
EINEN MOMENT.
ISAIAH, GIBT ES EINEN ORT, WO DU NICHT FEHL AM PLATZ WIRKST?
JA, MEIN WHIRLPOOL IN MAINE.
ES IST NUR DIESER BLÖDE, SCHWERE AKTENKOFFER...
VOILÀ.
DUBAI. MORD?
JA.
HAST DU ALLES ÜBERPRÜFT?
ER HAT DEINE TESTS BESTANDEN.
OKAY.
IST GUT BEZAHLT.

HÖR ZU, ISAIAH.
ICH ÜBERLASS DIR DAS FINANZIELLE, WEIL ICH SICHERGEHEN WILL, DASS, EGAL WAS ICH TUE, ES NIE UM MEINEN EIGENEN PROFIT GEHT.
ICH WEISS ES ZU SCHÄTZEN, DASS DU BESSERE DEALS AUSHANDELST, WEIL ICH IN SO WAS SCHRECKLICH BIN.
ABER ICH KANN NICHT ANFANGEN, PROFITORIENTIERT ZU DENKEN, DENN ES IST--
DEINE SÜHNE. HAST DU SCHON GESAGT.
DAS GELD IST FÜR DIE STIFTUNGEN UND DAS NETZ.
ICH WILL MICH NICHT BEREICHERN.
VERSTANDEN. ABER DU WILLST DIE STIFTUNGEN FINANZIEREN, HAST ABER NICHT DAS GELD DAFÜR. WENN DU MEHR BEZAHLTE JOBS ANNEHMEN WÜRDEST UND WENIGER VON DEN AVENGERS--
SAG DUBAI, ICH MACH'S.
MEIN HUND HÖRT MANCHMAL BESSER ALS DU.

DUBAI,
36 STUNDEN SPÄTER

MR. LUCAS, HÖREN SIE DOCH ZU. DAS TREFFEN HEUTE ABEND IST BEDEUTUNGSLOS, WENN DIE NICHT VERHANDELN WOLLEN. ES STEHT ZU VIEL GELD AUF DEM SPIEL--
SEI STILL, OKAY? DAS TREFFEN FINDET STATT. WIR HABEN GENAUSO VIEL ZU GEWINNEN WIE ZU VERLIEREN. JETZT HOL MIR 'NEN WEIN.
ABER, MR. LUCAS, DAS IST NICHT--
WENN DU MICH NOCH EINMAL MIT DEINEM UNSINNIGEN GEPLAPPER UNTERBRICHST, KRISTOFF, SCHWÖRE ICH, DASS ICH DICH TÖTE UND DEINE LEICHE AN MISS SOPHIE VERFÜTTERE.
TIER-QUÄLER.
MAN MUSS NICHT VIEL ÜBER MICH WISSEN.
MAN MUSS NICHT WISSEN, WO ICH HERKOMME.

ABER *EINS* SOLLTE MAN WISSEN.

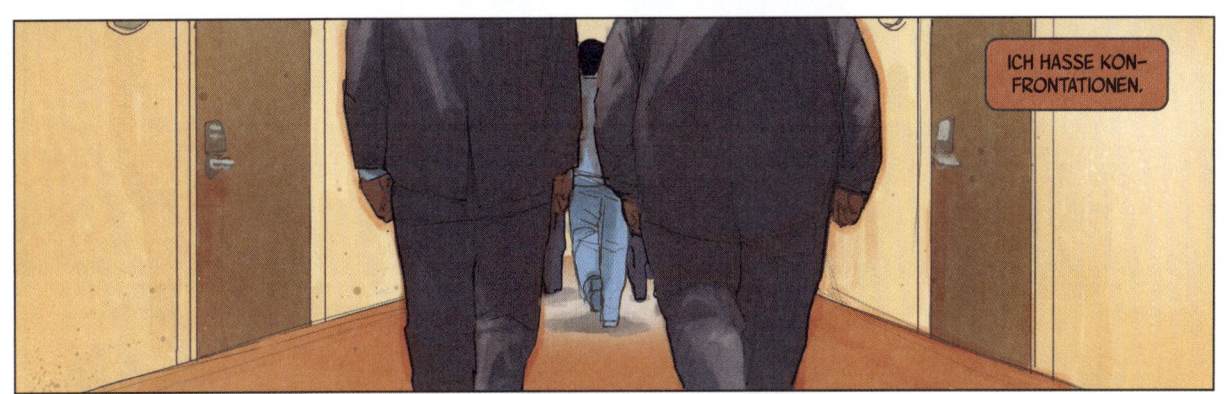

ICH HASSE KONFRONTATIONEN.

ICH WEISS, DIE BEWEISE SPRECHEN DAGEGEN.

ABER DIE LEUTE IN DIESEM RAUM...

... SIND *KEINE* GUTEN MENSCHEN.

ICH KÜMMERE MICH NUR UM DEN ÜBELSTEN ABSCHAUM.

DAS HEISST NICHT, DASS ICH IHNEN DEN KOPF WEGBLASEN WILL.
THUD THUD
ALSO NICHT UNBEDINGT.
UND? WAS IST LOS?
HIER IST NIEMAND, MR. LUCAS.
SCHAUT LIEBER GENAU!
DU GEHST AUCH! WIR KOMMEN KLAR!
KEINE SORGE, MR. LUCAS, WIR HABEN--
ZZZAATT

SNAP

CRACK

POP

ABER MANCHMAL MUSS ICH JEMANDEM *SEHR* WEHTUN.

WAS GEHT DA DRAUSSEN VOR SICH?!

ICH GLAUB, SIE BRAUCHEN MEHR LEUTE.

TÖTET DIE EINDRINGLINGE! ALLE!

BRINGT MIR IHRE KÖPFE!

THWACK

GAHH!

MANCHE DINGE ERLEDIGT MAN BESSER *SELBST*, NICHT?

ICH SCHIESS IHM IN DEN HALS, BIS DER *KOPF* ABFÄLLT.

DING

WER DU AUCH BIST, KOMM *HER*. ICH HAB KEINE ANGST VOR DIR. DU KANNST 'NE *ARMEE* BESIEGEN, ABER *MICH* NICHT.

ICH HAB SCHON *DUTZENDE* AUFTRAGSKILLER WIE DICH GETÖTET.

ALSO KOMM UND STELL DICH MIR--

TINK
TINK

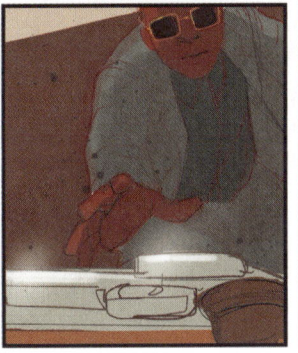

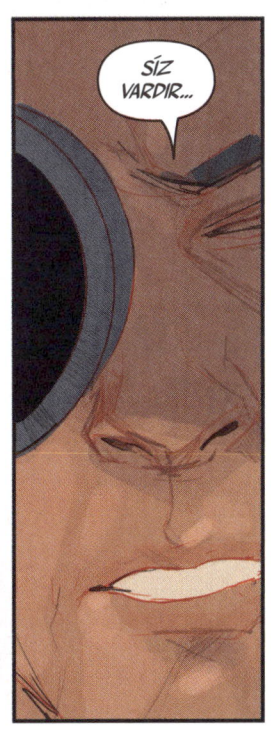

WENN DU MICH *TÖTEN* WILLST, DANN SIEH MIR IN DIE *AUGEN* UND WIRF KEINE *SPIELZEUGE* WIE EIN FEIGLING!

HIER, EINE KEVLAR-WESTE.

ICH SOLL NICHT SIE TÖTEN, MR. LUCAS...

... SONDERN IHREN AUFTRAGSKILLER.

ANS FENSTER MIT IHNEN.

WAS? WARUM? DAS IST--

WEIL *ICH* SIE SONST TÖTE, KLAR?

UND WEIL IHR *WAHRER* KILLER MIT EINEM SCHARFSCHÜTZENGEWEHR IM GEBÄUDE GEGENÜBER SITZT.

HALT, D-DAS MEINEN SIE DOCH NICHT ERNST!

SÍZ VARDIR...

DA BIST DU.

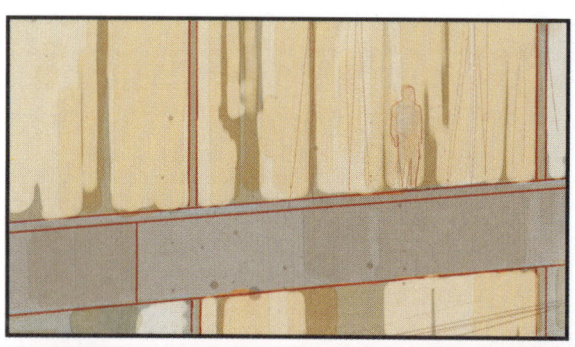

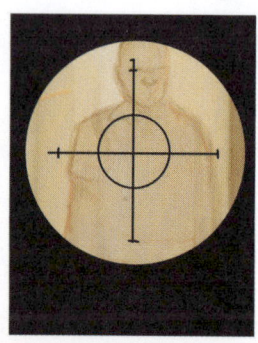

BAM

ICH HOFFE, ICH TREFFE.

O, HAYIR...

YEP. VOLLTREFFER.

DU RUINIERST MEINEN DEAL UND DANN DAS?
ICH KENNE DICH.
BLACK WIDOW.
ICH ERZÄHL DEN AVENGERS, SHIELD UND DER REGIERUNG VON DEINEN METHODEN!
SIE KENNEN MICH NICHT.

"SONST WÜSSTEN SIE, DASS ICH KEINE REGELN BEFOLGE."

15 STUNDEN SPÄTER, LITTLE UKRAINE, NEW YORK CITY

"SO LÄUFT DIE SACHE, LIHO."

"ALSO HÖR ZU."

"UND DAS WAR'S. EINEN MUSSTE ICH ÜBEL VERLETZEN."

"ICH HAB DIR GESAGT, DASS DU HIER RUMHÄNGEN DARFST UND DASS ICH DICH AB UND ZU FÜTTERE. ABER ICH ADOPTIER DICH NICHT, UND DU DARFST MICH NICHT ABLECKEN."

"ICH KANN MICH UM KEINE KATZE KÜMMERN."

"ALSO, WIE GESAGT, KEINE KONFRONTATION. MIT UNS IST ALLES OKAY, SOLANGE ES OKAY IST, KAPIERT? WENN DU 'NE SACHE DRAUS MACHST, WERDE ICH SAUER. KRATZEN, BEISSEN UND RUMJAMMERN KANNST DU VERGESSEN."

WIE VIELE JOBS NOCH...?

WIE LANGE NOCH...?

ICH WEISS NICHT, OB ICH'S KANN...

... SELBST WENN ICH MIR VERGEBE.

DAS IST, WER ICH NUN BIN.

GANZ GLEICH, WER ICH *VORHER* WAR.

LEINWAND-HELDIN

von Christian Endres

Mitte der 1970er war eine **Daredevil**-Fernsehserie geplant, in der **Black Widow** von **David Bowies** damaliger Frau **Angie Bowie** hätte verkörpert werden sollen. Aus dem Projekt wurde nichts, und so schnupperte die Witwe zunächst in verschiedenen Zeichentrick-Adaptionen des Marvel-Universums Multimedia-Luft. Auch der Black Widow-Film, den Regisseur **David Hayter** 2004 angehen wollte, wurde nie realisiert. Nachdem *Iron Man* von Regisseur **Jon Favreau** 2008 die Epoche der Marvel-Filmblockbuster eingeleitet hatte, debütierte **Scarlett Johansson** 2010 in *Iron Man 2* als **Natasha Romanoff** (bzw. **Natalie Rushman**), obwohl anfangs **Emily Blunt** für die Rolle der Witwe vorgesehen war.

Johansson, die 1984 in New York City geboren wurde, ist heute eine der erfolgreichsten und bestbezahltesten Schauspielerinnen aller Zeiten – nicht zuletzt dank der Marvel-Filme. In jungen Jahren glänzte sie in *Der Pferdeflüsterer* und *Lost in Translation*. Neben mehreren Filmen von **Woody Allen** konnte man sie u. a. noch in *Prestige – Die Meister der Magie* von **Christopher Nolan**, **Frank Millers** *The Spirit*-Verfilmung nach den Comics von **Will Eisner**, *Die Insel* von **Michael Bay** sowie *Die Schwester der Königin* von **Justin Chadwick** bewundern. Johansson wird als Sexsymbol gefeiert, warb in Kampagnen für mehrere Modelabels, engagiert sich politisch und setzt sich gegen Armut, Missbrauch und Diskriminierung ein. 2012 erhielt die Mutter einer Tochter einen Stern auf dem Walk of Fame in Hollywood.

Nach ihrem Marvel-Debüt als **Tony Starks** Sekretärin in *Iron Man 2*, die in Wahrheit eine Agentin von SHIELD war, tauchte Black Widow in allen **Avengers**-Filmen und in zwei **Captain America**-Streifen auf. Im Marvel Cinematic Universe – dem MCU – ist sie die beste Freundin von **Hawkeye** Clint Barton und der Schwarm von **Bruce Banner** alias **Hulk**. Pläne, einen Solofilm über die Spionin unter den Avengers zu machen, wurden ab 2014 diskutiert. *Buffy*-Schöpfer und *Avengers*-Regisseur **Joss Whedon** brachte sich als Regisseur ins Gespräch, *Guardians of the Galaxy*-Drehbuchautorin **Nicole Perlman** legte einen Handlungsentwurf vor. Auch Scarlett Johansson selbst sprach sich immer wieder für einen eigenen Film ihrer beliebten Marvel-Figur aus. Doch es dauerte noch einige Team-Filme, ehe Black Widow im April 2020 ihren ersten eigenen Blockbuster bekommen sollte.

Regie führte **Cate Shortland** (*Berlin Syndrom, Lore, Somersault – Wie Parfum in der Luft*) nach einem Drehbuch von **Jac Schaeffer** (*Captain Marvel, Glam Girls – Hinreißend verdorben*) und **Ned Benson** (*Das Verschwinden der Eleanor Rigby*). Während Johansson die Hauptrolle übernahm, gehörten u. a. noch **Florence Pugh** (*Fighting with My Family*) als **Yelena Belova** und **David Harbour** (*Stranger Things*) als **Red Guardian** zum Cast. Als einer der Bösewichte des Films dient **Taskmaster**, bei dem es sich in den Comics um **Tony Masters** handelt. Dank seines außergewöhnlichen Muskelgedächtnisses kann er den Kampfstil jedes Gegners in Windeseile annehmen und adaptieren. Er war schon Schurke, Söldner, Antiheld und Ausbilder junger Avengers-Rekruten – und hatte in den Comics bis 2020 nie übermäßig viel mit Natasha zu tun gehabt.

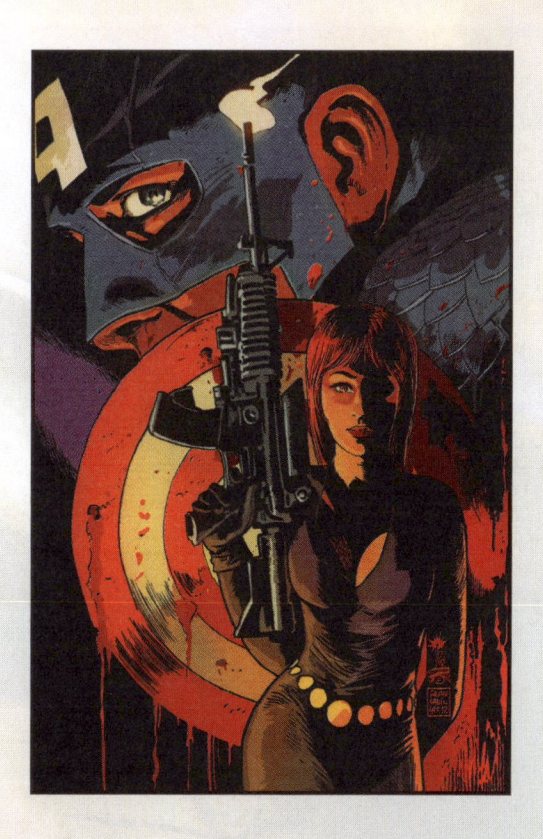

ZURÜCK ZUM ANFANG

von Christian Endres

2016 und 2017 widmeten sich Autor **Mark Waid** und Zeichner **Chris Samnee** der Marvel-Ikone für eine zwölf US-Hefte umfassende Saga, die im Deutschen in zwei Sammelbänden zusammengefasst wurde. Ihre BLACK WIDOW-Serie war zwar zeitlich zwischen den Marvel-Großereignissen **Civil War II** und **Secret Empire** angesiedelt, jedoch völlig autonom vom Rest. **Natashas** Vergangenheit und Ausbildung im **Black Widow**-Programm des KGB an der **Red Room**-Akademie spielte indes einmal mehr eine größere Rolle.

Alles begann mit dem neuen Bösewicht **Weeping Lion**, der Nats finsteres Geheimnis kannte und sie unter Zuhilfenahme telepathischer Kräfte erpresste. So brachte er die Widow dazu, zu Beginn der Serie ihre Verbündeten von SHIELD zu bestehlen – sie floh sogar mit ihrer Beute auf spektakuläre Weise aus einem hoch über dem Boden fliegenden SHIELD-Helicarrier, zumal ihre Flucht nicht ohne Opfer vonstattenging. Deshalb landete Natasha als Verräterin auf der schwarzen Liste von **Maria Hills** Behörde und wurde vom erfahrenen, nach Vergeltung dürstenden **Agent Elder** gejagt. In einem exemplarischen Kapitel der Serie von Waid und Samnee warten Flashback-Erinnerungssequenzen in Natashas Vergangenheit an der Red Room-Akademie, wo ihr von klein auf viel von dem beigebracht wurde, was sie zu einer der gefährlichsten Spioninnen der Welt macht. Später in der Serie kam heraus, dass der **Dark Room** als Nachfolger des Red Room gegründet worden war, um eine neue Generation Mädchen zu regelrechten Waffen zu machen.

Es stellt ein Vergnügen dar, einem eingespielten Dream-Team wie Waid und Samnee zuzusehen. Während Samnee als Zeichner ebenfalls Einfluss auf die Story ihres Comics genommen hat, sieht man genau, an welchen Stellen sich Waid ganz auf das zeichnerische und erzählerische Können seines Kompagnons verlässt. Der 1962 geborene Waid gilt aber auch seit Langem als einer der versiertesten Superhelden-Autoren seiner Generation, der in den 90ern mit vielen Geschichten über DCs rasenden Helden **Flash** den Durchbruch schaffte und zum Fanliebling wurde. Seither schrieb er das preisgekrönte KINGDOM COME, JLA, CAPTAIN AMERICA, FANTASTIC FOUR, SPIDER-MAN, AVENGERS, Archie und vieles mehr, überdies war er als Chefredakteur des US-Verlags BOOM! tätig.

Für ihren stattlichen DAREDEVIL-Run, der von 2011 bis 2014 ging, wurden Waid und Samnee mit dem Eisner Award ausgezeichnet. Daneben bebilderte Samnee noch ein paar Kapitel von **Greg Ruckas** Geheimagenten-Comic-Serie Queen & Country, die Graphic Novel Capote in Kansas, die Crossover-Hauptserie THE SIEGE – DIE BELAGERUNG und THOR: DER MÄCHTIGE RÄCHER. Nach DAREDEVIL, BLACK WIDOW und Rocketeer: Cargo of Doom wandten sich Samnee und Waid CAPTAIN AMERICA zu. Mittlerweile werden auch Comic-Koloristen – völlig zu Recht – bewusster und deutlicher für ihren wichtigen Beitrag hervorgehoben. **Matthew Wilson**, der ein Händchen für die richtige Farbpalette und Stimmung hat, veredelte z. B. DAREDEVIL, THOR, WAR OF THE REALMS, WONDER WOMAN und Paper Girls.

Autoren: Chris Samnee & Mark Waid
Zeichner & Tusche: Chris Samnee
Farben: Matthew Wilson
Übersetzung: Carolin Hidalgo
Lettering: Studio RAM

NEW YORK

FOLGENDE BOTSCHAFT...
... VON WEEPING LION.
DU FLIEGST NACH RUSSLAND...
... ZU DEN KATAKOMBEN DES RED ROOM...
... UND HOLST VON DORT EINE AKTE.
AM KENNEDY-AIRPORT WARTET EIN TICKET FÜR DEIN SPANISCHES ALIAS.
MACH KEINEN FEHLER.

HILL, HIER ELDER. DIE SPUR IST HEISS.
ZIEL IM VISIER.
CHAK
TWANG
VER-DAMMT.
WO IST SIE HIN...?

RUSSIA

NORTH AMERICA

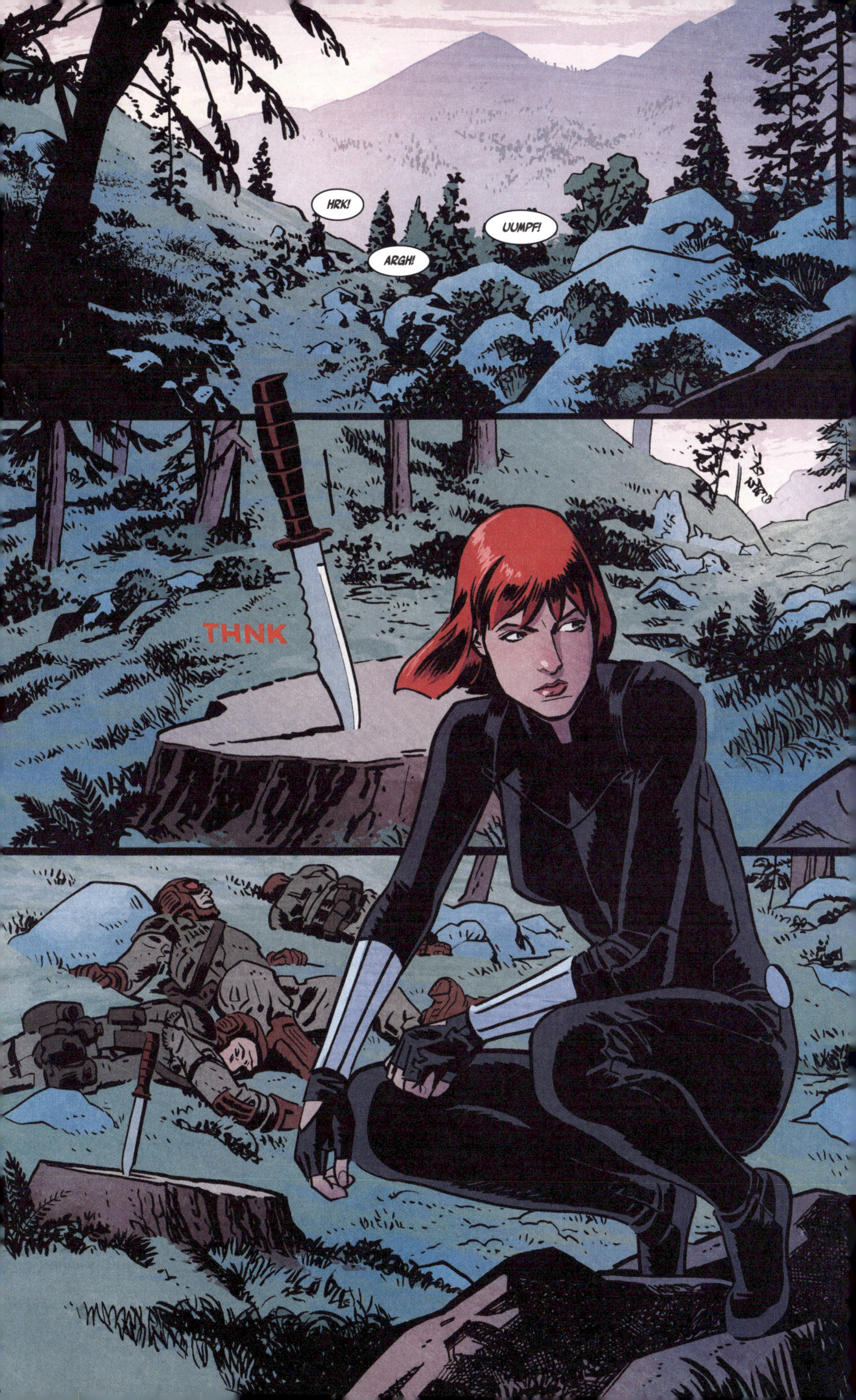
HRK!
ARGH!
UUMPF!
THNK

<ABWEHR.>*
<ANGRIFF.>
<NATALIA, HALT DICH GERADE.>

* AUS DEM RUSSISCHEN.

<GEH ZURÜCK, ANYA!>
<DIE DIREKTORIN IST SCHON WÜTEND AUF MICH, WEIL ICH VERSAGT HAB! GIB IHR KEINEN GRUND, AUF IHRE LIEBLINGSSCHÜLERIN SAUER ZU SEIN!>
<ICH BIN KEIN KLEINES KIND MEHR, NATALIA.>
<LASS MICH MIT DIR KOMMEN!>
NJET.
<DIR FEHLT DAS TRAINING, ANYA. ICH KANN DICH NICHT BESCHÜTZEN. GEH ZURÜCK IN DEN SCHLAFSAAL.>
<DAS IST MEINE MISSION. UND DIESMAL HAB ICH ERFOLG.>
...

PAK FAK

CHYORT!
<EIN DUTZEND ZIMMER UND WIR HABEN NICHT MAL EIN PAAR VERDAMMTE VÖGEL AUFGESCHEUCHT.>
<DAS IST DIE REINSTE ZEITVERSCHWENDUNG, GENOSSE.>
<UND FALLS DIESER "LÖWE" ECHT JEMANDEN SCHICKT, UM DIESEN MÜLLHAUFEN ZU DURCHSUCHEN, SPRICHT DAS NICHT FÜR SEINE ANGEBLICHE INTELLIGENZ.>
<WAS IN DIESEM LOCH IST ANSATZWEISE WERT, ES HOLEN ZU LASSEN?>
<WER--?>

OSTANOVIS!

<DU BIST 'NE *RATTE* IN 'NEM *LABYRINTH*, FREMDER! WIR KRIEGEN DICH ÜBERALL!>

KRK

HKKKKT--!

KRAK!

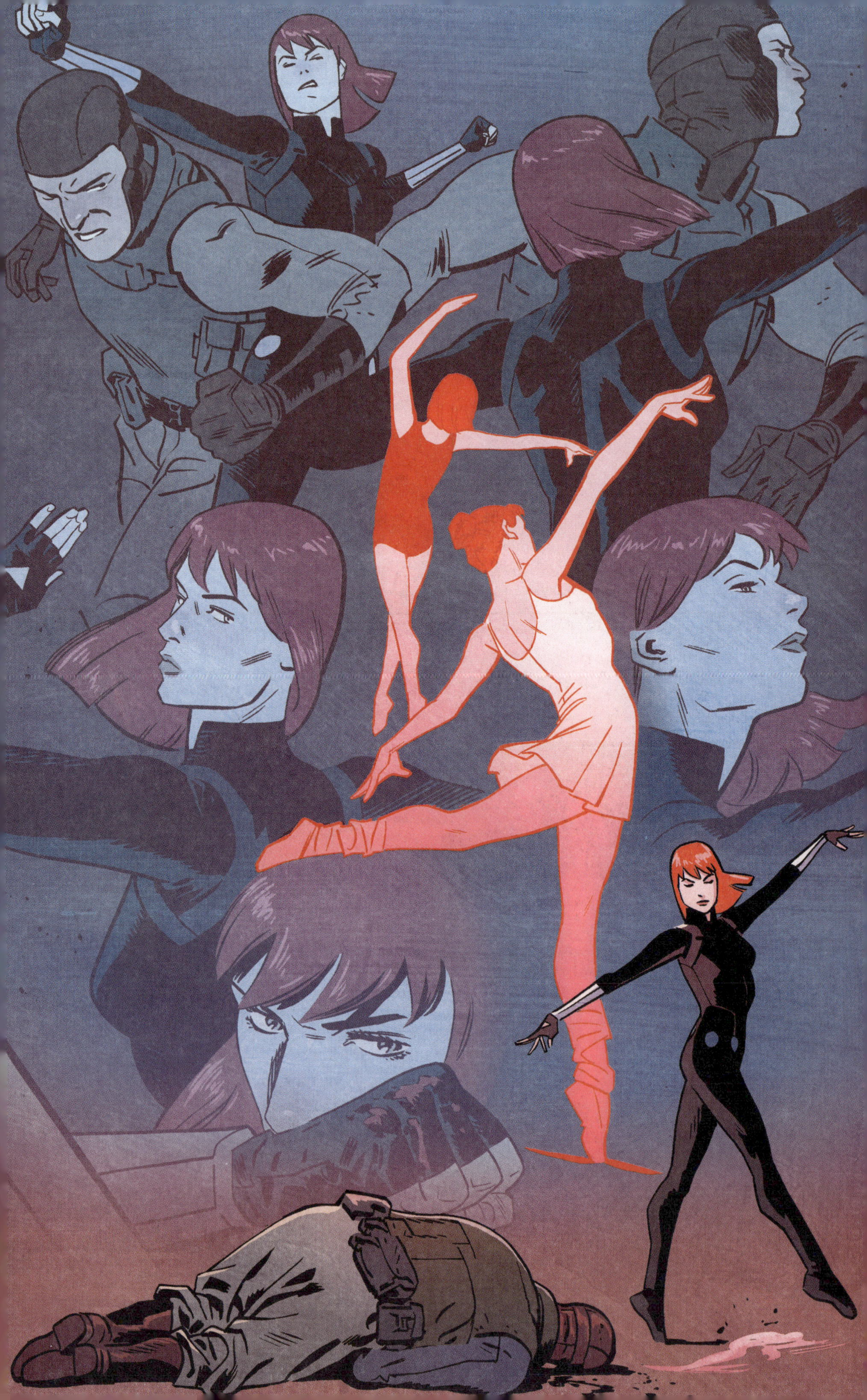

<BERUHIGEN SIE SIE, DR. KOHN.>

<NATALIA UND ICH SIND IN DEN KATAKOMBEN.>

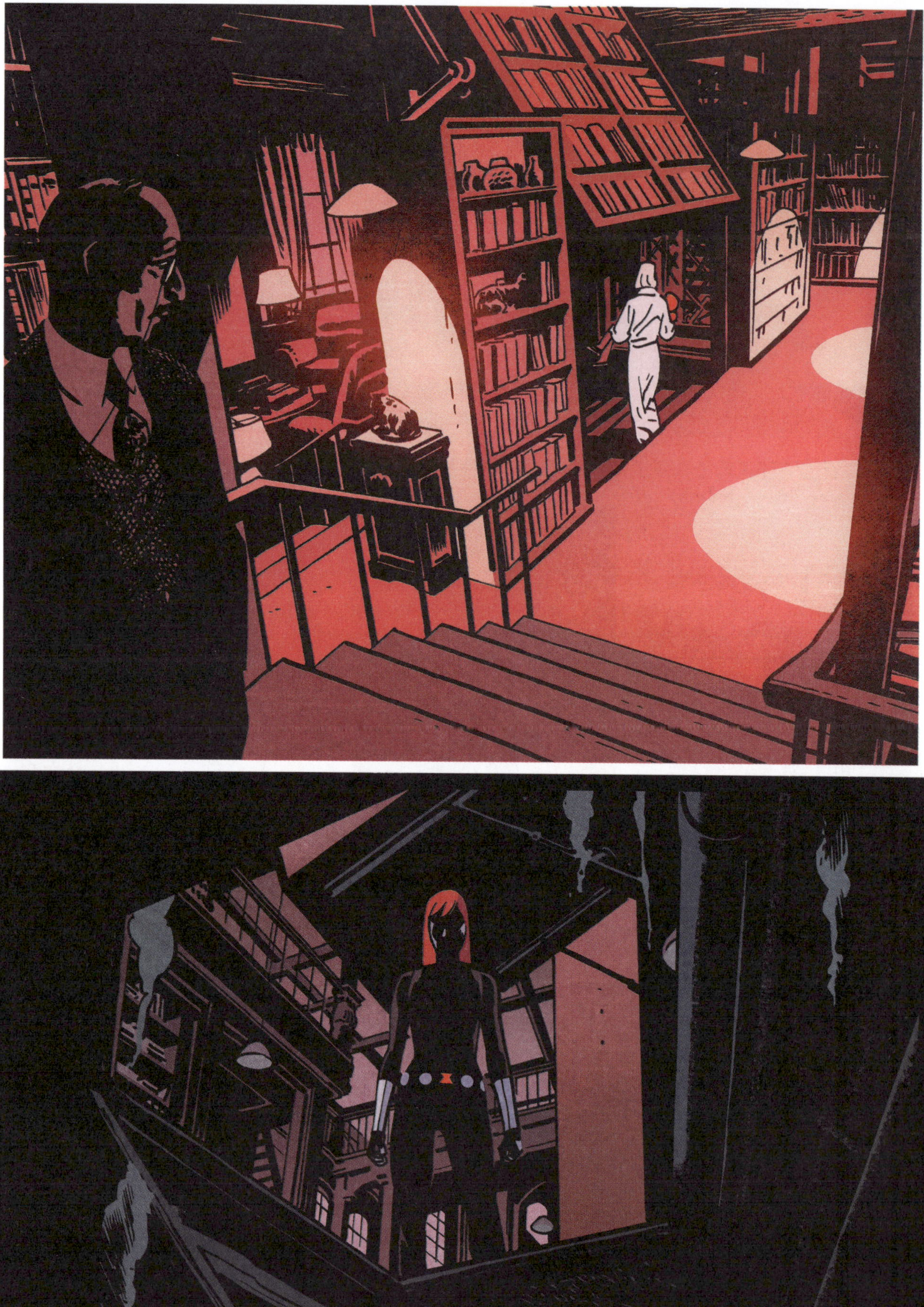

<DAS IST DIE ARBEIT DES JUGOSLAWEN, ODER? DU HAST IHN OHNE DEINEN BETREUER ERLEDIGT?>
<NATÜRLICH HAST DU DAS. EIN EINZIGARTIGES MESSER WIE SEINS HINTERLÄSST EINE SIGNATURWUNDE...>
<... DIE WEITAUS SAUBERER WÄRE, HÄTTE ER DIE BEGEGNUNG ÜBERLEBT.>
<DAS WAR KEIN KOMPLIMENT. ES WAR DUMM VON DIR, IN EINEM SO FRÜHEN STADIUM DES TRAININGS ALLEIN LOSZUZIEHEN, UND DAS WIRD FOLGEN HABEN.>
<SEI FROH, DASS DU NOCH DA BIST, UM DICH IHNEN ZU STELLEN. ES IST EIN WUNDER, DASS DU ÜBERLEBT UND ES ZURÜCKGESCHAFFT HAST.>
<EIN... LETZTER... STICH...>
<DAS GIBT EINE NARBE. WAS GUT IST.>
<EINE NARBE IST NICHT DAS ZEICHEN EINES FEHLERS, NATALIA...>
<... SONDERN DAS DER LEKTION...>

<... DASS DU **STÄRKER** BIST ALS DER, DER SIE DIR **GEGEBEN** HAT.>
<DEIN LEBEN WIRD **VOLLER** SOLCHER LEKTIONEN SEIN, KLEINE SPINNE.>
<NICHT ALLE VON IHNEN WERDEN VON **FEINDEN** SEIN.>
<NUN WEISST DU, WIE MAN EINE WUNDE NÄHT. DAS WERDE ICH DIR NICHT NOCH MAL ZEIGEN. DIE ERLAUBNIS HIER ZU SEIN, WAR EIN **EINMALIGES** PRIVILEG, VERSTANDEN?>
<GUT.>

<RUH KURZ AUS. ABER NICHT ZU LANGE.>

<SCHLIESS DIE TÜR HINTER DIR, WENN DU GEHST.>

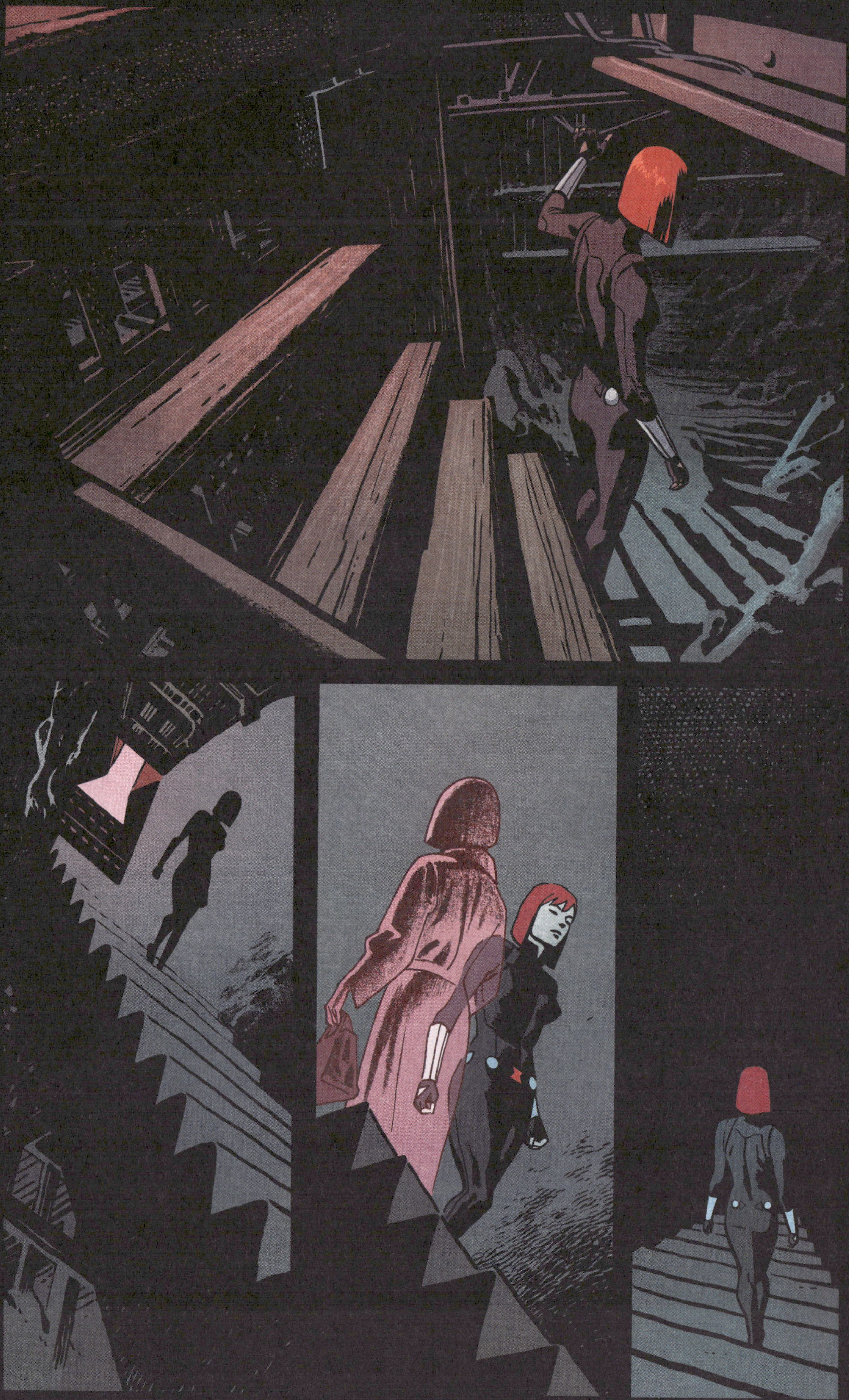

THUNK

GHKKTT-T--

END

WICHTIGE „WITWENMACHER"
von Christian Endres

Viele Autoren und Zeichner leisteten ihren Beitrag zur Akte **Black Widow**. Das sind einige der prominentesten kreativen Agenten:

STAN LEE katapultierte den US-Comic 1961 ins Marvel-Zeitalter der menschlichen Superhelden. Mit **Steve Ditko** und **Jack Kirby** schuf er die **Fantastic Four**, **Spider-Man**, **Hulk**, die **X-Men**, die **Avengers** und andere Ikonen. Stan „The Man", der Cameos in zahlreichen Marvel-Verfilmungen hinlegte, starb 2018 im Alter von 95 Jahren.

DON RICO war ein Autor von Romanen, Drehbüchern und Comics, der auch selbst Panel-Geschichten oder Storyboards für Zeichentrickserien zeichnete. Er nutzte verschiedene Pseudonyme, darunter **N. Korok**. Black Widows Mitschöpfer starb 1985 mit 72 Jahren.

DON HECK zeichnete viele Missionen der Avengers und half nicht nur bei der Erschaffung von Black Widow, sondern auch bei den Debüts von **Iron Man**, **Pepper Potts**, dem **Collector**, **Mantis** und **Hawkeye**. Er starb 1995 mit 66.

JOHN ROMITA SR. definierte Spider-Mans Welt in den 70ern neu und visualisierte die ersten Comics mit **Mary Jane** und **Wilson Fisk**. Er hatte erheblichen Einfluss auf den Look des Marvel-Universums.

GERRY CONWAY übernahm mit 18 **Daredevils** Serie und mit 19 Spider-Mans Abenteuer. Er setzte u. a. das Debüt vom **Punisher**, den Tod von **Gwen Stacy** und mit SUPERMAN VS. SPIDER-MAN das erste Crossover zwischen Marvel und DC um. Dazu kommen Storys über **Batman**, **Wonder Woman** und die **Justice League of America**.

GENE COLAN war ein Meisterzeichner, der DIE GRUFT VON DRACULA, BATMAN, DETECTIVE COMICS und Storys mit Daredevil, **Captain America**, **Howard the Duck**, **Dr. Strange** und vielen mehr bebilderte. Er starb 2011 im Alter von 84 Jahren.

FRANK MILLER wurde durch seine Daredevil-Saga zum Star, in die er Tasha einbaute und für die er **Elektra** schuf. Weitere Meilensteine Millers sind die erste WOLVERINE-Soloserie, BATMAN: DIE RÜCKKEHR DES DUNKLEN RITTERS und *Sin City*.

GEORGE PÉREZ ist einer der größten Künstler der Avengers-Historie, zeichnete das **Thanos**-Epos INFINITY GAUNTLET und prägte mit WONDER WOMAN, CRISIS ON INFINITE EARTHS und NEW TEEN TITANS den DC-Kosmos.

DEVIN GRAYSON schrieb Comics mit Batman, **Nightwing**, **Catwoman** und den **Titans**. Weitere Helden, denen sie sich widmete, sind **Ghost Rider** und die **X-Men**.

J. G. JONES bebilderte *Marvel Boy*, FINAL CRISIS, WONDER WOMAN/BATMAN: HIKETEIA, BEFORE WATCHMEN und WANTED.

GREG RUCKA textete u. a. BATMAN: NIEMANDSLAND, BATWOMAN, WONDER WOMAN und GOTHAM CENTRAL. Zu seinen unabhängigen Comic-Schöpfungen gehören das verfilmte *Whiteout*, das als TV-Serie adaptierte *Stumptown*, *The Old Guard* und *Lazarus*.

NICK SPENCER verfasste AVENGERS, ANT-MAN, CAPTAIN AMERICA: STEVE ROGERS und SPIDER-MAN. Natashas Tod in SECRET EMPIRE geht auf sein Konto.

ANDREA SORRENTINO ist ein italienischer Künstler, der gemeinsam mit **Nick Spencer** Black Widows Tod in SECRET EMPIRE realisierte. Auch OLD MAN LOGAN, GREEN ARROW und *Gideon Falls* zeigen sein Können.

SPANNENDE SPIONAGE-STORYS
Die besten Sammelbände mit Black Widow bei Panini

MARVEL KNIGHTS: BLACK WIDOW

AVENGERS & GUARDIANS OF THE GALAXY

MARVEL NOW! AVENGERS 1: DIE WELT DER RÄCHER

BLACK WIDOW: VERGEBUNG UND VERGELTUNG

BLACK WIDOW 1: KRIEG GEGEN S.H.I.E.L.D.

BLACK WIDOW 2: EINE FRAU SIEHT ROT

HAWKEYE MEGABAND 1: MEIN LEBEN ALS WAFFE

WINTER SOLDIER MEGABAND 1: DER LÄNGSTE WINTER

SECRET EMPIRE PAPERBACK

INFINITY COUNTDOWN 1 & 2

BLACK WIDOW: DUNKLE RACHE

IM NETZ VON BLACK WIDOW

MARVEL 1602

MARK MILLAR COLLECTION: DIE ULTIMATIVEN